薔
書
坊

阿来散文集

大地的阶梯

阿来 著

陕西师范大学出版总社

图书代号：WX18N1519

图书在版编目(CIP)数据

大地的阶梯 / 阿来著. — 西安：陕西师范大学出版总社有限公司，2019.1
（阿来散文集）
ISBN 978-7-5695-0274-9

Ⅰ.①大… Ⅱ.①阿… Ⅲ.①散文集—中国—当代 Ⅳ.①I267

中国版本图书馆CIP数据核字（2018）第232869号

大地的阶梯
DADI DE JIETI

阿 来 著

选题策划	穆 涛 熊 莺
出版统筹	刘东风 郭永新
责任编辑	宋媛媛
责任校对	彭 燕
封面设计	主语设计
出版发行	陕西师范大学出版总社
	（西安市长安南路199号 邮编710062）
网 址	http://www.snupg.com
印 刷	陕西龙山海天艺术印务有限公司
开 本	880mm×1230mm 1/32
印 张	11
插 页	4
字 数	208千
版 次	2019年1月第1版
印 次	2019年1月第1次印刷
书 号	ISBN 978-7-5695-0274-9
定 价	56.00元

读者购书、书店添货或发现印刷装订问题，请与本公司营销部联系、调换。
电话：（029）85307864　85303629　传真：（029）85303879

目　录

001　序　篇

012　第一章　从拉萨开始

041　第二章　走向大渡河

079　第三章　嘉木莫尔多：现实与传说

106　第四章　赞拉：过去与现在

172　第五章　灯火旺盛的地方

247　第六章　雪梨之乡金川

293　第七章　上溯一条河流的源头

338　后　记

序　篇

这个书名由来已久。

那是七八年前的事了,我从一座小寺庙里出来。住持让手下唯一的年轻喇嘛送我一程。他把我送出山门,并把我寄放在门房的小口径步枪交还给我。

下午斜射的阳光照耀着苍黛的群山,蜿蜒的山脉把人的视线延伸到很远的地方。山下奔涌不息的大渡河水也被阳光镀上了一层闪烁不定的金光。

我对这个年轻的喇嘛说:"请回去吧。"

他的脸上流露出些依依不舍的表情,说:"让我再送送你吧。"

我知道这并不意味着通过这四五个小时的访问,我们之间已经建立起了多么深厚的友谊,这是不可能的。在我做客的大部分时间里,我都在跟他的上司——这座山间小寺的住持喇嘛争论。因为一开始他就对我说,这座小庙的历史有一万多年了。宗教从诞生之初,就具有对日常生活的超越能力。但很难设想产生于历史进程中的宗教能够超越历史本身。于是,我们就开始争论起来。这个争论持续了一个多小时,而没有取得任何结果。

那时,这个年轻喇嘛就坐在一边。他一直以一种恭敬的态度为我们不断续上满碗的热茶,但他的眼睛却经常从二楼狭小的窗口注视着外面的世界。

现在,我们来到了阳光下面。强烈的阳光刺得人有些睁不开眼睛。我们踏入了一片刚刚收割了小麦的庄稼地。剩下的麦茬发出许多细密的声响。那个年轻喇嘛还跟在后面。我还看见,那个多少有些恼怒的住持正从二楼经堂的窗口注视着我。我在他的眼里,是一个真正异端吗?

我再一次对身后的年轻喇嘛说:"请回去吧。"

他固执地说:"我再送一送你。"

我在刚收割不久的麦地里坐了下来。麦子堆成一个一个的小垛,四散在田野里。每一个小垛都是一幢房子的形状。在这一带地方,传统建筑样式都是碉楼式的平顶房子。而这种房子式的麦垛却有一道脊充当分水,带着两边的坡顶。在这片辽阔山地里,还有一种小房子也是这么低矮,有门无窗,也有分水的脊带着两边的坡顶。那就是装满叫作擦擦的泥供的小房子。这些叫作擦擦的东西，一类是宝塔状，一类则像是四方的印版，都是从木模里模制出的泥坯。这些泥坯陈列在不同的地方，是对很多不同鬼神的供养。

麦地边的树林与草地边缘，就有一两座这种装满供养的小房子。

而地里则满是麦子堆成的这种小房子。

这时，坐在我身边的小喇嘛突然开口说："我知道你的话比师父说的有道理。"

我也说："其实，我并不用跟他争论什么。"但问题是我已经跟别人争论了。

年轻喇嘛说："可是我们还是会相信下去的。"我当然不必问他明知如此，还要这般的理由。很多事情我们都说不出理由。

这时，夕阳照亮了一川河水，也辉耀着列列远山，一座又一座青碧的山峰牵动着我的视线，直到很辽远的地方。

年轻喇嘛眯缝着双眼，用他那样的方法看去，眼前的景象会显得飘浮不定，从而产生出一种虚幻的感觉。

"其实，我相信师父讲的，还没有从眼前山水中自己看见的多。"

我的眼里显出了疑问。

他脸上浮现出一丝犹疑的笑容："我看那些山，一层一层的，就像一个一个的梯级，我觉得有一天，我的灵魂会踩着这些梯子去到天上。"这个年轻喇嘛如果接受与我一样的教育，肯定会成为一个诗人。

我知道，这不是一个可以讨论的问题，对方也只是说出自己的感受，并不是要与我讨论什么。这些山间冷清小寺里的喇嘛，早已深刻领受了落寞的意义，并不特别倾向于向你灌输什么。

但他却把这样一句话长久地留在了我的心上。

我站起身来与他道别："请向你师父说得罪了，我不该跟他争论，每个人都该相信自己的东西。"

我走下山道回望时，他的师父出来，与他并肩站在一起。这时，倒是那在夕阳余晖里，两个喇嘛高大的剪影，给人一种比一万年还要久远的印象。

一小时后，我下到山脚时，夜已经降临了。

坐上吉普车，发动起来的引擎把一种震颤传导到整部车子的每一个角落，也传导到我的身上。我从窗口回望山腰上那座小小的寺庙，看到的只是星光下一个黝黑的剪影。不知为什么，我期望看到一星半点的灯光，但是，灯火并未因为我有这种期望而出现。

那座小庙的建立很有意思。数百年前的某一天，一个犁地的农民突然发现一面小山崖上似乎有一尊佛像显现出来。

到秋天收割的时候，这隐约的印迹已经清晰地现身为一尊坐佛了。于是，他们留下了一名游方僧人，依着这面不大的山崖建起了一座宝殿。石匠顺着那个显现的轮廓，把这尊自生佛从山崖里剥离出来。几百年来，人们慢慢为这座自生佛像妆金裹银，没有人再能看到一点石头的质地，当然也就无从想象原来的样子了。

在藏族聚居区，这不是一种偶然的现象。

在布达拉宫众多佛像中，最为信徒崇奉的是一尊观音像。这不但是因为很多伟大人物，比如吐蕃历史上有名的国王松赞干布就被看成是观世音的化身，而且是因为这尊观音像是从一段檀香木中自然生成的。只是在布达拉宫我们看到的这尊自生观音，也不是原本的样子了。

这尊自生观音包裹在了一尊更大的佛像里，里面到底是什么样子，我们只能自己进行判断或猜想了。

从此以后，我在群山各个角落进进出出，每当登临比较高的地方，极目远望时，看见一列列的群山拔地而起，逶迤着向西而去，最终失去陡峻与峭拔，融入青藏高原的壮阔与辽远时，我就会想到这个有关阶梯的比喻。

我一直认为，这是一个好的比喻。

一本有关藏语诗歌修辞的书中说，好的比喻犹如一串珠饰中的上等宝石。而在百姓日常口头的表达中，很难打捞到这样的宝石。我有幸找到了一颗,所以,经常会在自己再次面对同样自然美景时像抚摸一颗宝石一样抚摸它。而这种抚摸,只会让真正的宝石焕发出更令人迷醉的光芒。

当然,如果说我仅凭这么一点来由,就有了一个书名,也太弱化了自己的创造。

我希望自己的书名里有足够真切的自我体验。

大概两年之后,我为拍摄一部电视片,在深秋十月去攀登过一次号称蜀山皇后的四姑娘山。这座海拔六千多米的高山,就耸立在距四川盆地直线距离不过百余公里的邛崃山脉中央。我们前去的时候,已经是水冷草枯的时节,雪线正一天天下降到河谷,探险的游客已断了踪迹,只在山下的小镇日隆的旅馆墙上留下了"四姑娘山花之旅"一类的浪漫词句。

上山的第四天,我们的双脚已经站在了所有森林植被生存线以上的地方。巨大岩石的阴影里还有经年不化的冰雪。往上,是陡峭的冰川和蓝天,回望,是一株株金黄的落叶松,纯净的明亮。此行,我们不是刻意登顶,只是尽量攀到高一点的地方。当天晚上,我们退回去一些,宿在那些美丽的落叶松树下。那天晚上下了一场大雪。早上醒来,雪遮蔽了一切,树,岩石,甚至草甸上狭长的高山海子。

我又一次看到被雪的山脉一列列走向辽远,一直走到与天际模糊交接的地方。这时,太阳出来了。

不是先看到的太阳。而是遽然而起的鸟类的清脆欢快的鸣叫一下就打破了那仿佛亘古如此的宁静。然后,眼前猛地一亮,太阳在跳出山脊的遮挡后,陡然放出了万道金光。起先,是感觉全世界的寂静都汇聚到这个雪后的早晨了。现在,又觉得这个水晶世界汇聚了全世界的光芒与欢唱。

"太阳弹响群山的音阶。"

我试图用诗概括当时的感受时,用了上面这样一个句子作为开头。从此,我就把这一片从成都平原开始一级级走向青藏高原顶端的一列列山脉看成大地的阶梯。

从纯粹地理的眼光看,这是把低海拔的小桥流水最终抬升为世界最高处的旷野长风。

而地理从来与文化相关,复杂多变的地理往往预示着别样的生存方式别样的人生所构成的多姿多态的文化。

不一样的地理与文化对于个人来说,又往往意味着一种新的精神启示与引领。我出生在这片构成大地阶梯的群山中间,并在那里生活、成长,直到三十六岁时,方才离开。所以选择这个时候离开,无非是两个原因。首先,对于一个时刻都试图扩展自己眼界的人来说,这个群山环抱的地方时时会显出一种不太宽广的固守。但更为重要的是,我相信,只有在这个时候,这片大地所赋予我的一切最重要的地方,不会因为将来纷纭多变的生活而有所改变。

有时候,离开是一种更本质意义上的切近与归来。

我的归来方式肯定不是发了财回去捐助一座寺庙或一间学校,我的方式就是用我的书,其中我要告诉的是我的独立的思考与判断。我的情感就蕴藏在全部的叙述中间。我的情感就在这每一个章节里不断离开,又不断归来。

作为一个漫游者,从成都平原上升到青藏高原,在感觉到地理阶梯抬升的同时,也会感觉到某种精神境界的提升。但是,当你进入那些深深陷落在河谷中的村落,那些种植小麦、玉米、青稞、苹果与梨的村庄,走近那些山间分属于藏传佛教不同流派的或大或小的庙宇,又会感觉到历史,感觉到时代前进之时,某一处曾有时间的陷落。

问题的关键是,我能同时写出这种上升与陷落吗?

当这次活动结束的时候,各路同行会师拉萨,新闻发布会召开时,租来作为会场的地方,竟然有一尊佛教中文艺女神央金玛的塑像。这种情境当然只会在西藏出现。那么,就让这尊女神保佑我,赐给我足够的灵性与智慧,来达到我的目标吧。

我成人之后,常常四出漫游。有一首献给自己的诗就叫作《三十周岁时漫游若尔盖大草原》。

记得其中有这样的句子:

> 我们嘴唇是泥,

> 牙齿是石头,
>
> 舌头是水,
>
> 我们尚未口吐莲花。
>
> 苍天啊,何时赐我最精美的语言。

今天,当我期望自己做出深刻生动表达的时候,又感到自己必须仰仗某种非我的力量。在历史上,每一个有学识的僧人在开始其著述时,都会向四方的许多神佛顶礼。比如藏族历史上最具批判性的更敦群培在《智游佛国漫记》中,开篇就"虔诚地向正等觉世尊之足莲叩拜",所谓足莲是藏语里一种修辞格,就是把世尊的足喻为莲花,这样叩拜的目的,也无非"敬祈赐予保佑",保佑著作者能够:

> 深邃智慧之光轮驱除世间迷惑,
>
> 恬静解脱之定足镇压三界顶部,
>
> 具有未染戏论浮云净空之胸怀,
>
> 众生之祥瑞太阳赐汝圆满之雨露!

位高权重的五世达赖在其巨著《西藏王臣记》的开篇也是这样祝颂:

那整齐的花蕊,似青年智慧,锐如铁钩,刺入美女的心房。

自在地洞见诸法的法性,显现在大圆镜上。

明效大验,显示出一幅梵净歌舞的景象。

能做这样的加被者——文殊师利,愿我庄严的喉舌成为语自在王。

然后,他转而向诗歌与文艺女神继续祝颂:

乍见美妙喜悦的尊颜,疑是皎洁的月轮出现。

你那表示消除一切颠倒与惶惑的标帜——

是你那如蓝吠琉璃色彩般长悬而下垂的发辫。

妙音天女啊!愿我速成语自在王那样的智慧无边!

"语自在",从古到今,对于一个操持语言的人来说,都是一种时刻理想着的,却又深恐自己难于企及的境界。

现在,虽然全世界的人都会把藏族看成是一个诚信教义、崇奉着众多偶像的民族,但是,作为一个藏族人如我,却看到教义正失去活力,看到了偶像的黄昏。

那么,我为什么又要向非我力量发出祈愿呢?因为,对于一个漫游者,即或我们为将要描写的土地给定一个明晰的边界,但无论是对一本书,还是对一个人的智慧来说,这片土地都过于深广了。江河日夜奔流,四季自在更替,人民生生不息,所有这一切,都会使一个力图有所表现的人感到胆怯甚至是绝望。第二个问题,如果不是神佛,那这非我力量所指又是什么?我想,那就是永远静默着走向高远阶梯一般的列列群山,那就是创造过,辉煌过,也沉沦过,悲怆过的民众,以及民众在苦乐之间延续不已的生活。

现在,我把这本漫游的记录,以及更多的漫游中的回忆奉献在你面前。

第一章 从拉萨开始

一、嘉绒释义

是的,我从拉萨开始。

所以如此,是考虑到叙述的方便。从更深层的意义上讲,我所以走进西藏,也就是为了走出西藏。西藏这个名字,与整个藏民族息息相关。

在历史上,藏民族从现今西藏自治区的南部发源,建立吐蕃国,北上建都拉萨,再向青藏高原的各个方向扩展。在青藏高原的东部,吐蕃铁骑翻山越岭,从群山的台阶上逐级而下。在西藏本部,大部分河流最终都转向了南方,流向了呷格——印度这个白衣之邦。当他们一路向东,向东北,顺着从青藏高原发源的长江与黄河以及这两条中华之河众多的支流在群山森林间冲辟出来的巨大峡谷,出现在河西走廊,出现在柴达木盆地,出现在关中平原,出现在成都平原的边缘。这时,在吐蕃铁骑面前,出现的是一个正如日中天的强大帝国。在这样一个漫长的弧形地域里,他们遭遇的都是一个民族,崇尚青色的民族。于是,一个新的称谓在藏语里出现了:嘉绒。一个与印度相对应的名字,意思是黑衣之邦。

在这种遭逢发生之前,他们曾经过一个宽广的过渡地带,史书上没有留下关于这个地带的称谓。这个地带在现在的地理描述中应该是青藏高原东北部黄河第一弯上的若尔盖草原,和草原东边一直向四川盆地逐级而下的岷山山脉和邛崃山脉的腹地。在今天,这片八万多平方公里的土地叫作阿坝,是一个以藏族为主体的自治州。

据说,阿坝这个地名,得自于吐蕃大军征服了这片土地之后。当时,这支军队的主体部分大多来自现在西藏的阿里地区。他们长期屯居这片地域,与当地的土著在血缘上交融混合,而留下了这个意义已经有所转化的名字。但从当地人民口传的部族历史中,我们依然可以大致回溯到这个词的源头。

阿坝又分成两个部分,一部分是西北部以九曲黄河第一弯的若尔盖县为中心的草原,一部分是东南部的山地。这片山地的森林哺育壮大了长江上游几条重要的支流,从北向南依次是嘉陵江、岷江和大渡河。而在大渡河上游的中心地带,更哺育出一种独特的与这种地理息息相关的农业耕作区：嘉绒。

单就纯意义学的观点而言，"嘉"是汉人或者汉区的意思，"绒"是河谷地带的农作区。两个词根合成一个词，字面的意思当然就是靠近汉地的农耕区。在吐蕃大军到来之前，这个地区的文明特征就已经基本具备了。近来的民族学者结合本部地理，对这一名称提出新的解释，容以后结合具体的游历再加以叙述。

如果把阿坝的地理做一个大致的划分，草原更多属于黄河，而嘉绒这个农耕区则大部分集中在长江水系的大渡河中上游和岷江上游北向的支流这些宽广的流域上。当大渡河以及北边的岷江从群山中奔流而出，就是富庶湿润的四川盆地了。在历史上，吐蕃大军勒马川口，望见烟雾迷漫、沃土修竹的平畴沃野，不知为什么总要鸣金退回深山。那么现在，同样地让我再次回到拉萨。

二、民间传说与宫廷历史

因为要叙述清楚这一地区的历史，我们必须回到拉萨。

而我这本书写作动因的最初产生，也不是在这片群山之间，而是在大山阶梯的顶端，在藏文化的中心地带拉萨。

首先想起的是一个传教者的故事。

这个故事让我回到中世纪，回到中世纪的拉萨。

这是一个什么样的世纪呢？有一本由英国人托马斯搜集整理，叫《东北藏古代民间文学》的书中援引的民间文学这样描绘这个世纪："没有人再像神人未分的时代那样正直行事了，由于没落时代的来临，人们逐渐不知害羞，肆无忌惮。他们不知道羞耻，他们不遵守誓言，一心想发财致富，不顾死活。""从此以后，人们无耻食言。儿子比父亲坏，孙子又比儿子坏，一代比一代坏，甚至在身体方面，儿子也比父亲矮。"

这些民间的诗人和历史学家还把眼光转向了宫廷生活："从国王的妻子以下，妇女被认为比国王还聪明。她们参与国政，她们来到国王与大臣之间制造分裂，这样，国王和大臣们分裂了。"

这是宫廷政治在民间，在遥远地方的一种余响。民间用自己的方式将这种余响记录下来。而在当时吐蕃国的中心拉萨，在国力蓬勃向上的时候，吐蕃宫廷中已经出现了民间故事中所指称的那种情形。当时拉萨，是藏王赤松德赞当政的时期。传说赤松德赞是唐朝第二次与吐蕃和亲后，金城公主与藏王赤德祖赞生下的儿子。那时的宫廷斗争除了关涉上述民间故事所罗列的那些因素外，还与传入雪域藏地不久的佛教与西藏本土宗教本教的剧烈斗争有着很大的关系。

传说赤松德赞出生的第二天清晨，在外的赞普赤德祖赞赶回宫里去看望公主母子，却发现，小王子被另一个妃子抢去，声称此子为自己所生。这个同样颇具民间色彩的故事说，大臣们为了弄清王子到底是哪个王妃所生，便将小王子放在一间屋子里，让两个妃子同时去抱。金城公主先抱到了王子，但那个叫纳囊氏的妃子拼命去抢，一点也不顾及是否会伤及王子，倒是金城公主担心伤及王子的身体与性命，便主动放手。因此，大臣们确信王子为金城公主所生。

但在真实可证的历史书中，赤松德赞出生于公元七四二年，金城公主在此前的公元七三九年已经去世了。赤松德赞的确是纳囊氏的亲生儿子。那么，民间为什么竟附会出带着明显倾向性的传说。有分析家认为，这正是藏族人民渴望藏汉团结的心愿的象征。如果充分考虑到彼时彼地的历史状况，以及中原王朝和西藏政权之间的关系的实际情形，这种说法过于超前，就像把农民起义领袖几乎说成共产主义者一样。一种不具备真正史学眼光的结论，最后会流布为一种不负责任的流行说法。实际上，民间所以附会出这样的传说，应该是来自外部世界的佛教与西藏本土的本教在雪域高原激烈斗争的曲折反映。

传说在后世流传，所能说明的仅仅是：越来越多的藏族人成为佛教信徒，所以把同情更多地给予了当时倾向于佛教、扶持佛教的大唐公主。

在当时的西藏宫廷，佛本斗争进行得异常激烈。赤松德赞的生母是拥护本土宗教势力的代表性人物，但他自己却更倾向于佛教。血缘并不能统一信仰，这是宫廷斗争故事里一个永恒的主题。赤松德赞继承王位后，便支持那些转入地下的佛教徒重新公开自己的身份，把隐藏在僻远山洞里的佛教经典发掘出来，加以翻译和阐释。

他的这种行为，使自己站到了一个权倾朝野的父辈老臣的对立面。这也是古往今来宫廷斗争中常见的一种模式。当年轻国王的命令屡屡被反佛的大臣玛降加以阻止，他只好设计除掉大臣玛降。于是，许多随从、术士、星相学家四处活动，散布流言。流言是以预言的方式出现的。这个预言说：国家与国王都将蒙受大的灾难。在那个时代，这也就等同于是整个吐蕃人民的灾难。于是，军民人等都非常关心这样一个问题：有什么办法可以禳解这个无妄之灾。

藏王手下早已准备好了答案：唯一的办法就是让职位最高的大臣在坟墓里住上三年！全拉萨，全吐蕃人都知道，这个人只能是大臣玛降。

而且，藏王并不急于动手，而是让手下再四处传布另一个流言。先是整个宫廷，然后是整个拉萨城都在说：大臣玛降得了大病！

位极人臣的大臣玛降不止一次听到这些谣言。宫女们交头接耳说的是这个话题，士兵们在冬天的石墙下晒太阳时说的也是这个话题。拉萨街头的酒馆里，流传的也是这个话题。甚至听到寒鸦在黄昏天空里的鸣叫，也是说：玛降病了！病了！

回到家看看镜子，里面显现出的真也是一张用心过度、疲惫浮肿的脸。大臣玛降终于崩溃了，扑在床上，把脸埋在熊皮褥子温暖安全的长毛中间，像个孩子似的痛哭起来："吐蕃上下都说我得了大病，我要死了，我要死了！"

于是，所有的人都跟着哭起来。玛降哭的是自己，他们哭的是即将失去一座巨大坚实的靠山。现在，诅咒应验了，这座大山开始摇晃了。只有一个粗笨的厨娘力排众议，说："众人的嘴最靠不住。"

玛降当然愿意相信这句话，但他再次揽过铜镜，仔细观察了自己的面容以后，却喟然长叹："众人口中有智慧，我有病是真的！"

这正是年轻藏王早就盼着出现的情况，现在，他以为时机已到，马上召开御前会议。会议不是讨论大臣的病，而是寻找避免国家与国王的灾难的对策。根据国王授意，当即有大臣要求住到坟墓里去禳解将临的灾难。

立即有人表示反对，并要问这位大臣的僭越之罪。预言里说的只有位置最高的大臣才能禳解，而这位大臣就是玛降。

玛降也不能允许任何人在地位上超越自己。于是，他要求自己进入坟墓三年。宫廷中处处是陷阱与机关，在女人怀中睡觉都要睁大一只眼睛,他想自己实在该好好休息一下了。在坟墓里住上三年时间,病就可以养好了。那时,且看他像最强烈的龙卷风暴一样卷土重来。

玛降是个聪明绝顶的人,他把地宫建造在自己势力范围内的纳囊扎普,并亲自督造将在其中隐居三年的坟墓。其间也颇费心机,比如为防不测暗设了以牛角连接而成的秘密水道和气孔,外加许多的物资储备。果然,当他住进坟墓里,墓门就被巨石封死了。

隐隐的担忧变成了现实。

不久以后,有人向赤松德赞报告,大臣玛降从牛角水管里射出来一支箭,上面写道:"纳囊族的人们,挖开坟墓,救我出来!"藏王向众人出示这支箭,当成玛降不忠于国王与国家的罪证。于是,玛降暗设的水管与通气孔被堵死,没有人听到过大臣玛降面临死神时绝望的呼喊。

玛降死后,年轻的国王明令在吐蕃全境大兴佛教。

即或到了这样的局面之下,本教在自己诞生的本土仍然有着大批的信徒。赤松德赞的母亲就是一位虔诚的本教徒,他的王妃才崩氏也是本教徒。赤松德赞娶有好几位王妃,但只有才崩氏为他生了三位王子,因此,她在吐蕃王宫里的地位无人能敌。赤松德赞在统治范围内大兴佛教,却不能改变身边王妃的信仰。

所以，赤松德赞把更多的感情倾注到波雍王妃身上。后世由佛教徒撰写的藏族史书中，才崩氏特别飞扬跋扈，因为国王移宠于波雍王妃，她先后八次派出刺客，要暗杀丈夫。

赤松德赞去世时，遗嘱要波雍王妃再嫁给下任国王。才崩氏曾亲自前往刺杀波雍王妃，因王子护卫未果。于是，她买通厨师，下毒于食品中，害死了自己的亲生儿子——仅在王位上坐了一年零七个月的吐蕃国王牟尼赞普。

牟尼赞普在位时，制定了在桑耶寺供养经、律、论三藏的制度。这是整个藏族地区供养佛典与僧人的正式起源。

我讲述这个故事，不是想担负起自己所不能胜任的梳理藏族宗教历史的工作，而是因为，这个故事与我将要书写的东北部藏族聚居区的文化特征相关。

三、僧人与宫廷

藏族历史上第一座佛教寺院桑耶寺建立以后，藏族历史上第一批僧人在此出家修行。

这批人一共七名，史称"七觉士"。其中一名有大德者法名毗卢遮那。

传说有段时间，毗卢遮那在山洞中修行，常去王宫就食。毗卢遮那丰颐伟颜，崇信本教的才崩氏爱上了他。一次,才崩王妃把国王、王子和仆人打发出去,将毗卢遮那迎进内室求欢。

毗卢遮那是藏传佛教宁玛派的大师,这一流派并不特别强调禁绝女色,但他还是非常害怕,便慌忙逃避了。

王妃恼羞成怒,反向国王诬告毗卢遮那欲对自己行不轨之事,使得国王心生疑虑。待到这僧人再到王宫就食时,再也无人张罗迎接。毗卢遮那当下明白了一切,就此远离王宫,逃入了深山继续修行。后来,国王悔悟,亲往深山寻找大师。最后,竟然连才崩氏也回心转意。当然,这是历史故事的民间版本。民间版本中总有老百姓的一厢情愿。老百姓通过这种方式修改历史。

虽然,历史不因这种修改而变化。

才崩氏代表的是保守的贵族阶层的利益,所以,她一直在千方百计地迫害佛教大德毗卢遮那,必欲除之而后快。就是藏王本人也不能名正言顺地保护这位佛教大德,只好用了一个看起来并不高明的计策。国王叫人抓来一个流浪汉,宣称此人就是毗卢遮那。趁着才崩氏等还没有辨认清楚,便将这个不幸的流浪汉投向扣合的大锅里,投入了大河,然后发文书声称处死了毗卢遮那。

但才崩氏向贵族们揭露了国王的计谋。

于是,即使是国王的庇护也不能使毗卢遮那待在吐蕃的权力中心了。作为保护措施，国王宣布将他流放到吐蕃国东北部新开辟的边疆地带。

这个地方，就是我的家乡，现在的四川省阿坝州。流放到那个在藏语中被叫作嘉绒的地方。那时，这片靠近富庶的四川盆地的山间谷地中，已经生息着许多土著部族。吐蕃在西藏本土立国后，其大军所向披靡，征服了群山中间众多的土著部落。

这些土著部落在未融入藏文化之前，已见于历史记载。

《后汉书》中就说："其王侯颇知文书，其法严重。"书中还说："土气多寒，在盛夏冰犹不释，故夷人冬则避寒，入蜀为佣，夏则违暑，反其邑。皆依山居止，累石为室，高者至十余丈。"现代的考古发现，这些土著部落盛行一种石棺葬法。

我曾随考古工作队，去过一个石棺葬发掘现场。所谓石棺是以若干就地取材的天然石板镶成，有四壁，有盖，但无底。有些石棺底部有一层柏枝烧成的灰烬。部分棺内有葬品，但大多是粗陶制品，就放置在棺内尸骨的头部或足部。这种石棺葬多见于岷江流域，在岷江湍急水流深切出来的河谷地带穿行途中，常常可以从崩塌的断壁上看到。关于这些土著部落，《隋书》中也有记载："嘉良夷，政令系之酋帅。……漆皮为甲，弓长六尺，以竹为弦。妻及群母及嫂。儿弟死，父兄亦纳其妻。好歌舞，鼓簧，吹长笛。……其俗以皮为帽，形圆如钵，或带幂离，衣多毛毡皮裘，全剥牛脚皮为靴。项系铁锁，手贯铁钏，王与酋帅，金为手饰。……土宜小麦、青稞。……用皮为舟而济。"

这些政治上并不统一的部族，在耕作方式、文化特征上，已经显现出高度的一致性。公元七世纪，中原的大唐王朝走向其国力最为强盛的时期。也是在这一时期，吐蕃在青藏高原的腹心地带兴起，数万大军从高原顺河谷深切而下，直抵四川盆地边缘。中心在大渡河上中游地区，并延伸到岷江上游一部分的嘉绒地区，被纳入了吐蕃版图。

最初完成的是军事上的占领。

四、盘热将军

代表吐蕃在这一地区行使统辖权的第一位将军叫作盘热。

他是吐蕃王室宗亲。他的城堡建在嘉绒地区的中心地带，今天的马尔康县松岗乡。城堡名叫查柯盘果。我曾数次前去踏勘过这个城堡的遗址。从阿坝州政府与属下马尔康县政府所在地马尔康镇顺大渡河上源之一的梭磨河而下十五公里，到松岗乡，再从左岸直波村对面的山梁步行上山，约一个小时后，穿过苹果园和一片片玉米地，终于上到山梁上长着白桦与核桃树的草坡上时,就可以看到盘热建于一千多年前的城堡旧址了。

岁月无情,世事沧桑,当年的显赫与辉煌都已化为荒草。荒草中依然激发着我们回想一个铁血时代的,是隐约起伏的最后几线石头残墙。石头,是地球上所有文明都采用了,想要存之久远的建筑材料,终于还是被时间之手肆意倾圮,被荒草与尘埃深深地掩埋。

我分别在夏天、秋天、春天与冬天之间去过那个遗址。那真是一个风景优美雄奇的所在。

梭磨河自东向西在河谷中奔流,宽阔的谷地两边,群山列列,巍然耸立。一南一北,群山又夹峙出两条山沟两股溪流,一条叫其里,一条叫莫觉,在松岗汇入梭磨河。一大两小的三条溪流在冲刷,也在淤积,造就出群山之间一块块面积不一的肥沃土地。地理学上,叫作河谷台地。这是嘉绒所在的大渡河流域、岷江流域耕作区的一个缩影。这些地质肥沃的台地,依海拔高度的不同种植玉米、小麦、青稞、胡豆、豌豆、荞麦、麻、兰花烟、洋芋、白菜、蔓菁、金瓜和辣椒。点缀在农民石头寨子四周的则是果树:苹果、梨、樱桃、沙果、杏、核桃。还有一种广为栽植的树不是果树,在当地人生活中也非常重要:花椒。

我在不同的季节去那个地方,看到农人们耕作、锄草和收获。除了收获下来的谷物用拖拉机运输,基本的方式与吐蕃统治时期并没有根本性的变化。耕作的时候，两头犏牛由一个小孩牵引，两头牛再牵引犁，扶犁的是一个唱着耕田歌的健壮男子，后面是一个播撒种子的女人，再后面又是一个往种子上播撒肥料的女人。夏天，女人们曼声歌唱，顶着骄阳锄草时，远山的青碧里，传来布谷鸟悠长的鸣叫声。

四周的山峰则高峻而险要。越是山峰的高峻险要处，更耸立着高高的历经千年不倒的石头碉堡。遥想当年，盘热和他的大军就这样扼险守要，并从这种高峻的险要中，虎视着君临了的这些河谷。

任何人都明白，无论在任何时候，那种高峻处强大的君临者，都是暂时的，无法永恒。只有那些台地上的土地，村庄与人民，才是真正久远的存在。而军事的征服与铁血的统治总是一种暂时的现象。最强大的也最脆弱。当地有一句谚语，其大意就是说，最高大的东西，最容易连根倒下。

眼前的情景也正是一种生动的写照，一个在历史书上，在传说中声名赫赫的城堡消失于荒草之中，而未见于历史与传说的寻常民居却依然存于这些曾被一次次君临的和风吹送的峡谷之中，并且日益星罗棋布了。

盘热的煊赫的存在是短暂的，之前与之后，都有过很多短暂的存在。我之所以在这里反复提到他，是因为他和他所统领的军队，使嘉绒地区终于在吐蕃统治时期融入了藏族文化这个整体。

盘热是一个军人。作为军人,他带来了战争,以及战争之后的和平。他也是一个行政长官。作为行政长官,他从吐蕃带来了两部成文的法律。这是嘉绒地区有成文法律的开始。

公元七世纪中叶,盘热统一了嘉绒,结束了这一地区长期的部落混战的局面,在一种较为安定的环境下,实施他带来的两部法典。

其中一部藏语称为"尼称",类似于现在的刑法。

这部古代刑法分为九律共八十一条。这部刑法用金粉书写,以示其尊贵与重要。

其九律依次为:递解法庭律;重罪极刑律;警告罚款律;杀人命价律;狡狂洗心律;盗窃追赔律;亲属离异律和奸污罚款律;等。

另一部法律用银粉书写,藏语称为"芒登称仑",类似于今天的民法。

这部民法共有十六律一百零八条。其十六律分别为:敬信佛法僧三宝;救修正法;报父母恩;尊重有德;敬贵尊老;利济乡邻;直言小心;义及亲友;效仿上流,远瞩高瞻;饮食有节,货财安分;追念旧恩;及时偿债,秤斗无欺;慎戒妒忌;不听邪说,自持主见;温言寡语;勇担重任,肚量宽宏等。

他又结合嘉绒当地的实际情形,起草了一部类似于今天的诉讼法的《听诉是非律》，颁布施行。这部法典得到吐蕃王朝的重视，后来颁布到吐蕃全境施行。

正是因为上述原因，在深入故乡群山的时候，我采用了一条反向的路线。我将这些群山看成通向高处的阶梯，但却没有一级级向上，直到海拔最高处，然后，四顾来路的漫漫与去路的苍茫。反而先从拉萨，从青藏高原的腹心，顺着大地的梯级，历史的脉络，逐级而下。

顺着一条军事的征服之路。

也是顺着一条文化传播的路线。

五、我想从天上看见

也许是因为年代过于久远，在这条陆路上行走时，已经没有人能找到一条清晰的脉络。历史与历史中的文化传播与变迁，比之于现代物理学家所建立的量子理论还要难于捉摸。物理学家描述他们抽象的理论时运用了一种可靠的用数学语言可以表述的模型。而历史中的文化却更多地在荒山野岭间湮灭，随着一代一代人的消失而被永远埋葬。

我想，也许从天上，从高处像神灵一样俯瞰时可以看见。

于是，我在拉萨的贡嘎机场登机时特意要了一个临窗的位置。并祈愿这一路飞行，没有云雾的遮蔽。

事实是，我登上飞机时，拉萨正在下雨。拉萨河和雅鲁藏布江水溢出了河床，洪水漫进了河床两边的青稞地，漫进了低矮的平顶土房组合而成的安静的村庄。地里的庄稼已经收割了，洪水浅浅地漫在地里，麦茬一簇簇露在水面上。庄稼地与房舍之间，是一株株柳树，在雨中显得分外地碧绿。飞机越升越高，那些淹没了土地的水像面镜子一样反射着天光。这真是一种奇异的景象：洪水成灾，但人们依然平静如常，没有人抢险，没有人惊慌失措，那些低矮的土屋安安静静的，都是很宿命的样子。土屋顶上冒着青烟，我想象得出来，围坐在火塘边上的农人平静到有些漠然的脸。洪水与所有天气（比如冰雹）一样，或多或少都和某种神灵的力量与意愿有关。

对于来自神灵与上天的力量，一个凡人往往只能用忍受来担待。所以，当外界的眼光看到一个无所欲求的农人，而赞叹，而自怜的时候，我想告诉你，那是因为对生活日深月久的失望。不指望是因为从来都指望不上。所以，你才会在雅鲁藏布江洪水泛滥时，看到这么一幅平静的景象。

这种平静的景象里有一种病态的美感，病态的美感往往更有动人心魄的力量。

飞机再向上爬升，就穿过了饱含雨水的云层。

云层掩去了下界的景象，满眼都是刺目的明亮阳光！

虽然有云层阻隔，但我还是感觉到机翼下渐渐西去的高原那自西向东的倾斜。飞机每侧转一下机身,我就感觉到雄伟的高原正向东俯冲而下。闭上眼睛感觉,那是多么有力的一种俯冲啊!我当然知道,这种俯冲感是一种幻觉。飞机飞行得非常平稳。电视里正在播放平和的音乐。当气流导致飞机发生小小的震颤,空姐柔美的声音便从扩音器里传来。

但我还是觉得大地在向下俯冲。

我说过,这是一种幻觉。

而且我不止一次感觉到过这样的幻觉。

譬如当我最大限度地接近某一座雪山的顶峰,坐在雪线之上,看到只要有一点动静,风化的砾石便水一样流下山坡,看到明亮的阳光落在山谷里、森林中,使得云雾蒸腾,我也会感觉到大地的俯冲。而到云雾散开,大地安安静静地呈现出它真实的面貌,这种幻觉便消失了。

飞机起飞不久,机翼下面的云层便渐渐稀薄,云层下移动的大地便渐渐显现在眼前了。

雪峰确乎呈南北向一列列排开在蓝天下,晶莹中透着无声的庄严。在这一列列的雪山之间,是一片片的高山草甸,草甸中间或还点缀着一些积雨形成的小湖泊。湖泊边上,有牧人的帐房。我熟悉帐房里牧人的生活。他们不是草原上那种纯粹的牧民。夏天,他们赶着牛羊来到这些雪山之间的高山牧场,秋天到来,他们被一天天降低的雪线压迫着,走进河流深切出来的山谷,回到自己种植玉米与青稞的农庄。夏天是牧场上的收获季，秋天，又是土地里的收获季了。于是，这些山地中半农半牧的同胞，便在一年中，有了两个收获的季节。

每一列雪山之后，这种山间牧场就更低，更窄小，直至完全消失。眼界里就只有顶部很尖锐，没有积雪的峭拔山峰了。这是一些钢青色岩石的山峰，一簇簇指向蓝空深处。山体周围是郁郁葱葱的森林。然后，这种美丽的峭拔渐渐化成了平缓的丘陵，丘陵又像长途俯冲后一声深长的叹息，化成了一片平原。这声叹息已经不是藏语，而是一声好听的汉语里的四川话了。

从平原历经群山的阻隔与崎岖，登上高原后，那壮阔与辽远，是一声血性的呐喊。

而从高原下来，经历了大地一系列情节曲折的俯冲，化入平原，是一声疲惫而又满足的长叹。

而我更多的经历与故事，就深藏在这个过渡带上，那些群山深刻的皱褶中间。

六、流放中的光明使者

机舱里的一多半乘客都是去内地各种学校上学的藏族学生。满眼都是被紫外线过多的阳光灼成黑红色的藏族肤色，满耳都是不时穿插着一些汉语或英语单词的藏语。藏语已经显得很古老了。如果没有这些汉语的英语的借词,这些年轻的学子恐怕不能把自己的感受完整地表达出来。

但在吐蕃强盛的时代,随着藏语书面文字被创造出来,藏语是一种多么强大而又生气勃勃的语言啊!

各种各样新鲜的词汇与句式,随着吐蕃大军传播到雪域高原的每一个角落。

说到语言,又是一个有关文化传播与整合的话题了,我们必须再回到藏族最早出家的"七觉士"之一毗卢遮那的身上来。

藏王赤松德赞迫不得已将毗卢遮那流放到吐蕃东北部的边疆地带。毗卢遮那被流放时,嘉绒地区一个个靠近汉地的山口,那些河水冲向成都平原的逐渐宽大的峡口,都成了吐蕃军队与唐王朝军队反复争夺的军事要冲。吐蕃军队因为长期屯守,除了少数贵族还谨守自己纯正的血统,大多数人都与当地土著通婚繁衍。即或是这样,嘉绒这个特殊的地区,不管是在意欲西进的唐王朝眼中,还是在欲向东图的吐蕃人看来,都是一个化外的蛮荒之地。

被流放的毗卢遮那就成了一个光明使者。

他为这个地区带来了佛音与创制历史并不久远的藏族文字。要是没有佛教与一致的文字系统,没人能设想出今天这样一个辽阔的独具魅力的藏文化地带。这点道理,任何人只要打开中国地图就能明白。那占去五分之一中国版图的棕色的青藏高原上，只生活着几百万藏族人，而且，中间还有那么多高山峡谷的巨大空间阻隔，却发育出一种相对完整统一的民族文化。这在民族与文化区域的形成史上，无疑是一个令人惊叹的奇迹。

这并不是几十上百年的军事占领可以达到的。

对嘉绒这个地区来说，盘热所率的大军是为佛教文化的传播扫除了障碍，廓清了道路。

舞台已经搭好，当幕布徐徐开启时，谁将成为这出戏剧的主角？

如果历史尚未开始，就会让未来学家、星相学家做出无数种可能性的预测。但当一切都成为历史，无数的可能演变成唯一的现实。所以，在这出中世纪结束蒙昧的戏剧中，聚光灯下只有一个主角，那就是被吐蕃王室流放到嘉绒中心大渡河流域的佛教宁玛派高僧毗卢遮那。

毗卢遮那在被迫的状态下被推到前台。

我曾经特别想追溯出他从拉萨一路辗转来到嘉绒的道路，但岁月久远，群山里只有鸟迹兽踪，这位大师流放辗转的路线已经无迹可踪了。

现在只知道他被流放到嘉绒，最先到达的是促浸。促浸是大河之滨的意思，即今天阿坝州境内的金川县，解放前，是国民党四川省政府辖下的大金县。公元七八世纪，这是嘉绒地区文化与农耕最为发达的地区。

传说毗卢遮那还未到达促浸，才崩氏命令当地军事长官加害于他的书信已经先期抵达。

和拉萨相比，海拔两千米上下的大金川河谷是一个湿热难当的地方。刚刚抵达的毗卢遮那被投入了更加湿热的地窖里，与毒虫和癞蛤蟆为伍。毗卢遮那瑜伽功力深厚，这些毒虫并不能伤他一分一毫。当地的军事长官想出一条又一条计策，但都不能危及毗卢遮那的性命与身体，更不能动摇他坚定的信念。他高深的功力引起了人们普遍的崇拜。

正在这时，赤松德赞要当地军事长官保护毗卢遮那的命令文书又到达了。

毗卢遮那获得了自由。

获得自由的毗卢遮那在嘉绒大地上漫游，是一个苦行僧的形象。

他必须是一个苦行僧的形象。

那时的嘉绒在宗教方面完全是本教一统天下。如果说，在西藏，藏族的本土宗教虽然几经反扑，总的趋势却是在节节败退。但在嘉绒地区，却正如日中天。可以说，毗卢遮那在这里处于一种比在西藏宫廷中更为危险的境地。但是，作为一个嘉绒人，我从来没有听到过什么对毗卢遮那大师不利的传说。

嘉绒人都说，是大师给我们带来了文字。而文字给我们的眼睛与心灵带来了另一种光明，黑夜都不能遮蔽的光明，一种可以烛见到野蛮与蒙昧的光明。他来到嘉绒，就在大渡河上游、岷江上游的崇山峻岭间四处云游，也许是吸取了在西藏传法时的经验与教训，他在嘉绒地区传法不是辩驳，不是批判，不是攻击，甚至也不宣讲，而是用无声的方式展示。在今天，我们已经很难区分这种展示中显露出来的有多少是教法的吸引，又有多少是因为人格的感召。正是用了这种方法，他才一改在西藏与本教徒激烈对抗的局面，以一种更接近藏族本土宗教的理念与形式传播佛教，获得了当地笃信本教的嘉绒民众的拥护与爱戴。他建立寺庙，译经说法，在较大范围内传播了创制不久的藏语文，使各说各话的部落共同的交流有了一个依凭，有了一种共同使用的官方语言。

从他经过地方留下的遗迹来看，更多的时候，毗卢遮那都在山间修行。其中最广为人知的是一个他曾面壁修行的山洞，位于距马尔康县城十余公里的查米村附近，梭磨河岸边山坡上的葱郁茂盛的森林中间。这个山洞就叫作"毗卢遮那洞"。洞中石壁上几个隐约模糊的印痕，据说是他面壁修炼时留下的掌印。至少，前去朝圣的当地民众中的大多数对此是深信不疑的。至今朝拜之人络绎不绝。

在这个高大轩敞的干燥山洞中，还竖着一根直径一尺多，高有六七米的带根树干。当地民众传说，毗卢遮那在嘉绒传法期间，也曾出山去四川盆地中的峨眉山传经说法。回来时，所拄的拐杖放在洞中，自行发芽生根，茁壮成长。

今天，这树干也是修行洞中的神奇之物，朝拜此洞的百姓往往会刮下一点木屑，加入煨桑的烟火中，说是可以求得大吉大利。

梭磨河从这个地方顺势而下，与可尔因、杜柯河在陡峭雄浑的花岗岩石山下相会，再流向前文提到的金川（促浸）方向。更加浩荡的河水一路向下游奔泻而去，而我却转身过桥，在北岸溯大渡河的另一条上源杜柯河而上数十公里，到达一个被许多巨大的核桃树包围的小镇：观音桥。观音桥是名叫绰斯甲的地区的中心。

直到二十世纪五十年代初，绰斯甲土司还依靠本教势力进行政教合一的统治。这里一直是本教势力的一个大本营，但在那些巨柏耸立的山间，仍然流传着许多有关毗卢遮那大师讲经传法的故事。在不止一个花岗石岩洞里，留下了镌刻的经文，留下了手掌脚印之类似是而非的神迹，留下了许多优美的传说。

毗卢遮那弘传的是藏传佛教中最古老的派别——宁玛派。宁玛派僧人最为重视密法的修炼，而对显学的研究则相对弱化。

在西藏，最初是显学的大师如寂护被藏王赤松德赞迎请到吐蕃弘传佛法。寂护是印度佛教自续中观派出身,是佛教大乘显宗的正统。他入藏后为藏王及民众宣讲"十善法""十八界""十二因缘",向他们灌输佛教的基本义理,但他过于学院派,过于经典化的方式,直接导致了传法失败。

寂护被本教势力压迫离开时,向赤松德赞建议,只有迎请印度密教大师莲花生才能"调伏众魔"。莲花生来到西藏后,在与本教势力的斗争中,屡屡显示其精深的密宗功法,战胜了许多本教巫师。他还采用了一个特别行之有效的办法,就是在战胜这些本教巫师后,宣布本教众多神祇中的某某与某某已被降伏,并将其封为佛教中等级不一的护法神。读那种降伏妖魔后封神的情景,总让我想到汉文的古典小说《封神演义》中一些特别的场景。

而密教大法师与本教巫师斗法时,什么御风飞行、化光为剑等等奇妙的法术,又让人无端地想起汉文古典《西游记》来了。

佛教是一个神灵众多的宗教,而藏传佛教中,一个数量众多、等级森严的护法神系统更是世界宗教版图上的一大奇观。这其实与佛教早期在藏族聚居区传播时特殊的宗教斗争方式有关。莲花生用这种方式终于使佛教在吐蕃境内有效地传播开来。于是,赤松德赞再一次迎请寂护进藏。并在寂护与莲花生的帮助下,于公元七六六年,建成藏族历史上第一座佛法僧三宝俱全的正规寺院桑耶寺。该寺建成后，剃度了第一批七位藏族僧人，史称"七觉士"，而毗卢遮那正是这七觉士中最为杰出，在传播藏族文化方面贡献最为殊胜的一位。他同样也是莲花生的信徒，但在这一地区，不管是本教信众还是佛教信众中，都没有听到过他残酷施法的故事。

走遍整个嘉绒地区，所有的故事都讲的是这个光明使者的到来，而没有言及他的离开。在嘉绒地区待了若干年后，毗卢遮那又回到了西藏。但是，至少我从来没有听到过一个故事讲他的离开。查阅典籍，也没有发现他回到吐蕃王室后，又有些什么作为。所以，人们有理由相信他永远留在了嘉绒土地上。

正是有了盘热的军事占领在先，再有了毗卢遮那带来的已经相当西藏本土化的佛教传播，特别是在佛经典籍传播中的文字的传播，嘉绒才形成了一个统一的文化区。过去若干分散的部族结合起来，形成了藏族中一个自身特性保持最多的独特的文化区。

军事的占领总是短暂的，随着吐蕃帝国的土崩瓦解，从盘热开始的军事占领也自然宣告结束。那些来自藏族聚居区最西部阿里三围的屯守于嘉绒的大部分军队，并没有回到故乡，而是无声无息地融入了当地的人群。我知道，我的身体里，既流淌着嘉绒土著祖先的血液，也流淌着来自阿里三围的吐蕃军人的血液。当地的土著是农人，农闲时节就在村庄附近放牧或狩猎，而那些从世界屋脊上逐级而下，曾经所向披靡的铁血武士，慢慢地也成了在青稞地里扶犁的人，变成了在高山草甸里放牧牛群的人，变成了在鲜花盛开的季节，围着女人的百褶裙裾追逐爱情或肉欲的人。

但是武士与军人的血液不会永远沉沦，当危机袭来，那些勇武的因子又被唤醒，平和的农人，甚至淡定的僧侣又成为血脉偾张的武士。

这样的两相结合，就是今天作为藏族一个较为特别部分的嘉绒人。

阅读完嘉绒形成的历史，我们将开始阅读嘉绒的地理与风习。

七、我希望干得更好一点

当我描写嘉绒土司制度最后数十年历史的长篇小说《尘埃落定》出版后，在最靠近嘉绒的大都市成都，有一家旅行社在报纸上打出广告招引游客前往四姑娘山、米亚罗温泉红叶景区，以及马尔康的土司官寨旅游，广告词就是：游历畅销小说《尘埃落定》的地理背景与民族风情。

有朋友开玩笑说，我应该找这家旅行社索要一些报酬，因为这里面也有知识产权的问题。我没有上门去追索，却产生了一种特别的好奇心,想知道,他们将如何向游客们介绍我故乡的人民与好山好水。所有中国曾经旅游过的人,都知道导游们背下来的有限的解说词中,有很多似是而非,甚至是歪曲真相的东西。

我有过这样的经验,一次是乘某旅行社的车,陪几个朋友去九寨沟。旅行社是故乡本地的旅行社,但一路上导游所介绍的东西在我都是特别耸人听闻的、似是而非的东西。这让人非常愤怒非常失望。

还有一次经历,是台湾作家张晓风夫妇到成都,从台北出发前就打电话过来,让我帮忙找一家旅行社去九寨沟。这次,我找的还是一家阿坝州的旅行社。五天后,他们回到成都,在四川大学的专家楼,夫妇俩打开摄像机,让我看一路上拍下的一位自称是藏族的青年导游的表演与解说,看过之后,我只是觉得口舌发干,而无话可说。我不可能用一顿饭的时间,推翻一个人、一个团体用五天时间,结合了那些奇异山水与人群歪曲的没有文化责任感的插科打诨式的灌输。

我自然知道有一些手提着喇叭,挥舞着小旗,像放羊一样放牧着游客与游客想象的自称是"导游"的人,最为关心的不是正确的知识与文化,尊重的也不是一个地区的历史与文明,他们尊重的是游客的小费,尤其是海外游客的小费,关心的是沿途饭馆、旅店、纪念品商店的回扣数量。

现在，我想的是，自己的写作也会不会成为另一种意义上的歪曲。因为每一个人都有自己的不同的视角。但我能信任自己的只有一点，就是对阿坝这片土地，这片土地上我的同胞的热爱与责任感。有了这一点，如果这本书我干得不够好，那么，我会争取下一本书，或者下一次别的什么事情，我能干得更漂亮完满一点，以期对这片故土的山水与人民有所奉献。

我至少可以希望自己，比那些所谓"导游"干得更好一点。

第二章 走向大渡河

一、醉卧泸定桥

大渡河为大多数中国人所熟知,是因为中国工农红军的长征。也是因为这个,很多对历史并没有太多兴趣的中国人,还从政治教育课程,从各种影视作品中,听熟了另一个名字:石达开。

大渡河在中国人民解放军军史中,增添了一系列英雄的名字,和两个中国人耳熟能详的故事:安顺场强渡大渡河与十八勇士飞夺泸定桥。就在前些天,四川成都的报纸配合中华人民共和国国庆五十周年,还在轰轰烈烈炒作一件事:征集有探险精神的勇士,再次从全部撤掉桥板的泸定桥铁索上攀越大渡河天险。我不知道活动组织者的本意是什么,但善于发掘各种意义的记者在报道中说,这样,在国庆大典即将到来之际,这个活动可以再现当年红军飞夺天险的雄姿,借此可以进行革命传统教育云云。

如此一来,一次很有挑战性的历险活动,立即就没有多大意思了。

后来,我没有再关注这次活动举行的结果,只记得从新闻配发的照片上看到一些人正在抽撤桥上的桥板。看到那些桥板,我想起一九八八年夏天,我们第一次来到二郎山下的泸定。一天黄昏时分,大家喝多了一点酒,由当时还在泸定县工作的作家朋友高旭帆陪着到桥上散步。

黄昏的光线里,大家的面目渐渐模糊不清,而西边的天空,最后的阳光把血红的晚霞照得分外明亮。河风很劲,吹得酒后的大家都有些踉跄。大渡河正在洪水期,汹涌的波涛声在山谷里激起巨大的回响。大家迎着河风趴在作为护栏的铁链上,看着西边那血红的晚霞一点点黯淡,最后完全消散,这时,我感觉到手下的铁链蛇一样的冰凉。现在,已经想不起来是谁带的头了,反正,在满天星光的照耀下,大家都躺倒在木头桥板上了。

跟冰凉的铁链大不相同的是,木头正在把白天蕴蓄起来的太阳光热慢慢发散。于是,被河风吹冷的身体感觉到了一种粗粝然而实在的温暖。

桥头上的泸定县城正渐渐安静下去，河水奔泻的声音却越发响亮。有人在扯着嗓子唱红军长征的歌，唱关于大渡河的歌，即便使尽了全身力气，也盖不过大渡河波涛的歌唱。

我的头有些晕，便悄没声地把脸贴在了桥板上，因为木头上那粗粝温暖的冲击，也许还因为醉了酒，也许还因为别的什么，眼眶一热，泪水悄然沁出，无声而痛快地涌流，慢慢地洇开在杉木桥板上。在我心中，像画地图一样，一条红线蜿蜒而行，向西，向北，我知道，这是这条大河所来的方向，这条蜿蜒的情感红线，正是这条大河的千折百回。向西向北，那些茫茫群山哺育了这条河流，也哺育了我的身体与心灵。

就在这天晚上，我突然打定了主意，走通大渡河。顺着大河溯流而上，我就可以循着一条人们不常走的线路回家。

我发现，自己经常会给定一个自己的地理概念，如果我从泸定开始沿大渡河上溯，其实没有包含大渡河的下游地区。泸定以东以南，大渡河还穿过了好多个县，最后才在四川乐山市举世闻名的大佛脚下与青衣江和岷江汇合，再一起浩浩荡荡奔流向长江。也就是说，要真正走通大渡河必须从乐山大佛脚下开始。但在我看来，这段大渡河在我的心目中除了是一种地理，没有感情上的意义。属于藏族聚居区的大渡河，属于嘉绒藏族聚居区的大渡河应该从泸定开始。泸定是汉藏两个文化区结束和开始的地方。从地理上标识，河是大渡河，山是二郎山。

二郎山的名字,许多中国人都从一首歌里听熟了:二呀么二郎山,高呀么高万丈,古树荒草遍山野,巨石满山岗。解放军,铁打的汉,要把那公路,修到西藏。

如果不着眼于行政区划,只从文化分布来看,泸定就是西藏开始的地方。

不管是关于大渡河,大渡河上的泸定桥,还是大渡河北岸高耸于四川盆地边缘的二郎山,在革命史歌唱性的乐观主义叙事中,都在不太具有空间感的中国人中间,普及了一种地理概念。

在今天,使泸定广为人知的,还有蜀山之王贡嘎山怀抱里的海螺沟风景区。这个风景区以温泉和雄伟的低海拔冰川知名于世。在这个地方,在从亚热带到终年积雪的雪线,一两天之内经历数千米海拔高度,从中可以学习到真正的地理。当然,还可以学习植物学与动物学。我在山上就曾经被三条银环蛇上过一堂生动的生物课程。旅行结束之后,还因此写过唯一一篇以动物(银环蛇)来推动情节发展的短篇小说,名字就叫《银环蛇》。

在海螺沟的冰川与温泉盘桓几天后,同行的大队人马返回成都。我在泸定与大家分手,在高旭帆家里养精蓄锐几天,又去了一次康定,然后,于一个蕴雨的早上在康定车站乘上去丹巴县的班车上路了。

流经康定的折多河是大渡河的一条支流,水量不大,但在海拔急剧降低的山谷里，显得特别汹涌澎湃。公路沿着狭窄的折多河谷一路向下几十公里后，众山之中的山谷豁然开阔，道路也显得平缓一些，浩浩荡荡的大渡河重又出现在眼前。

宽大的河谷欲晴又雨，一些地方，被自天而降的灰蒙蒙的雨脚所笼罩，一些地方，被雨后的阳光照耀得格外明亮。这些都是我所熟悉的景象。我甚至有一种冲动，想下车行走。也许是上天的特别看顾吧，没过多少时间，班车就停下来。这次，是因为昨天晚上暴发泥石流，公路被阻断了。

这是班车第三次停下。

第一次，车开出康定不远，一个旅客大叫起来，原来是车顶的货物颠下去了。

第二次，是全副武装的公安与武警设了路障检查。他们挎着冲锋枪上车来，打量每一个人的脸，打量每一个人的行李，然后，下车挥动绿旗放行。我放在行李架上的红色尼龙旅行包被打量了很长一段时间，但里面除了一些干粮，一架笨重的珠江相机，几本书之外，就什么都没有了。但他们也仅仅是注视而已，并没有要求我将其打开检查。

现在是第三次了，不需要人告诉，只要看看公路上排开的汽车长龙，就知道对汽车轮子来说，此路不通了。泥石流从毫无植被遮掩的陡峭山坡上流泻下来，黏稠的泥浆还在从上面破碎的山体上源源不绝地向下流淌，淹没了上百米的一段公路。

泥浆还从山上带下来一个个巨大的石头，这些石头把公路路面全部挤占住了。

要是有人，有炸药，有推土机，清理这些障碍也不是什么大不了的事情。但没有人知道修路的人、炸药和推土机什么时候会来，也许在一分钟以后，也许要等上一天两天。我不是第一次遇到这样的情况了。于是，从车上取下背包，脱了鞋，挽起裤腿，蹚过齐膝深的泥浆上路了。对面公路上，也是长长的一列车队。这一段路肩上只有很少的树木，所以，许多人只能蹲在卡车的阴影里，躲开雨后初晴毒辣的阳光。当我穿过这长长的车队的时候，不断有人从车厢阴影里站出来，拦住我。

老板要不要松茸？

老板要不要虫草？

老板要不要，要不要？

我说不要，不要。这时，两个男人一前一后，把我堵在了两个卡车中间。他们也不像前面那些人那样，拿出什么东西来，而是定定地看着我。直到看到我心里发毛，其中的一个才笑了：朋友，有点沙金想出手，多少要一点吧。

我说我不是收金子的人。

那你是干什么的？

我不想解释怎么想走通这条河流，更不想向他们解释这条河流对我、对他们都意味着什么。

另一个人逼过来了,你总该要点什么吧。银圆?文物?

我都摇头拒绝了。

那你到底是干什么的?不知何故他们自己反倒露出了张皇的神色。

这回轮到我笑了:我回家。回马尔康。

马尔康?你就这么走着回去?

我说,也许什么时候又搭上汽车了。

然后,其中挡在我前面那个人努力把身子贴到车厢板上,让我过去了。

二、仙人掌河谷

阻塞在长长路上的车队终于远远地抛在身后了。

阳光落在两边光秃秃的破碎不堪的石山上,闪得人双目发痛发干。混凝土一样灰色的山坡上也有绿色,但不是树木,而是漫山遍野的仙人掌。

我只是在画报图片上才看到过这么多、这么巨大、这么千姿百态的仙人掌。图片里的情景是在墨西哥荒野上。我从来没有想过在中国会有这样一个仙人掌丛生的荒凉地带。

特别令人感到奇怪的是,在汉藏交界的地区,在四川盆地向青藏高原攀升的群山渐渐峭拔的地方,总会有这样一个荒凉的、大自然遭到深重蹂躏的地带。由北向南，嘉陵江流域是这样，岷江流域是这样，想不到大渡河流域的情形还要惨烈可怕。科学家把这种荒凉地带称为亚热带干旱河谷。他们还告诉说，这些地区，历史上曾经都是森林满被，和风细雨，但在长达上千年的战火与人类的刀斧之后，美丽的自然变出了一副狰狞的面孔。

自然科学家告诉我们，这些森林一旦消失，整个自然生态将难以再重建、恢复。

这个地带在一个国家的两个民族之间，而不是在两个敌对的国家之间，这种没有理性的对大自然的盘剥，最后造成了眼前这种令人发指的景象。这次旅行结束后，我特别注意地想搜罗一些资料，看看这些曾经风调雨顺、绿荫满山的地带，从什么时候起落到了今天这样的地步。可惜的是，无论在哪一种语言的文书中，我都没有见到过这样的记载。

曾经在西藏工作很多年的冯良寄送给我两本书，一本是她的长篇小说《西藏物语》，一本是她编辑的原来叫作《康藏轺征》，现在取名叫《国民政府女密使赴藏纪实》的书。也许是因为手头正在写这本有关走进西藏的书，我对这本在一九三〇年就真正走进西藏的书的兴趣，一时间超过了对冯良小说的兴趣。这本书的女主人公刘曼卿是一个已经被淡忘的一时间的风云人物。这位刘曼卿女士是一个出生于拉萨的藏汉混血儿，藏族名字叫作雍金。她作为国民政府的特使，为加强中央政府与西藏地方政府之间的联系所做的贡献，已经得到了充分的肯定。史料中说，刘女士此行往返于南京和拉萨达三百六十四日，是几乎整整一年的时间。她在拉萨和入藏的路上，"竭力宣慰中央德意，及告以中央垂念边陲之殷，故深得藏族人及统领土司、喇嘛等之热烈欢迎，达赖亦延其为上宾"。返回南京后，她应邀在国民会议上做了关于西藏之行的专题报告，国民政府主席特地颁发褒奖状。奖励词说："国民政府以刘曼卿前经本府文官处委令，前赴西藏调查往复一年，克宣党国怀来之意，无愧轺车专对之材用，特给予褒奖，以示奖励。"

我对这本书感到兴趣，因为她入藏的行程有一段与我的路线重合。在这重合的一段路线上，我想看看一个藏族人的记载是不是有别于其他人的记载。但我从她的行文里没有找到一个有藏族血统的人回到藏文化区域中，有什么灵魂上的共振的字句。倒是发现了"塞外孤征，感念曷既"等酸腐的语句。

我读有关西藏的书，选择的标准与读别的书大不相同，我知道这也是一种偏颇，但不能改变我在阅读中本能的取舍。我读西藏的书，第一就是从字里行间感受读者是在融入还是疏离，如果其中有太强大的另一种文化的优越感，那好，对不起，我只有放下。

我再从书架里找出这本书，是想看看，作者在泸定到康定的道中,在大渡河这段体现了人类最大程度暴力的河谷面前,有什么样的思考与记载。

可是,我仍然没有看到。

她好像没有看到那些破碎山体中的仙人掌。在我看来,这些仙人掌是大地里所残存的最后一线生机。

我继续翻检手边有限的有关藏汉交往的史料。其中一函四册的线装书叫《边藏风土记》,作者查骞,光绪年间由四川总督任命为里塘粮务同知。期间曾在这条路上往还,结果留下了这四小册文字。在第四册中,在泸定县条下,有关于这些仙人掌的记载:"泸定县境内,产仙人掌。草生树本,高逾寻丈,状恶多浆,触手滑腻。土人多种以代墙,密如排棘。其实四棱三棱,深绿绛黄,味亦甘滑,呼曰仙桃。按《本草纲目》:仙人掌状如人掌,故以名。多生石上贴壁,性苦涩寒。然未见泸定之多且大者。遍山幽谷,莫非此树,臭气熏人不可耐。"这又是中国读书人典型的书斋笔调了。

面对这种动人心魄的劫后的大自然,他能平心静气地去品味果实,想起在中医理论里的药用价值,那是一种我本人永远无法企及的境界。

公路边,不断有穿着非藏非汉,面孔脏污的孩子,手里提着一筐仙人桃,期待着买主。虽然在烈日下行走,我口渴难当,虽然那些仙人桃散发出一种与无花果类似的沉郁的闷香,但我没有打算去品尝。我在想象这里曾经的青山绿水的景象。

与此同时,让人更加沉痛的是,我知道,对大自然的劫掠还在远方云雾遮掩的深山里进行。

公路下边,河道里浊流翻滚,黄水里翻沉碰撞发出巨大声响的,正是那些深山里被伐倒的巨树的尸体。落叶松、铁杉、云杉、冷杉、柏、桦、楸、椴,所有这些大树,在各自不同的海拔高度上成长了千百年,吞云吐雾了千百年,为这条大河长清长流碧绿了几百年,为这片土地的肥沃荣枯了几百年。但现在,它们一棵棵呻吟着倒下。先是飞鸟失去了巢穴,走兽得不到荫蔽,最后,就轮到人类自己了。

不知为什么,当时我无端就想到了故乡村子一片已经消失的桦林。

三、一片消失的桦林

现在,当我的手指在电脑键盘上跳动,突然想讲讲那片桦林的故事。

那片桦树林曾经存在的村子藏名叫作"卡尔古",这个村子是一条古老驿道上一个重要的站点,所以,来往的回汉客商还给了她一个汉名:马塘。二十世纪五十年代,新建的人民政权修通了公路以后,这个地方在地图上便成了成都至国道213

线一条叫作刷丹公路的支线上一个最小的圆点。所以,养路的道班既不叫这个村子的汉名,也不叫这个村子的藏名,而把这个地方叫作"十五公里"。

就在栽着"十五公里"的水泥里程碑那个地方,有一条小溪从山腰的树林里流下来。沿着小溪,一条小路爬上公路陡峭的路肩,隐入满坡的白桦林中间。

那是一条采药的小路,在那些白桦林间的一小座一小座的山崖上,我就采过木麻黄。那也是一条放羊的小路,因为桦林间有许多顺着山体倾斜的林间草地。这也是一条狩猎人的道路。记得曾有一个村子里的小伙子被一头小熊追赶,他逃出树林后,用石头把那头小熊打死在了公路上。

有人踏上这条小路,却只是为了饱饱地去喝一次泉水。从公路爬上山路不用二十分钟,就是那条溪流的源头。这眼泉水是卡尔古村四周众多泉水中最甜的一眼。但那泉水无论如何也没有桦树的汁液来得甘甜。

春天,村里的小学校放学后,那片桦树林曾是我们童年时代的天堂。初春,钻进树林,只要用小刀在白桦修长的树干上割开一个口子,甜蜜清香而又微微有些苦涩的树液就可以流淌得满嘴满脸。

但我没有能够与这片美丽的树林度完整个少年时代。

"文化大革命"期间,从四百公里外的四川省城传来文件。那里要修一个展览馆,是献给全国各族人民共同的领袖的。这个建筑有多大呢?曾经在红军队伍里待过一阵子的大队长说,比土司的官寨还要大。一个还俗的喇嘛,解放以前去过拉萨,所以他有资格说,土司算什么,这个房子应该比布达拉宫还大。那时大多数人都不知道布达拉宫到底有多大,但砍伐一直持续了大半年时间。不知是谁说的,建展览馆的桦木,应该是红桦,而不是白桦。但是,红桦生长在比白桦更高的地方。于是,村里的男人们每天一大早上山,伐倒一棵又一棵修长的红桦树。黄昏下山,并把一大段一大段粗大的红桦树干滚下山来。

沉重的桦木下山时,显示了巨大的破坏力,小树、花草顷刻毙命,低处亭亭玉立的白桦也被冲撞得伤痕累累。林子里肥沃松软的腐殖土表层也被一道道犁开了。雨水一下,整天整夜,泥土与下面的砾石就往山下流淌。当年,那眼甜水泉的泉眼就被流沙深深掩没了。

然后,从公社,从县里来的人,拿着尺子一段段比量,合格的,就有一个人在断面上画上一朵葵花,中间写上一个鲜红的忠字。因此,这些木头不叫桦木,而叫忠字木。忠字木装上一辆辆解放牌卡车,和一辆辆叫反修牌的苏联造卡车,翻过村子背后分隔开了岷江与大渡河两大水系的鹧鸪山,到米亚罗,再沿岷江的支流杂谷脑河过理县,再走五十多公里,在汶川县城威州镇与岷江正流汇合,出岷山峡谷,到都江堰,然后到达天府之国的中心成都。

那么多卡车来来去去,寂静的卡尔古村是多热闹啊!

那时,我还没有比二十多户人家的卡尔古村更大的地理概念。

那时最大的愿望是等往桦树断面上画葵花的那个人高兴了,把画笔交给我,在他用铅笔填好的轮廓里,填出一朵中心无蕊,因此也无从结籽,却长出一个大忠字的葵花。

我,一个牧羊少年的手,曾经为拿起了那饱蘸油彩的画笔而颤抖过,因此我很奇怪,为什么自己没有最终成为一个画家,而是操起了文字的生涯。也正因了这文字的因缘,在二十世纪八十年代中期,我循着当年运送忠字木的卡车所走的那条路线,第一次来到成都。所要寻找的目标,就是那座在卡尔古村人想象中比土司官寨,比布达拉宫还要巨大的建筑。

那建筑应该非常巨大,因为砍去了整整一面山坡上所有成材的红桦。

但我看到的建筑并不如我想象的那么辉煌。我没有想到当年的展览馆是那样一种灰蒙蒙的颜色,在平原上,在一样灰蒙蒙颜色的楼群里,它一点也没有想象中那种圣殿的样子。我不能想象它会是这么一副庄重却远远说不上雄伟的样子。因此,我为了那片永远消逝的红桦感到痛心了。

在这座城市出入久了，并成为她的居民以后，我慢慢熟悉了她的历史与地理，也就知道了，很多老成都人也在为这座建筑所在地曾经雄伟与沧桑的老城墙感到痛心疾首。

还是回到那片桦树林，因为她毁灭的过程尚未完结。又过了两三年，毁灭的命运降临到了那些白桦身上。

这回是北京城里发话：要准备打仗。

卡尔古村那么地宁静与僻远，很多时候被遗忘，但有时候也与整个国家的命运息息相关。准备打仗就是贡献出那片白桦林。村子里的男人们又带着刀锯上山了。白桦一株株呻吟着倒下。然后根据要求切成一定的长度，一定的口径。不合格的都扔在山上，不到两年就慢慢腐烂了。合格的就一垛垛堆在公路边上，等待着卡车队来拉到我们不知什么地方的兵工厂去。卡尔古村的人都被告知，这些白桦的用途是制造步枪、机枪、冲锋枪的枪托及其他木质部分。所以，这些白桦给我们卡尔古村带来了无上的光荣。

也许因为这种光荣过于抽象，所以，直到今天为止，许多卡尔古村的人还在为那些白桦感到惋惜。

其实，卡尔古村岂止是失去了这些白桦，我们还失去了四季交替时的美丽，失去了春天树林中的花草与蘑菇，失去了林中的动物。从此，一到夏天，失去庇护的山体被雨水直接冲刷。泥石流年年从当年的泉眼那里暴发，冲下山坡阻断交通。有一年，我从外地回家,就被泥石流阻在离家两三里路的车里,过了一个担惊受怕的晚上。

在那些白桦消失的同时,多少代人延续下来的对于自然的敬畏与爱护也随之从人们内心消失了。村子里的人拿起了刀斧,指向那些劫后余生的林木,去追求那短暂的利益。也是一年春节回乡,经常在夜半时分听到村里人在公路边忙碌,把盗砍的林木装上出山的卡车。这种情景我曾不止一次看见。

就是这样,我目睹了森林的消失,也看到了更加令人痛心的道德的沦丧。

故乡在我已经是一个害怕提起的字眼。

那个村子的名字,已经是心上一道永远不会愈合的伤口。而我的卡尔古村并不是一个绝无仅有的例子。卡尔古村的命运是一种普遍的命运。所有坐落于我在这本书里涉笔的大渡河流域、岷江流域、嘉陵江流域的村落,没有任何一个可以逃脱这种命运。

所以,我才在目睹了泸定段大渡河谷里那些漫山遍野的仙人掌时,感到这是已经破碎的大地用最后一点残存的生命力在挣扎,在呼喊,在警醒世人良知发现。但是,那种巨大残酷的存在却没人看见。刀斧走向更深的大山,河里漂满了大树的尸体。当河水流送完这些树木的时候,有一天,我们会突然发现,耳边流动的只是干燥的风的声音,而不是滋润万物与我们情感的流水的声音。几乎是所有动物都有勇气与森林和流水一道消失，只有人这种自命不凡、自以为得计的贪婪的动物，有勇气消灭森林与流水，却又没勇气与森林和流水一道消失。

要知道，在地球的生命进化史上，要是没有水，没有森林，根本就不会有人类的出现。

四、穿越在伤心地带

第二天我起了一个大早，趁着太阳出来之前的凉爽多赶一些路。上路不久，那些仙人掌终于消失了。但越来越巨大的山体依然破碎而荒凉。当太阳升起来，河风里那一点湿气一下就被蒸发了。太阳照亮了那些累累的岩石的时候，我的心中越发悲凉。我感觉到自己是在人类的伤口上行走。尘土，尘土，到处都是尘土。

尘土中间，反射着阳光发出刺眼光亮的，是许多石英与石棉的亮晶晶的碎片。

好在巨大陡峭的山体投下巨大的阴影，能让我在其间行走或休息，又可以感受到从河面蒸腾起来的一点点湿润的气息。在有森林，有植被的时候，河水是在滋润群山，群山是在哺育着河水。而现在，河水却在这群山中充当一个趁火打劫的最后的掠夺者。等到河水把风与雨水带到河谷里的最后一点泥沙冲刷干净时，这些曾经生机勃勃的群山就要完全死去了。这正在走向死亡的世界不是一个狭小的地理概念，那是从四川盆地边缘纵深向青藏高原边缘的阶梯形群山达两三百公里的一个巨大伤痕。

一个难以愈合的伤痕。

虽然这个伤痕地带也曾有过民族间的冲突与一些战争，但这些冲突与战争大多发生在冷兵器时代，还不至于造成如此巨大的生态灾难。这个伤痕的造成，就是进入了现代史的近百年间，人类以和平的方式，以建设的名义，以大多数人的幸福与生存的名义，无休止索取的结果。

我无数次地往返于这样一个伤心地带。

就是乘坐汽车，穿越这样的地带也会费去整整一天的时间，而在溯大渡河而上的这样一个特殊的地带，费去两天车程，也还走不出满眼的荒凉。如果是步行，那么，这样的行程就更加漫长了。

从泸定到丹巴，一百多公里的行程，晓行夜宿，我整整走了三天时间。

还能看到仙人掌，但已经是有意栽植在农家墙头上。那些黄土筑就的院墙，黄土筑成的房屋，年深日久地站在烈日与暴雨下，墙上斑斑驳驳显出了白色的盐霜。土屋前后，是绿得很深厚的梨树。梨树与土屋构成河谷平整台地上大小不一的村落。村落四周仍然是绿意深重的玉米与小麦。这样的村落，每到一两公里，在某个山湾里，会随着一片平整台地的出现，毫无预示地突然出现一个。很多个村子之后，会出现一个稍大一点的镇了，白墙青瓦，会有一个乡一级的政府存在。某一个院子里，会有一面国旗，披垂在烈日下，琅琅的诵书声从白杨树下的教室里传来。

在这种时候，我这人总会生出些奇怪的感慨。本来，我该视这种声音为这一地带的希望之声，但我却为他们的将来感到悲哀，就像为那些在破碎的山体中寻找最后一点青草的山羊感到悲哀一样。当一个地区在失去前途的时候，偏偏生产出一个满怀希望的青年、少年群体，那不正是一种加倍的悲哀么？

我想对未来乐观一点，但是，我无法克服内心深处这种要命的荒凉感。

因此，我倒宁愿人们生下来，就如路上相遇的放羊人一样，坚韧而又漠然。

在一个小饭馆里坐下来，放下背包，松开鞋带，汗水却越发地滚滚而下。饭馆里的大嫂递过来一张油腻的毛巾："哥哥，你擦把子汗水。"

她头顶着一张青色间有刺绣的头帕，腰上一条彩织腰带，都是典型的嘉绒地区的妇女服饰的组成部分。但身上的阴丹蓝长衫，已是清末民初的满汉服装，脚上一双军绿色的解放牌胶鞋，又完全是一个现代中国服饰的标准农村版本。在这个地方，许许多多的中年人，都是这种汉藏混合，并同时呈现出不同时代特色的打扮。

而她说"哥哥"那种腔调，"擦把子汗"那种用词，是一种汉语里四川口音与陕甘口音混合后，演变出来的特别的大渡河谷中段土著汉语的腔调。这个地区，在清朝乾隆以前，都是纯粹的藏族聚居区，是藏族历史上农业最为发达，人口最为稠密的地区之一。在乾隆年间，清朝对当地的大小金川流域的赞拉与促浸土司前后用兵十余年，战后，藏族居民人口急剧减少。清政府以四川及陕甘兵屯殖于此地，所以，才形成今天这种人文与语言风貌。

传说那场旷日持久的战事结束以后，留下屯殖的士兵们在河谷里跑马占地。骑上马，只抽一鞭子，直到马不跑了，自动停下来，这个范围里的土地、树林、草坡，甚至土著女人——因为战争，土著男人差不多都战死了——就都是这个人的了。所以，直到今天，当地的汉语里都还有一个表示土地单位的词：趟。你家这趟地今年庄稼长得旺实！

我问饭店的这位女老板："你是藏族吗？"

我是用藏语问的，她盯着我，用汉语回答："是藏族。"

我笑了。

她有些局促地解释，这个地方，很多人都听得懂藏语，但讲就有些困难了,她说:"结结巴巴,不蛮不汉的,说出来叫哥哥笑话。"这带地方,女人把不认识的成年男人,不论年纪大小,一律称为哥哥。她接着又问:"哥哥吃汉族的还是藏族的?"

这是一个有意思的问题。在这条大河上游的某一条支流的支流上,我在黄昏时分寻找过夜之处时,曾遇到一个背水的女人问我,你住汉族的地方还是藏族的地方。现在,又有人用同样的方式提出了同样的问题。

我要了藏族的东西。

于是,我的面前有了一碗奶茶。茶里的奶是象征性的,掺在茶里很稀薄,这不是掺入茶里的奶的数量的问题,而是奶的质量。这种奶是杂种奶牛的奶。而且,茶里还有花椒与薄盐的味道。茶刚掺到碗里,很多个头硕大的苍蝇便嗡一声扑了上来。院子门前,向着公路,孤独地立着一株巨大的柏树。这些河岸两边,过去,应该都是这种参天古柏的森林,中间夹杂着白桦与枫树。现在,却只剩下这株巨柏孤独地站立在骄阳下,团出了一小块浓重的阴凉。我端着碗坐在这团树荫里,诗意不期而至,突然感觉到了脚下,那些泥土与砾石的覆盖下,是未曾风化破碎的巨大岩石。感到柏树的根须在泥土与砾石中游动伸展,感到根须像虬曲有力的手指,紧紧地抓住了岩石。打断我思路的是那位大嫂,她给我端上来一大碗嘉绒藏语叫"摆摆",在拉萨叫作"土巴"的煮面块。当地的面很有嚼头。做法是先炒酸菜与朝天椒,然后掺水炝汤,再在汤里下面块。我喜欢这种吃食,一连吃了三碗才罢休。然后,顶着烈日继续上路。

再回头看那小饭馆时,才注意到柏树下还有一张台球桌。两个穿着想尽量时髦的小青年,正一杆杆地打发着似乎无穷无尽的时间。中午时分,自己投下的影子短到不能再短,就像是影子也睡着了一般。这个镇子也与大渡河沿岸许多小镇一样。低矮的房子挤在权作街道的公路两边,公路很安静,强烈而坚硬地反射着更多的热量与光线,刺得人有些睁不开眼。两边的房子却蒙满了灰尘,安静得如同一场梦魇一般。

这是大渡河流域这个荒凉的伤心地带的众多小镇中的一个,如果不是因了名字的不同,我实在分不清这些镇子彼此之间有些什么不同的地方。

这天晚上,我宿在路上的另一个乡镇。我不想在这里写出镇子的名字,也是因为,除了不一样的名字,这里的一切实在与前述走过的镇子没有什么不一样的地方。一样的多苍蝇的小饭馆,门口停着运送木头的卡车,有一株两株的柏树立在随便一个什么样的地方,勾起人一点点对一个遥远的山清水秀时代若有若无的怀想,那是牧歌的时代,那是水流清澈的时代,那也是民间诗人们留下最后记载的时代。

作为那个时代的余响,我请民间的智者为我翻译一段名叫《美好时代衰落》的民间文书。这部文书很少流传,一来,是因为民间愿意思考的人日渐凋零,而历史学家将这种诗性的颇具概括性的叙述轻易摒弃了。但我喜欢这样的文字,其中这样写道:

> 后来,到了宗教不善寿命短促的时代,妖魔鬼怪兴妖作祸,坏心眼的人肆意害人,恶人发财爬上高位,傲慢专横不可一世。好人,对人无害的人胆小怕事,只落得贫困和倒霉。

书里还写道:

> 在此之后,宗教每况愈下,寿命更加短促的时代,在欠债和捐税的时代临近时候,国王在他的辖境内只有八千年的权力,一个国王会变成许多个国王。国王们自以为是,无视昔日好的宗教和经典。由于各人都过于自信,于是,各个国家就产生了各自的宗教与经典。

我觉得这是一种类似于《旧约全书》的概括,而又有诗意的、象征多于信史的笔法。我非常吃惊,在这样一个日益荒漠的地带,竟然孕育出了这样的民间诗人与思想家。而现在,这样的人物再也不会出现了。仅仅是从这个意义上说,这个荒凉的地带,也是万劫难复了。

我清楚地记得那个日子,一九八八年六月七日。

我躺在旅馆很多跳蚤的床上,睡了两个小时醒来,在一盏十五瓦的白炽灯下打开笔记本,重温这些文字。这时,电灯闪了三下。我知道,这是小水电站的人,把控制台上的闸刀开关拉下,又合上,拉下又合上,拉下又合上,这是告诉小镇和周围通上电的村子的人们,要停电了。

十分钟以后,电灯熄灭,小镇便睡去了。

我起身走到窗前,听到大河在两岸岩壁间激起的沉雄回响,看到了岩石缝隙间,一些柏树在天空下的剪影。

于是,从背包里摸出一支蜡烛,写下了一首关于柏树的诗,名字就叫《俄比拉多的柏树》。俄比拉多不是这个小镇的名字。我愿意为这些小镇取一些我认为好听的、不显得寒碜的名字。在嘉绒藏语中,"俄比"是种子的意思,"拉多"是在、还在的意思。我给这个小镇取的名字就叫"种子还在"。什么种子呢,当然是柏树的种子了。甚至连种子也不是,是柏树的一道影子罢了,是我个人心中一点无端的感触与怀想罢了。

在我写诗的青年时代,大多数诗行都写在这样的路上,这样破败而又简陋的旅馆里。

最让我不明白的是，在有些地方，为什么一家旅馆刚刚建成，给人的感觉就已经显得破败不堪。

旅馆是这样，一些山间的城镇也是这样。

五、滞留丹巴的日子

再上路的时候，暴烈的阳光变成了无休无止的雨水。

密密的雨脚阻断了视线，只能看到面前很小一块地方，雨点使污泥飞溅。山坡上，汇聚的雨水一股股地冲刷着泥沙，从上而下，漫过公路，流到下面的河道里去了。雨下了还不到一个小时，本身就混浊的河水变得更加黏稠了，散发着浓重的土腥味不断上涨。湍急的河水冲刷着河岸，不时可以听到河岸崩塌的声音。山坡上的泥沙被雨水冲刷下来，堆积到路上。现在，在公路上行走，就不得不越过一次又一次的塌方了。如果是坐汽车上路，现在又该被阻断在路上了。

中午时分，雨终于停了。

稀薄的阳光钻出云层，照在浊浪翻腾的大渡河上。群山中多了一些劫后余生的树木。这时，一大片房屋参差不齐地顺着山势出现在大渡河左岸的山脚下。那是曾经走过的许多个小镇的集合。不用打开地图，我知道，丹巴县城到了。

大金川与小金川在县城边汇合，这条河才正式被叫作大渡河。所以,在大渡河的地理上,这是一个相当重要的地方。一个我久想到达的地方。今天,因为一个突然而起的冲动,在一个雨后初晴的时分,我来到了这个地方。

在康定的时候,有朋友给我写了一封给这个县的县委书记的信,这个书记还是现居北京的藏族作家杰米平杰的兄长。但当我踩着雨后街道上一个又一个水洼,找到招待所住下后,从胸前的衣袋里掏出随身的几百块钱和那张纸条时,这些东西都湿透了。房间里有三张床,我把钱一张张摊开在空床上,那张纸条却化成了一团纸浆。好在,有那个防水背包,再加上一块雨披,还给我留下了干爽的替换衣服,保全了我的笔记与诗稿,还有一叠写于泸定的叫作《银环蛇》的短篇小说初稿。

换好衣服后发现,踩了一上午的雨水,脚上的旅游鞋鞋底与鞋帮完全分家了。

于是,穿着招待所的写了某某招待所红色字样的塑料拖鞋上街买鞋。

新的旅游鞋很柔软,穿上去,对行走了很多天的双脚来说,真是一种很好的犒赏。现在,我还能感觉到双脚在当时所感觉的暖烘烘的干燥的柔软。

我想,这双脚从跟定了我以来,从未像那一刻感觉到幸福无边。

在那一刻,这双因跟了我才患上风湿症的双脚会在从未有过的无比的舒适里，感觉到一个女人终于发现自己嫁对了男人的那种幸福。如果我们的脚有一种幸福哲学，会不在乎你驱使它丈量了不能穷尽的大地上的多少地方，也不会在乎你在有了钱后，给了它多么昂贵的名牌包装，更不会在乎是不是蹭到过许多鲜红的地毯。它的要求是动物性的、干燥的而不是黏糊糊的温暖，以及可以透到气的柔软。

从商店出来，我坐在新华书店的门前。

这是我买了隔壁杂货铺的一包香烟，换来了一条凳子，再把香烟点燃后，坐在太阳下面所揣摸的脚的幸福哲学。正是有了这一次对双脚幸福感的揣摸，以后但凡看到有关革命史的电影，看到红色伟人与战士一起打草鞋，或者中国北方妇女坐在炕上满怀革命激情纳支前鞋底时，就会有一种莫名的感动了。

我知道这没有道理可言，但这世界上不讲道理的事情多了。我独自坐在电视机前，为了一两个镜头没有道理地感动一下，对人对事都没有任何妨害。时不时地来点小感动，让人感觉到生活的美好，也是一种有益无害的心理体操。

还是回到丹巴。

我坐在新华书店隔壁杂货铺门口抽烟，揣摸完脚，便抬头望天。在这里，随便抬一下眼皮，是看不到天空的，看到的只是巨大的灰色山体。在那些山坡的高处，很强劲的风驱赶着云团。阳光渐渐变得强烈起来。

终于坐到书店开门的时间，很低矮的一座房子，采光不是十分充足。正是我熟悉的那种小县城里的书店的格局。店面不大，陈列着供销社那种曲尺形的柜台。柜台玻璃后面的书，以及柜台后面的架子上的书，哪怕是刚出版的，一放在这样一个空间里，都会显出一种年深月久的样子，显出和店员脸上一致的懒洋洋的表情。但是，我向来喜欢这种书店。原因是很多在大城市书店里不会买的书，在这里你会掏钱买上一本两本，做旅途夜深时的同伴。而这种书，也许是因为阅读的情境的关系，往往会有意想不到的收获。比如，这次我先是买下了"文化大革命"期间，以贫下中牧的名义编写的一部青藏高原的藏兽医药典。这本书采用了"文革"期间毛主席语录的那种开本设计，而且也采用了红塑料作为精装封皮。书是由若尔盖县革命委员会组织编写的。此前我曾得到过这本书，是在访问一个老藏医时，他送给我的。过去，他是一个获得了格西学位的格鲁派僧侣，二十世纪五十年代被强迫还俗，回乡做了牧民。"文革"中，以革命牧民的名义被起用，执笔撰写这本初级药典。这位藏医在若尔盖草原上有很高的威望，我去访问时，他把这本译成了汉语的小书送给了我。但我却把这本书忘在了县委招待所。

而现在，我又重新获得了这本书。

在这里我还购得了第二本书，也是在逛大书店时绝不会购买的。这种书在二十世纪之末的一九九九年,是很风行的一类了,但那时,还是相当冷僻的,合着该在这样一个无可无不可存在着的书店里出现在我眼前。

这本书是薄薄的一本,叫作《人·野人·宇宙人》,作者叫萧蒂岩。我在《西藏文学》上看到过一个同名的人发表的大幅的书法作品,是写珠穆朗玛的诗文。十年之后,开始动笔写这本书的前两个月,我需要访问一些对西藏有所经历的人士时,扎西达娃从拉萨打电话来,告诉了我这位老先生在成都的电话。

那天中午,在成都刚刚风行的川菜馆菜根香门前,我第一次见到萧蒂岩先生。不用介绍我们都认出了对方。

那天作陪吃饭的还有在西藏文坛风云际会过的汉族作家马原和藏族作家色波。

再一次,萧先生又替我约了当年的南下干部,在西藏墨脱待了二十多年的民俗家冀文正先生。地点在成都肖家河的拉萨大酒店的茶坊。那天,我们喝着清雅的峨眉毛峰,回忆的却是酥油茶的浓烈。就在那天,萧先生也带来了他多年前的那本书。

所有这些人聚在一起,话题都会自然而然地集中到西藏。但这个西藏是行政区划意义上的那个自治区,而不是文化意义上的。而我更愿意听到更多的人讨论一个更大范畴的西藏。

还是回到处在大小金川交汇处的丹巴,回到富含云母的丹巴。离开书店后，我到车站去打听道路的情况。售票的小窗口上的木板紧紧关闭着。旁边的黑板上照例没有只字片语透露丁点消息。找不到一个工作人员，要不是站内停着一些重载着原木的卡车和几辆空客车，这个车站就像给废弃了一样。

好在这些都是我十分熟悉的情形，我知道在这种情形下，这里一点那里一点获得不尽准确消息的方式。消息大致是说，向下游往泸定的路，被多处塌方堵死了。这情况我大约知道一点，因为我是从这条路上来的。顺着大金川而上，到金川县城，再溯流而上，到可尔因，杜柯河与梭磨河汇流处，继续溯流而上，经前面说到过的松岗乡，再十五公里，到马尔康。这条公路已经好几年不通了。问题出在丹巴与金川两县的接合部上。这两个县的接合部也是四川省两个藏族自治州甘孜与阿坝的接合部。丹巴属于甘孜州，金川属于阿坝州。

在中国，很多不是问题的问题如果出现在这样的接合部上，都会成为麻烦。更不用说，塌方从来都是这两个只有公路作为现代交通手段的自治州的大问题。

于是，那些接合部上大大小小的塌方就成了永远的问题。

最可能的一条路线，从丹巴过大渡河，沿小金川北上，五十五公里到小金县城。到小金县城后，一条路过因红一方面军的翻越而享有大名的梦笔山，经卓克基到阿坝州首府马尔康。这条公路过小金县后，在现在只有铁链悬空的猛固桥再分出一条路,过有东方阿尔卑斯美誉的四姑娘山风景区,翻海拔四千多米的巴郎山,穿过卧龙自然保护区,经都江堰到成都。

但现在,这条路也不通了,据说,在通往小金县城的短短五十多公里的距离上,就有很多处塌方。

于是,我在丹巴县城滞留下来。

六、没有旅客的汽车站

长途汽车站前,是一个不大的广场。

广场边上照例堆积着一些直径很大的杉木。坐在这些木垛上,正面对着大小金川两水汇聚的河口。两河相聚时很平静,并没有喷云吐雾、飞珠溅玉的轰鸣。只是两股水汇聚时,陡然加宽的河面上,转动着一个又一个巨大的漩涡。漩涡的力量之大,使那些漂浮在河上的巨大原木竖立起来,旋转着从漩涡中心直直地扎进河底,直到百米开外,才重新露出头来。

好些人站在河边的岩石上钓鱼。

那是我所见过的最累人的一种钓鱼方法。

钓鱼人手里鱼竿很长,鱼钩上没有钓饵,钓手一刻不停地把钓线与鱼钩投进水里,然后,猛烈而快速地收竿,靠鱼钩在水中高速移动来碰撞鱼的身体。

大渡河,还有差不多是平行流向的北方的岷江中都有的一种细鳞鱼，大小都在一斤上下，味道非常鲜美。

这些用白钩的人，钓的就是这种鱼。

在丹巴滞留的这些天里，上午，我拿着那本写野人的书，坐在河边看人钓鱼。

下午，河谷里的风准时而来。大的时候，风迎着面吹的时候，人给噎得有些喘不过气来。于是，我就躺在招待所床上听风，和翻看那部青藏高原的兽医药典。我发现，其中的许多植物，都是我从小就认识的。还有一些，虽然叫不出名字，却都是见过的。于是，那些药草就以原生时那种带露的姿态出现在眼前了。

比如鸢尾。

蓝色的鸢尾花，在青藏高原上是一个庞大的家族，生长在不同的海拔高度上。

所以，我至今记得那部医典中的一味清热解毒止毒的广谱药方，叫鸢尾膏，所用就鸢尾种子一味，但必须是不同海拔高度上的鸢尾混合而成。

在炎热、干燥而又多风的大渡河谷，我更多恍然看见的还是各色各种的报春花。而在丹巴，午后的阳光里大风清扫着狭小街道上的垃圾。风扬起漫天尘土，这些尘土差不多无孔不入。每天夜半时，风慢慢停了。连茶杯里头，残茶的底下，都沉淀了一层亮晶晶的东西。晃动茶杯，这明亮的碎屑便充满了茶杯里的全部水体,轻盈,而且依然闪闪发光。这些碎屑就是当地富含的一种矿藏:云母。

离县城一公里开外,就是比县城要来得整齐气派的矿区。

云母就是从这些因失去了植被而风化破碎的山体中开采出来的。经济学的书籍或经济学家都会告诉我们,工业的兴起,除了这个行业本身,还会带动整个地区的经济发展。但在实际生活中,特别是在这本书所涉及的地区,我看到的却是另外一种景象。首先,这种工业本身从一开始,就是一种野蛮而又落后的工业。也许,这种工业给很远的什么地方带来了繁荣,但在这里,更多的是自然被摧毁。工业依然与大多数人的生活无关。

许多云母从巨大的山体中开采出来,有一小部分,在原始的开采方式中,被浪费掉了,最后,变成了风中的尘土,在早晨的残茶里再次显示了它的存在。

第三天,我坐在广场边上,读萧先生书中写到的有关西藏野人的故事。

他的故事来自雅鲁藏布江流域,喜马拉雅山间。

这些零零碎碎的野人故事使我非常吃惊。因为,在这条大河上游的我的家乡,也有许多有关野人的传说,这些野人传说与书中那些来自雅鲁藏布流域的传说是那么的相似。譬如,有一个故事说,在庄稼收获的季节,野人会下到那些靠近森林的玉米地里,掰玉米棒子。那个季节下到地里的还有猴子、野猪和熊。于是，收获季节的农人会在这些容易被野兽抢收的地边搭起一个窝棚。对付熊与野猪是用猎枪。对付成群的猴子，枪是忙不过来的，就用哐哐作响、余音悠长的铜锣。对付野人费事一些，但也很好玩。

野人下到地里后，守卫的人便拿出酒来，边喝边唱歌舞蹈，故事里的野人好像是一种天生乐观主义的、娱乐至上的动物。见了这种情形，平常总是躲着人的野人，不，在当地的方言中，野人并不真正叫野人，直译成汉语的话，应该叫作人熊。人熊这种东西平常也都是难得一见的。什么动物都会躲避人，人熊也不例外。但在秋天的地头，人熊在采集玉米棒子的时候，守卫秋收成果的农人不开枪，也不敲锣，而是坐在火边喝酒、歌唱，继而在火光映照下手之舞之，足之蹈之。

警惕的人熊开始观望那个歌舞饮酒的人。

然后，丢下手里的玉米棒子，慢慢向火堆靠拢。

那天，在丹巴县城面向大小金川汇合处的大堆木垛上，我问一个年轻人听没听过这样的故事。他摇晃一下脑袋。这时，从木垛后面转出一个老人，穿戴也是前面描述过的那个饭馆女老板那种藏汉合璧的样式，而且是过去与现在混杂的版本。那个老人把兰花烟袋插在腰带上，嘴里喷出一股浓烈的烟味，用手画了一个圈："以前，这些山上全是柏树林和杉树林的时候，林子里就有人熊。"

现在，这里已经是童山濯濯了。野人存在的可能性比外星人存在的可能性还要小很多很多。

我望望天空，当然没有看到传媒上热心传播的飞碟出现，眼前，只有一种使人内心感到空洞的蓝。于是，我们又回到野人的故事上来，结果，这个老者讲的故事与我听过的一模一样。

野人受到吸引，丢下手里的玉米棒子，慢慢向火堆靠拢。

农人这时已经是一个老谋深算的猎人了。他一边喝酒长啸，一边准备接下来的演出所需要的道具：几只中空的粗竹筒，两把锋利无比的长刀。

野人走到火边上，变成了一个好奇心很重的喜欢模仿的大孩子。

它学着猎人的样子端起酒碗。问题是，它是没有喝过酒的。一碗酒下去，在胸膛里燃起了一团火。这时，猎人正长啸着拍打胸膛。野人也相跟着拍打胸膛，嘴里发出更粗犷的长啸。

猎人开始跳一种步伐不太复杂的旋舞。

这时，酒劲已经充满了野人的脑袋。头顶的天空开始旋转。天空里的月亮与星星也开始旋转。野人笑了。它终于明白了这个种了玉米等它来收获的农人为什么要不停地旋转。他是在追逐天上旋转不停的月亮与星星啊！

于是，它也学着猎人的步伐开始旋转。

它觉得这种旋舞非常美妙。因为自己硕大的身子飘浮起来了。也许,再多旋几圈,就要飞升到天上去了。

猎人又斟了两碗酒,大笑着喝下一碗。

野人也喝下一碗。

胸腔里的那团火燃得更旺了,头顶的天空也旋转得更厉害了。舞也跳得更欢了。猎人知道什么时候野人胸腔里的火烧得快要蹿出身体。于是,他拿起一把刀,对着自己的胸腔,挑开衣服,大笑着,捧出一团火来。

一般而言,野人也会学着样子,拿起另一把刀,剖开胸腔,大笑着,可惜,它取出的不是火,而是自己的心脏。

也有野人不学猎人这种样子的时候,于是,猎人诱使野人继续喝酒,跳舞,准备与野人贴身肉搏。论力气,十个猎人也对付不了一头人熊,但人是富于智慧的。于是,另外一副道具就派上了用场。那是几段粗竹筒,竹筒对猎人的双手来说太大,对野人的双手来说又太小了一点。

猎人把这竹筒套在手上,舞动,并凑到野人跟前。

野人也学猎人的样子把一双手很费力地往竹筒里伸。它的手终于伸进去了。这时,猎人很轻巧地把手从竹筒里抽出来。但野人一双手被卡得紧紧的,只好听任猎人摆布了。猎人大笑着拔出锋利的刀子。野人也相跟着大笑,眼睁睁地看着刀子扎进自己的胸膛。

这是一个看似轻松却血腥的故事。我想从书上知道人们为何猎杀野人,但书里没有提到。在过去,我听来的故事里,讲故事的人也没有解释这个问题。现在,我又把这个问题拿出来问这个老人。他也摇头,说:"这些故事,也是我当小孩子的时候听大人讲的。"

这个七十多岁的老人,他也没有真正见过野人。

可是,我仍然没有明白,人为什么要如此费尽心机地去杀一种特别想向自己学习的野人呢?我想,这绝对不会是因为担心这个学生有朝一日超过了自己。那么,人是要把这种叫人熊的动物食肉寝皮吗?如果真是这样,我生活在一个野人传说广泛的地区三十多年,却从来没有见过一张人熊的皮子。

有人尝过人熊的肉吗?

老头回答:"听说人熊肉很腥臭。"

那就是有人尝过了。

老头看了我一眼,从腰间抽出烟袋,挖了一锅,用火柴点燃,说:"人连人自己的肉都尝过,还有什么不尝。不信,你没有见过人吃老鸹肉嘛,但人人都听说过老鸹肉是酸的。人人也都知道马肉有汗水的臭。"

待到这天下午,看汽车还没有通的意思,我便决定第二天上路,去寻访大小金川两岸的一些听惯了名字的地方。因为这些地名,叫人想起一个旧的嘉绒曾经相当繁盛的那个时代。

嘉绒的中心地带随着时间的推移,更随着形势的变迁而有过一次大的转移。在转移未发生之前,丹巴、大金川上的金川县和小金川流经的小金县就是嘉绒的中心地带。

  只是,在那个时代,金川县与小金县都还没有现在的这种得自汉语的名字。

  这两个地区的藏语名字叫作促浸与赞拉。

第三章　嘉木莫尔多：现实与传说

一、东方天际的神山

关于过去的嘉绒，我们要从一座神山说起。

这座山，从我到达丹巴县城那一天起，就已经望见。当我的目光越过大渡河，就能从北岸一簇簇山峰间望见她最高的顶峰银光闪烁。

这座神山叫作嘉木莫尔多。

嘉木莫尔多，在藏族本土宗教本教中，是著名的东方神山。应该是藏族庞大繁杂的神山系统中，处于东方尽头的一座神山。一般来说，这些山神都是战神，人们祈愿或崇奉山神，在部落战争频仍的年代里，都希望着从山神那里，获得超人的战斗能力。

而莫尔多山神往往也会显示神迹，满足人们的愿望。

我们已经难以追溯到嘉木莫尔多山被尊崇为东方神山的最早时间。

但当吐蕃大军进入大渡河中上游时，本教在这一地区已经相当盛行。

本教在嘉绒民间，在不同的历史阶段曾经呈现过两种不同的形态。一种是未曾遭到佛教挑战的原始本教，在民间被称为黑本。执掌教权的本教大师更多的时候，扮演的是一种近乎巫师的角色。那时的本教也没有大规模的寺院与系统的成文经典。

佛教传入以后，本教的地位受到了严重的挑战。

前文曾经叙述到一位传奇性的人物毗卢遮那，他曾对嘉绒地区的藏族文化传播做出了杰出的贡献。毗卢遮那作为藏传佛教史上最早出家的七位僧人中的一位，在嘉绒是一个流犯的身份，却从来没有忘记过传播西天佛音的使命。他们自己认为，佛音可以把当时处于相当蒙昧状态下的人民唤醒，给他们带来智慧的光明。包括毗卢遮那这个法名，也有这种使命的意味。现在，人们只是很平常地谈起，毗卢遮那大师到过莫尔多山，并在云遮雾绕的半山腰的山洞里显示过功法，在岩洞石壁上留下了清晰的掌印。

天刚蒙蒙亮，我就出丹巴县城，穿过丹巴云母矿区，从大渡河桥上过大渡河,沿小金川北上。

两个多小时后,一个美丽宁静的村子泊在一个翠绿的山湾里,这就是莫尔多主峰脚下的岳扎村。

一群山羊正从村里出来,我拦住了那个牧羊人,向她打听莫尔多山的有关情况。她的神情却有些茫然。然后,我提到了毗卢遮那的名字。这位妇人脸上露出了笑容,遥遥地把手指向已经见到有林木覆盖的山腰。羊们咩咩叫着上山去了,在潮湿的黄泥路上留下了许多细密清晰的蹄印。村子周围立着巨大的核桃树,河岸边的台地上是翠绿的麦田。果树上,麦苗上,都挂满了露水,在早晨明净的阳光下闪闪发光。然后,我听到了布谷鸟悠长的叫声。而这里的房屋也不似一路看到的那些蒙尘的土屋了,开始出现典型嘉绒风格的两层三层的石头建筑。门楣与窗沿上,开始出现辟邪的白色石英。门楣与窗沿上,还出现了色彩鲜明的彩绘与浮雕。石楼的山墙上还用白色描画出硕大的雍忠和金刚橛图案。

金刚橛是佛教密宗中一个非常重要的法器。如果我的推断无误,金刚橛应该是莲花生大师到雪域之地传播佛法时开始流传于藏族地区的。而在嘉绒地区,带来这样一个图案的应该是毗卢遮那大师。

这样的村庄,就是真正的嘉绒人的村庄了。

但是,穿过这个村庄时,我没有遇到多少能流利使用嘉绒语的年轻人。当然,他们都还听得懂本族的母语,只是讲起来就有些勉为其难的样子了。所以,计划中的寻访也就无法进行下去。

而在毗卢遮那生活的吐蕃时代,大军的征讨在前,文化与宗教的同化也随之而至。佛教随着来自吐蕃本部的军人、贵族和僧侣的到达,一天天传播开来。这对于还相信万物有灵论,属于原始萨满教的本教来说,无疑是一种巨大的挑战。本教为了适应时代的变化,开始自身的改造,仿照佛教的方式创立自己的经典,创立自己的神灵系统,把众多的原始祭坛改造成寺院。

我们今天看到的,都是这种改良后的本教,百姓们称为白本。

传说本教仿照佛教经典的方式,撰写出了《十万龙经》等大规模的经典后,如何让其面世又成了一个棘手的问题。如果突然宣称自己一下就拥有了经典,肯定会引起佛教徒的讥笑。

终于有人想出了一种很好的,特别具有神秘主义色彩的方法。

他们把新创的经典埋藏在塔内,埋藏在那些风水形胜之地。然后,由本教法师在降神时突然宣称,在某一处某一处埋藏着湮灭了千百年的经典,经典里是天启般的智慧声音。寻找并开启了这种声音的人,将因为给蒙昧的人类带来大的光明而在人间永垂史册,在天国获得永生。这种埋藏起来等待发现的经典有一个专门的名称，叫作伏藏。

这个时期的很多本教僧人穷其一生的精力，四处寻找，只为了发现一部两部的伏藏。从而出现了一种专门的职业僧侣，叫作掘藏师。

传说，莫尔多山上有一百零八个或隐或显的山洞，里面都可能埋有伟大的伏藏。一时间，由大金川与小金川两条大河环绕的莫尔多山上掘藏师云集。

也许，正是从这个时期开始，莫尔多山的名声才开始响亮起来，赢得了人们的崇奉与膜拜。在莫尔多山寻访时，一个喇嘛正正经经地告诉我，莫尔多山神出生于距今一千二百多年前的藏历马年七月初十。我走访过不止一处的藏地神山，但有人如此具体地说出一个山神生日的还是第一次。

也许是因为我脸上露出了吃惊的神情，那个喇嘛停下来，给我续上一碗茶，清清嗓子，然后再往下讲。

我问他莫尔多山神为什么会有一个生日。

他反问我，释迦牟尼不是最大的神吗？为什么他也有一个生日？

这我回答不上来。

照理说，山神都是一些被收服的神灵，譬如西藏最为驰名的山神念青唐古拉，就是被莲花生大师收服，做了佛教的护法。但莫尔多山似乎没有进入这样一个护法系统。而我在山路上遇到的这位喇嘛也不是一位精通教理与地方掌故的学问高深之辈，他只是在山坡上收集煨桑的柏枝。

日午时分，他停止劳作，在潺潺流淌的小溪边的草地上烧一壶清茶来犒劳自己。而在我们身后，靠近山梁的路口上，就有一个玛尼堆，上面插着许多经幡。

二、山神的战马与弓箭

那些高擎起猎猎的五彩经幡的杉木杆又细又长，顶部削成了尖利的箭锋的形状。而这些木杆正是一年一度朝山的节日里，献给山神的箭。山神虽然已经很老，很老了，老到比一千年岁月更为遥远神秘的程度，但雪山脚下的黑头藏族人依然相信，它仍能威风凛凛地驾驭着风马在天空与大地之间巡行。山神非常勤勉，所以，除了一年一度在朝山节里向他供应弓箭，人们还须经常为他输送战马。

山神的战马比弓箭还要具有象征意义。

用一张张的纸，从木雕版上拓印下来，一匹山神的战马就是拓印在一张比香烟盒还小的四方的纸上。纸的四周是藏文字母组成的咒语的花边，或者，是吉祥八宝图案的花边。所谓吉祥八宝，在藏族聚居区所有富于宗教意味的活动或民间生活当中都可以见到，也无非就是海螺、珊瑚、砗磲和如意之类，但这么几种简单的东西，在不同场合、不同的器物上那种生动而又绝不重复的组合，却叫人叹为观止，叫人感叹人类的心智在某种僵硬规范中近乎绝对的自由。规范中的自由往往是禁锢中的一点轻松的呼吸，但这种自由却会像没有任何疆界一样，表现得酣畅淋漓，仿佛就是骑手们在山中迎风撒播风马时那种山鸣谷应的长啸。让我们把长啸收回到那方或者白色，或者是红色、绿色、黄色，或随便什么颜色的小方纸上。

山神的马就在这方纸的中央，这种印制风马的梨木雕版已经年复一年地用过很多次了，所以，马身上轮廓已经不太鲜明清晰，是像汉画像砖拓片那样，有种很沧桑的味道了。

这种纸片就叫风马。

我们无论是乘车，骑马，还是徒步穿过山口时，都会从胸腔深处，找到那种最原始的力量，并用这种力量发出长啸，一叠一叠地向风中扬播风马。

风马纷纷扬扬，蹿上天空，随风四散开去，融入青苍的山色中间。只要纸片不是马上落到脚前，只要纸片被风轻轻扬起，人们就说，山神得到新战马了。

这些年来，那种木刻版拓印的风马日渐减少，更多是印刷厂印刷的画面清晰的印刷品。因为颜料的丰富，风马的画面，也从单纯黑色，变到了红色和更多的颜色。我在阿坝州首府马尔康做了十多年的文化干部，常常在印刷厂出入，印刷些经过整理的民间文化材料。我就看到即将被淘汰的旧式平板机,连夜开动,印刷风马。

一整个印刷页就完成了数百匹的风马。

如果这个时代山神们都还在与各种妖魔奋力搏斗的话,是再不用担心没有成批的战马供应了。

也是因了印刷业的发达,在嘉绒藏族聚居区,很多藏族人开的小店里,都有一小捆一小捆的风马出售,出门将经过某处山口的人,花一两元钱就可以买到方方正正的很大一叠。风马是如此容易得到,于是便演变成在很多群众性的集会上,为了烘托气氛的需要,人们也向空中扬撒成千上万的风马。

当然,这时的风马,已经没有风马本身的那种意义了。我不知道山神俯瞰到这种情景时,会不会因为心中的失落感油然而生,而感到特别地气恼。在民间传说中,许多山神都功力高强,同时又小气而促狭。他们生气的时候,会对所护佑的子民降下灾难,来提醒人们注意他的存在。

这些年,在一些神山附近的村落里周游时,我特别希望搜罗到一块有年头的风马雕版。

厚实的梨木上留下无名画师高超的技艺。但我这个愿望至今没有得到过满足。我从来不搜集古董,却对这种古旧的雕版感到特别地有兴趣,当然不是为了满足一种收藏的愿望。我只是想在某个春暖花开的日子,在某一座雪山脚下找到一个蔚蓝的海子。海子边上有一些巨大的冰川碛石,碛石之间是地毯般柔软的青青草地。就在那样一个环境中,我坐在那里,从那块雕版上拓印风马,并随风播撒。

但那只是一种想象。

一种在这个世界上显得过分美丽的想象。

当我接近莫尔多神山时,又引起了我对风马的这些想象。

我愿意自己心灵中多存留一些这样不一定非去实现不可的美丽的想象。

只要你热爱这片土地,就会自然而然地生发出这种想象。

这种美好的想象还包括在月下与传说中的野人遭遇一次。我要带上酒,带上一个善于歌舞的美丽女子,与一个蒙昧的、渴望学习的野人在月光下遭逢。在想象中,我不会带上那种用作圈套的竹筒和锋利冰凉的刀。

当然,这就更是一种仅仅是想象的想象。

在走向莫尔多神山的过程中,我也没法不被这种想象所笼罩。我还想说,正是这种想象,使我在大群山之中的漫游显出了更加浪漫的诗意。

太阳升高了一些,高处的云雾便很快散尽了。我只是仰望参差在蓝天下的山峰,而没有攀登的打算。虽然这样一座重要的神山,肯定有很多东西值得去打探。

三、清晨的海螺声

一阵海螺声引起了我的注意。

一个红衣的僧人站在一座规模不大的寺庙的平坦泥顶上,手里捧着的,正是一只体积很大的左旋海螺。

我走向这座寺庙,绕过一些核桃树,走上庙前的小石桥,寺院的大门出现在我眼前时,那个红衣喇嘛已经站在寺院门口了。他说,昨天晚上,火塘里的火笑得厉害,早上,他扯了一个索卦,便知道今天有贵客上门。于是,他弯下腰,双手平摊,做了一个往里请的手势。他把我引到旁边一个厢房里。

在外边强烈的太阳光线下走动久了,刚进到屋里,眼前一片黑暗。我摸黑坐下,听到喇嘛鼓起腮帮吹气的声音。然后,一团暗红的火从屋子中央慢慢亮起来,先是照亮了火塘本身,然后,照亮了煨在火边的茶壶,茶壶里传出滋滋的水声。喇嘛把一碗热茶捧到我面前。这时,我的眼睛已经适应了屋里的光线,什么都可以看见了。

喇嘛又说:"喇嘛穷,庙子小,客人请多担待。"

我说:"你的庙是有来历的,又在这神山下面,可我不是什么贵客。"

他端详我一阵,说:"你的眼睛,是能看穿好多事情的,如今世道不一样了,如果是在早先,肯定也是出家人,肯定做出大的学问来,你是贵客,是贵客!"

想想也是,要是没有二十世纪五十年代以后藏族社会所经历的巨大变迁,我这种喜欢与文字为伍的人,如果不是进入僧侣阶层,又如何与书面文化发生联系呢。但是,历史没有假设。所以,当那个巨大变化来临后,我,和我这一代人,都大面积地进入了国家举办的各种教授汉文的学校。

我终于成了一个靠操弄汉字为生的藏族人,细想起来,也真是一件非常有意思的事情。喝了两碗茶水后,我终于向喇嘛提出了野人的问题。

喇嘛笑了,他说:"你怎么不问我寺庙的事情呢?人人都要问这个问题的。"

我看看这简陋的寺院,摇了摇头。其实,这个寺庙除了简陋,还特别复杂,住在庙里的人,怕是没有一个人能说得清楚,这一点,在后面我们还要讨论到。所以,我依然向他提出那个野人的问题。

他站起身来,说:"这种事情,我还多少知道一点。"

我说:"这些山里有过野人吗?"

他点点头说:"有过,有过。"于是,他的脸上浮现出夸张的神秘。"你等一等,我给你看样东西。"

于是,他拿起一串钥匙,走开了。我在这间隙里打量这间屋子。屋子是一些新旧不一的木板装成的。板壁上贴着一些印刷出来的佛像与佛经故事画。这些故事画都取材自《百喻经》，讲的无非是佛祖释迦牟尼成佛前所经历的许多次轮回的故事。

但这里，最初却是与佛教斗得你死我活的本教的一个中心地区。正是从莫尔多山上一百零八个山洞里发掘出来的伏藏，加上不断兴建的本教寺院，改变了本教在佛教的进逼面前步步退让的局面，而使青藏高原东北边缘的这个地带，成为本教的中心地带。而有了书面经典的本教的广泛传播，又进一步刺激了这一地区的文化发展。

就在我的思绪这么信马由缰的时候，喇嘛回来了。

他脸上的表情依然显得异常诡秘。我不是一个着急的人，就那么静静地望着他。

他从怀里掏出一块黄缎包裹着的东西放在我手上。

眢眼一看，这块黄绸似乎是刚才包裹上去的。黄绸是一块上好黄绸，厚实而又光滑如水。除了在寺院里，市面上是很难见到了。黄绸一层层揭开，里面露出了一个溜圆的石头。

石头本身只比鸡蛋稍大一些，却显出加倍的重量。

与这簇新的黄绸不同，石头是很有些年头的样子了。说明这绝不是一颗寻常的石头。石头通身显出一种油浸浸的黑，而且拿在手里，又有一种非同一般的光滑。

喇嘛说："这可是我们寺院的镇寺之宝。"

我笑了，为了这喇嘛的故弄玄虚。这是一座佛寺，而不是伊斯兰教的寺院。只有麦加的一所清真寺，才有一块黑色的石头被当成镇寺之宝。而佛教，尤其是藏传佛教，那么复杂庞大，差不多每一个神佛都有具体的偶像，被供奉在不同的地方。而每一个寺院，要表示其地位与来历，都至少会有一件两件镇寺之宝。那些镇寺之宝，要么是一尊有来历的佛像，要么是一些集中了最多金银珠宝的某一世活佛的灵塔。

我从来没有听说过，有某一座寺庙里会把一块石头当成镇寺之宝。虽然，这块石头看起来有些不大寻常。它比别的石头更重，更黑，更圆润。

喇嘛等我好奇够了，才有些得意地一笑，说："这是野人的石头。"

"野人的石头？"

喇嘛点点头，告诉我，这是野人的武器。打野牛，打豹子，打野猪，一打一个准，而且，每一石头只打猎物的额心，所以，石石毙命。喇嘛还给我讲了一个传说中一家穷人发财致富的故事。

这个故事与藏族人喜欢使用的豹皮有关。

当年，吐蕃大军刚刚征服嘉绒时，军队里的军官都是以胸前斜襟上的兽皮来识别军阶。但凡斜襟上佩有豹皮者，都是孔武的军官或武士。于是，豹皮成了男人们十分喜欢的珍贵之物。豹子这类猛兽，即或在过去的时代，数量也不会有很多。冷兵器时代，要猎获这种猛兽并不是一件特别容易的事情。豹皮成了一种很珍贵值钱的东西。流风所至，直到今天，豹皮也还是一种非常珍贵的东西。而且，比过去任何时代都显得更加珍贵了。

这个故事说，野人喜欢上了山下村子里一个被休回娘家的女人。被休的女人总是显得非常愤懑。但是，故事里没有讲是不是因为这种愤懑，使山上的野人爱上了她。一个没有月光的夜晚，野人下山来掳走了这个女人。

没有人看见这个野人下山，只是第二天发现，那个女人音信全无。但是人们在她的床前发现了两张豹皮。豹皮上，没有被火枪打过，没有被箭射过，也没有被刀砍过的伤痕。那是两张最完整的豹皮。

人们抬头看看山，知道那是野人所为。

女人被野人掳上山去，做了野人的洞中主妇的故事，已经不是发生一回两回了。

只是这一回，这家人遇上了一个好野人。每隔一段时间，家里的某个地方，就会出现一张两张的豹皮。于是，这家便靠着出售豹皮慢慢地富裕起来。好多年过去以后，这家人屋顶上一次性地出现了两捆豹皮。其中一捆中间，包裹了一个刚刚出生不久的小男孩。

这个小男孩长大以后,成为一个身材高大,性情温和,但异常勇敢的武士。

史称豹子武士。

我不能肯定这个故事的发生地就在莫尔多山区,也不能肯定这些河谷平畴中的山村中的某一处,有这个豹子武士的后裔。我只相信,所谓野人绝不是一个好事者杜撰出来的虚妄的存在。至少,在过去,在这些荒凉的地带还被无边的森林所覆盖的时代,野人曾经应该是一种实实在在的存在。

文章写到这里,我接到现在居住在成都的萧蒂岩先生的电话,说他在商业上很成功的夫人陈女士要在西郊的鸵鸟园请我吃饭。

萧先生写过前述关于西藏野人,或者国际上通称的喜马拉雅雪人的书,还出任过中国野人研究会副会长,正是这个原因,促使我关了电脑欣然应约。

鸵鸟园中果然饲养着一些比牦牛还要高大的鸵鸟。我们在旁边的楼里喝茶神聊。其间,我不经意中提到了那块野人的石头。

萧先生细小而有神的眼睛陡然放出更多的光亮:"你真的见过那种石头?"

"那石头真是野人的武器?"

萧先生说:"我搞野人研究多年,没有见过这种东西,但我知道有这个东西。"

他说,这种石头应该是一种坚硬的燧石。野人常常将其夹在腋下,遇到猎物,扔出去,百发百中,而且都是直取额心命门。没有哪一种野兽在这猛力一掷之下再得生还的道理。石头扔出去了,野人还要将其捡回来,夹在腋下,日久天长,油汗浸润,就成了我见过的那种样子。

这些故事,那个喇嘛并没有告诉我。

在嘉绒地区,寻求某种风习的沿革,某一狭小地区的历史渊源,往往需要做这种拼图游戏。你不能期望在一时一地,就获取到所有的碎片,并一丝不爽地再完成必需的整合。从来藏族地区,特别是嘉绒地区做地方文化史研究的人,必须永远做这种拼图游戏。

这当然不只是指单独的一个野人的传说。

即或是确定嘉绒这个部族名称,也是一个颇费周章,而又难以一时给以定论的事情。

四、一座山之于一个地区

前面我说过,嘉绒的意思,是靠近汉区的农业区。还有一种意见认为是大河的谷地。

再一种说法,这些年来,随着研究工作的深入,正在得到更多人认同。

这种说法与嘉木莫尔多神山有关。

而我所以特地数次前往寻访，也绝不仅仅因为野人神秘美丽的传说。大小金川在丹巴汇合后，才在地理书上，或地图上被标注为大渡河。就在大小金川及其众多支流逐渐汇聚的这一地区的丛山之中，耸立着一座富含云母与金砂大岩石的大山，当地人称嘉木莫尔多。

嘉木莫尔多，藏语意为地王母，或土地神。而据当地僧人介绍，这个词在藏语书面文字中，又有秃顶光亮的含义。所以有这样一层字面下的意思，只要站在山脚下一看就知道了。这座山峰在超出四周群峰的高度后，便光秃秃地直插天空，没有一草一木的遮蔽。更因为岩石中富含锡箔状的云母，在阳光照射下，总是闪闪发光，因了这种光芒，高大的莫尔多神山更是气象万千地超拔在大渡河中游地带的万山之上。

有一个当地流传颇广的传说使人们相信，在很久远的古代，神灵们还经常显身在大地上自由来往，不大隐藏行迹的时候，雪域高原的各大神山，曾召开过一次有万座山峰的万个山神参加的群神大会，目的是排列座次，明确隶属关系，并进一步规定了各自的朝向。

那时，以青藏高原最高处的喜马拉雅山为中心，向东南西北四方辐射，每个方向上都有九万九千座大神山。每个方向上的众神山都推选出自己的代表去参加这次万山聚会。会议最后议定,通过文比讲经说法,武比功夫与力气的方法,以最后胜出者为群山的首领。会议开始时,每一个出席的山神都有一个指定的座位,只有会场上首一把龙头扶手的玉石雕花宝座是空的。与会者心里都清楚,那将是通过比赛产生的众山法王永恒的宝座。

作为会议发起人与主持者的喜马拉雅山神见会场中已经座无虚席,以为众山神已经聚齐,便用洪亮的声音唱一段赞词,随即宣布会议开始。

突然,天空一暗,众神抬头看时,却见东方又驾云飞来一位山神,他按落云头,腰束云豹皮,气宇轩昂地走进会场,见场中除了上方那唯一的宝座外,并没有留下别的空位。

他便弓腰打听哪里还有空着的座位,但已经获得座位的众神并没有人想要理睬这位不速之客。于是,他干脆转身走出众神的座席,径直登上了那个玉石雕花宝座。

场中不禁一片哗然。

但这位山神欠欠身子,不慌不忙地开口道:"我知道讲经说法靠辩才排座位,比武以身手高下分优劣,但既然下面没有我的一席之地,想必是大家推我来坐此位,我怎么能违拂了众神的好意。"并离开宝座向大家躬身致谢。

众神不服,提出要与他辩经说法,谁知这位东方山神于佛法的造诣却是十分高深,加上无碍辩才,终于在七七四十九天后,让最后一个对手败下阵去。

众神依然不服,提出比武。于是,又经过九九八十一天的搏斗,这位山神显示出种种神力与功夫,比如,他能站在一面鼓上,随意飞行,并徒手斩取光线,使其变为手中的刀剑。就这样,一个个有着非凡功力的对手全部被他打败了。

于是,众山神心悦诚服地让他再次登上宝座。

当他登上宝座向众山神脱帽致谢时,大家才发现他原来是个秃顶,而且这秃顶还特别地闪闪发光。众神不由都脱口而出:"莫尔多!莫尔多!"

原来,早在佛教还未传入藏地之前,释迦牟尼从天界俯察广阔雄浑的雪域高原,发现东北方某一处金光四射,再定睛细看,却见那里山河秀丽,气候和美,人民勇敢忠厚,佛便预言了将来佛音会在那一处地方传播光大。也是因为这个原因,莫尔多在古代藏文中,还有秃顶闪光这一层字面意义。所以,看到这位夺魁的山神脱帽时露出光秃的头顶,众山神不由得想到了佛的预言,才脱口惊呼。

想来这个故事,正是当地人民的一种美好想象。莫尔多山以及周围地区,在与内地唐宋王朝相当的这样一个大致时期,都是嘉绒文化的中心。处于这样一个中心的人们难免会产生更宏大的想象,希望能成为一个更大的世界关注的中心。

当然，这也仅仅是一种美好的希望而已。

因为，到清王朝统治的乾隆年间，经过数十年残酷战争的破坏，莫尔多及其大小金川作为嘉绒文化中心的地位就日益式微了。

我们现在要做的是，讲述完有关莫尔多山神的故事。

话说莫尔多山神从喜马拉雅山区夺魁归来时，一位赴会迟到的西方山神内心不服，跟踪追至大渡河边，要与莫尔多比试功力。想来这位西方山神也是功夫了得，不然不敢叫作达尔基——在藏语里，是金刚不坏之身之意。

莫尔多同意与达尔基比武，并请挑战者先出招。

达尔基也不客气，拔出宝剑，便剑剑生风带电，向莫尔多连连劈去。每一剑挟着电光火石迎面劈来，莫尔多都只是轻轻腾挪一下身子，每一剑都劈在他脚下的山体上，在莫尔多山陡峭坚硬的岩壁上砍出一道台阶。

达尔基山神并不跟着往山上爬，每砍一剑，身子就长高一次，站在原地，一口气便砍出了一百零八剑。这样，就在莫尔多山脚到莫尔多山顶陡峭山体上留下了一百零八道梯级，以供朝拜山神的人们去攀登。

这一百零八剑砍过，莫尔多已跃到山顶，身后只是深渊一样的蓝天，他再也无路可退了。于是，便微笑着说："让了你一百零八剑，现在也该轮到我出手了吧？"

话音刚落,他已经张弓在手,撕金裂帛的一声响过后,达尔基山神头上的缨冠已被射落在地。这位来自西方的挑战者顿时惊出一身冷汗,立即跪地认输。在莫尔多山西北面有一座山峰,正好侧向莫尔多山,可以意会到一点躬身顺从的意思,于是,人们就用失败山神的名字命名了这座山峰。

从莫尔多山半腰,目光越过达尔基神山,再往北望,有一浑圆的小山,自然就是达尔基山神被射落的缨冠了。

莫尔多众山之主的地位,曲折地表达出了当地部族一种渴望自己成为某种中心的愿望。因为我们知道,在藏传佛教的护法山神中,地位崇高的名册序列中,并没有莫尔多山神的名字。但当地的嘉绒百姓还是围绕着这座东方山神创造出一系列的神话,在围绕莫尔多山的大渡河流域册封了一系列为这个众山之神护驾的叫作"念青"与"够拉"一类的护驾山神。

而围绕着莫尔多山四周山区的大渡河中上游及其丰沛的支流,都被泛称为"嘉尔莫俄其",而河流两岸的谷地又被称为"绒",所以,嘉绒这一部族名称,也是一个地理概念,专指莫尔多山四周的河谷农耕区。

当我真正走在莫尔多山崎岖的山道上时,就深刻地感受到,这已经只是过去的一种神山。去这个地方,对我这个想通过漫游有所发现的嘉绒人来说,是一次伤心的失望之旅。在更加向西的地方,攀上任意一座没被封过神的雪山,都会感到一种深刻的震撼。但眼前失去了生机后满被创痕的山体，却叫人口里泛起岩缝中灰白的硝盐的苦涩味道。

山羊们在多刺的灌木丛中寻找青草，就像我们在头脑中寻找诗行一样地困难。

那种文化上的衰落感，只要看一看莫尔多山下的莫尔多庙就够了。

在嘉绒藏族聚居区，很少能看到在别的藏族聚居区常见的那种大规模的寺院。但寺院无论大小，都有一个明确的归属。第一，它是属于本教还是佛教。如果属于藏传佛教，还要看它是属于宁玛、萨迦、噶举、觉囊和格鲁等教派中的哪一个教派。每一种宗教，每一种教派，都有自己鲜明的特点与教义。

但在莫尔多神庙，我却看到了一种不可思议的景象。

这座庙从外观上看，那两楼一底的亭阁式的建筑，更像是一座汉式的道观，而鲜少藏式建筑的特点。

走进道观，不，我还是应该说走进神庙，就进入了底层大殿，正中供养着莫尔多山神像。原来，莫尔多山神的坐骑不是战马，而是一头黑色的健骡。山神就披一件黑毛毡大氅骑在骡子背上。更令人吃惊的是，骡子的缰绳不是控在山神自己手里，而在前边一个侍从的手里。骡子屁股后面，还跟着另一个手持大刀的战将。不论如何，这都与我想象中的山神形象相去甚远。这也是我第一次看到人们为一座山神所造的神像。

同一层的大殿中面南边，还供有千手观音像一座。

第二层，是汉人崇信的镇水的龙王。

第三层，更是汉藏合璧。计有汉族道教尊崇的玉皇大帝一座，和藏族人普遍崇奉的莲花生大像与宗喀巴像和毗卢遮那像各一座。

在这样的寺院里，你当然也不会指望看到常见的藏族寺院里那种无论从历史文化还是艺术价值的角度着眼，都有着非常价值的壁画。

离开这座寺庙的时候，我的心里有种失落了什么的凄楚的感觉。我从来不是一个主张复古或者是文化上顽固的守成论者。但在这样一个地方，你只看到了文化的损毁，而没有看到文化的发展。你只看到了一种文化上拙劣的杂糅，而没有文化的真正的交融与建构。

莫尔多山周围地区，是藏族文化区中别具特色的嘉绒文化区的中心地带，但现在你却在看到自然界的满目疮痍的同时，看到了文化万劫难复的沦落。

任何一座神山，都会有一条崇拜它的子民的转山之路。本教与藏传佛教的信徒都相信，绕着这座山转一个或大或小的圈子，会积累一定的功德。但现在，这条转山路却渐渐荒芜了。不，在这样一个地方说荒芜是不准确的。荒芜是指一条道路慢慢被青草，被藤蔓，被树木的苍翠淹没。这里人迹稀落的转山道上不可能再出现这种景象。这里的树林已经消失，顽强生长的青草已然没扎根的地方。猛烈的山风和雨水一层层剥去山体表面的泥土，青草的根须再也抓不住一点什么，于是就一年年地稀疏、枯萎了，等待着山羊们沾满砂石的舌头最后席卷。

这条朝山之路本是从青草，从树林，从森林的腐殖土中踏出来的，现在，随着泥土的流失日渐淡去了。我没有绕任何一条转山道朝拜过任何一座神山，但看到一条古老神圣的转山道以如此的方式消失，心中不由得泛起阵阵苦涩。

我在一首诗里写过，那种苦涩就像是岩石缝里渗出的多碱的盐霜。这种盐霜可以制造芒硝，芒硝可以用作一种低质炸药的原料。

我在山下一个人家借宿一夜，准备第二天返回丹巴。

五、山神的子民们

在这个藏汉混血很多代，且基本不通藏语的人家里，我听了更多不得要领的传说。这些传说在文化上更靠近的不是藏族，而是汉族民间的那种东西了。

好客的主人取来一大块猪膘，把一把刀插在上面时，我从背包里取出从丹巴县城带来的两瓶白酒，倒了一大碗。碗在围着火塘的几个男人手里传了起来。猪膘与刀子传到我手里，我切下一大块，用刀尖挑着，在火上烤得吱吱冒油，油滴到火里，火苗蹿起来，把这一圈人的脸都照成铜色的了。火塘里的火，要比头顶吊着的那盏被烟熏黄的电灯更加明亮。

酒过三巡，好几块猪膘已经下到了我的肚里。

主人说："真没有看出来，哥哥还真是我们这个地方的人。"

这时，屋外一阵拖拉机响，不一会儿，一个穿着牛仔服的青年人走了进来。

这是主人家上过高中，却没考上大学的儿子回来了。

主人问今天找到货拉没有。年轻人翻了翻眼睛，说，跑了一趟，但路塌方，中途空车回来，一分钱没挣到。他端起酒碗灌了一大口酒，却再没有往下传，酒碗就放在了他的面前。现在，这种文化败落的乡村里，正在批量出现这种乡村恶少。我也是因了酒的缘故，从他面前端过酒碗，大喝了一口，再递到他父亲手上。

这个青年人就发作了，像刚发现我一样，一双瞪大的眼睛狠狠地盯过来。我的眼睛没有退让，也不能退让。

他的眼睛让开了，又喝了一口酒，说："你要去什么地方？"

我说："赞拉。"

"赞拉？"

他父亲说："就是小金。"

他说:"小金有什么了不起,那天几个小金收药的人过来,叫我们狠狠打了一顿。"然后,他又说了许多威胁的话。他看看我的背包和相机,说:"听说北京和成都有人闹事,现在到处都设了卡子。"

他把我当成从大城市来的人了。他父亲无法制止这个撒野的、仇恨城市人的小子,只是对我说:"他喝醉了,不要理他。"

我收拾了背包准备离开这户人家,他又提出了另一个问题:"公路塌方了,班车都不通了,怎么样,明天我用拖拉机送你去小金,给两百块钱就行了。"

我当然不会接受这种讹诈。最后,是他父亲将他从屋里赶了出去,而把我留在了他的家里。第二天醒来已经晚了,这家人除了一个从昨天晚上到现在只是微笑、一言不发的老人,都已经出去做事了。他给我端来一碗茶,用藏话说:"上路的时候,躲着我家那野小子一点。"

我说:"我不怕他。"

老人指指自己的耳朵,说:"我早就听不见了。"

我只好笑笑,和他告别,上路了。两个小时后,我回到丹巴。在招待所里铺开纸写我那篇叫作《野人》的小说。写得闷了,就下了招待所前曲折的石阶,到车站转转。那里依然很安静,树荫静静的,时间就消消停停地团身在里面,一点也不想延展的样子。

于是，又回到招待所写我的《野人》。

那些年里，我特别喜欢在路上的旅馆里写短篇小说。在若尔盖，在理县，在隔丹巴县城不到五十公里远的小金县城。写完这篇小说，虽然路还没通，但我应该上路了。

漫游中的写作，在我二十五岁之后，到三十岁之前那段时间，是我生活的方式。那时，我甚至觉得这将成为我一生唯一的方式了。

我又上路了，目的地就是五十多公里外的县城小金。

临行前，我给曾是同事和领导也是朋友的小金县委书记侯光打了一个电话。他告诉我说，等我出发走到一半路程，一个叫新桥的乡，那里就没有塌方了。他还特别叮嘱，叫我到乡政府打电话给他，在那里吃顿饭，接我的车就到了。

当夜，听着吹过整个县城上空的风声，我很快就睡着了。

睡着之前，我口里念出的却是小金县城以前的名字：赞拉。

第四章 赞拉：过去与现在

一、走过了那些村落

在今天叫作小金的赞拉与叫作大金的促浸，是包围着莫尔多神山的一个广大的群山耸峙的地域。

两个地域由一条叫作小金川的河流和一条叫作大金川的河流汇聚到一起。两条河流在我正在离开的丹巴县城边汇聚到一起，才有了大渡河的开始。

这两条河流及其众多的支流养育了藏族文化中独具一格的嘉绒文化群落。

早上的空气湿润而又凉爽，我沿着小金川河岸向小金进发。

两个小时后，我再一次经过前些天到过的叫作岳扎的小村寨，再次经过莫尔多神山脚下。

大河两岸，都是望不到尽头的高大群山。群山都裸露着坚硬的岩石骨骼，岩石缝中的灌木都显得隐忍而坚强。

孤独而虬曲的松树站在高高的岩岸上。

走了很长时间，这大河两岸的景色依然没有一点改变，好在这是个天上浮满薄云的好天气。这种天气是适合赶路的。于是，我走过一个又一个村落。

两层三层的房子因为平顶也因为四周高大雄浑的山峰而显得低矮，房子都由黄泥筑就或由石头砌成很厚的墙，因此都显出很坚实的样子。过去，部落战争横行，再后来，中央政府设立了各级政府后，却又是土匪横行的时代，于是，这些寨房无一例外都只开着枪眼般的小窗户。在那些时代，这些寨房本身就是一个又一个的堡垒。一个村子，总是这样十几座几十座堡垒般的房子攒聚在一起，不仅形成了一个个生产上自给自足的群落，也形成了一个个武装的自我防卫的群落。但在二十世纪五十年代初那最剧烈的社会动荡过后，这些村落就只是一个又一个的基本行政单位与生产群落了。

这些文化交汇带上的村落在一切将被破坏殆尽的时候，终于迎来了和平。

和平带给这些村落最大的变化就显现在窗户上，过去枪眼般的窗户越来越轩敞。这一带村落自乾隆年间史无前例的那场大战以后,被汉文化同化的趋势越来越强。所以,那窗户也多半是照了官方修建的乡政府窗户样子,卫生院和派出所窗户的样子,一个长方形中分出双扇的窗门,每只窗门装上三格玻璃。三格玻璃大多是那些政府机关的砖瓦房子,而这些农家的窗户却多是接近正方形的两扇两格玻璃的窗子,这种窗户倒是与农家房屋那种朴拙的样子十分相配。

我不知道当建筑史学家考察社会变迁时会不会特别注意到房屋的眼睛——窗子——的变化。但在这个地方我是特别注意到了这种变化。

写到这里,我又想起了一件往事。一件属于一九七九年的往事。

那时,我作为一个师范学校的实习生到一个偏僻的乡村学校实习。

到校的第一天,校长找我谈话,要我到从中心校出发要步行大半天路程的一个村子里建一所学校。校长很严肃,因为这个村子里从来没有建立过一所学校。校长说我将是这所学校的创始人,也是这所学校的首任校长,并且在刚刚走上工作岗位的时候,就自己领导自己。

严格说来,我将去建一所新学校的地方应该不叫一个村子,因为二十多户人家散居在一条二十多公里长山沟两边的原始森林中间。

但是，这时的村子并不是一个自然村落的意思，而是一个最基本的行政结构。

记得当时校长准备给我的建校经费是五百元人民币。他把我带到乡政府，与乡长见面。乡长把文书叫来，文书写了条子，郑重地盖上乡政府的大印，呵着气把印油吹干了，封好信封交给我，说，交给村支书，他会安排劳动力来建学校。那几百块钱，只要交到村支书手里就可以了。而现在我所以回忆起这件往事，其实是与窗子有关。

从乡政府回到学校，校长叫来兼任着保管员的嘎西老师，让我领两扇窗子。

有些汉语词汇在藏族人中间——哪怕是在藏族教师中间——都没有过准确的意义。所以我以为校长是叫我从嘎西那里领取玻璃。但是，当嘎西打开保管室的门，吭哧吭哧地从很多灰尘与杂物中搬出两扇旧窗户时，我真有些傻眼了。这是两扇从旧房上拆下来的窗户框子，上面并没有半块玻璃。

校长看着我疑惑的眼光，说："你要带上这个，村里的木匠不会做这种窗子。"

我的眼神肯定是说为什么一定要做成这样的窗子呢。

校长又说："没有这种窗子，就不像是一所学校了。"

校长确实是这么说的，没有这种机关房屋上的窗子，那建筑就不像是一所学校了。说完这句话，校长的孩子来叫他回家去割蜂蜜。他便背着手走了。

嘎西老师看看我，又看看那两扇窗子，什么也没说，走了。

留下我在那里，呆呆地面对着那两扇窗子，不知道怎么把这两个大木框子运到几十公里外那条山沟里去。我一直在保管室门口站到黄昏。最后，是这两个大窗框粉碎了我成为某所学校创建人并成为首任校长的梦想。

晚上，我一夜未眠，早早起来，等在乡邮电所门口，终于等到护线员起床，便冲进屋里，拿起电话的摇把，经过好几个接线员，把电话要到了重山阻隔的县文教局，找到了一位局长。我说："我是一个实习生，不懂得怎么去建立一所学校。"

于是，局长又叫我去叫校长。校长赶到时，电话已经断了。

校长再次拿起摇把，说了很多个我要县文教局后，把电话要到了局长桌子前。

然后，我就被免掉了创建一所村办小学的光荣任务。

放下电话后，校长问我与局长是什么关系，我说没有什么关系。他回过身来说："要有什么关系，你也不会分到这里来实习了，最后分配你还是会在这里。今年不去，明年正式分了，还是你去。"

于是，嘎西老师又把两个窗框搬回了保管室。

过了一学期，等我正式分到这里的时候，他却像是忘了这回事了。再过了半年后，我调离这所不通公路的学校，临走时，我提起这档子事来，他说："我看你肯学，也听人说你学问好，到这所学校来，已经委屈你了，我不能再委屈你了。"

其实，我是想问他，为什么一定要搬去这么两扇窗户呢。但这个问题最终没有问出口，因为我被他家里的蜂蜜酒给噎得喘不过气来了。

这是小金的那些藏式建筑上的汉式窗户引起的我的一些回忆。

但我当时可能并没有这样的联想。

二、小金川风景画

在那样荒凉而又气势雄浑的河谷里漫游，一个又一个村落会引起一种特别的美感。虽然常识告诉我，群山中的荒凉也是人类暴行的结果，但是呈现在眼前的一切，却显出那么地老天荒亘古如斯的假象。于是一个又一个村落的出现就形成了一种特别的美感。

当身后一个村落慢慢逝去，两岸的山峰便紧逼过来，平坦的梯级谷地消失了，山岩寒浸浸的阴影深重地投在路上，河水一下便汹涌起来，在千军万马的奔腾怒吼中涌起成堆的雪浪。不时,有风化的岩石呼啸而下,重重地砸在路面上,又蹦跳着扑进了翻卷的雪浪。

过去,这些山岩曾是猴子与岩羊的栖息地,现在,却再也难觅其踪迹了,有的只是在岩洞里筑巢的野鸽与雨燕。

过去的时代,在这样的道路上独身行走是非常危险的,一是道路逼仄,一旦失脚,便粉身碎骨万劫不复了。当然,对于脚下的险路人们总是万分小心的,但对等候着财喜的剪径强盗,就只有望天浩叹了。

但在今天,一条对于汽车司机来说,还潜伏着很多危险的公路,对于我的双脚来说,已经足够宽阔,不至于让我身子紧贴着内侧的陡壁,还被外侧绝壁上嗖嗖上蹿的冷气弄得头晕目眩。当然,在还没有到达共产主义的时候,提前想在过路人身上各取所需的人还是有的,但那种形象,比起过去时代的职业强盗来,终究不是那么可怕了。

一段逼仄的山道过后,峡谷又豁然开朗。

河谷两边阶梯状的台地上,又出现了村落与绿色。村落中总有几株巨大的核桃树,荫蔽了整个村子,使这些村子显得幽静而又遥远。村子四周是大片的苹果园。小金苹果至少在四川内地的市场上,是一个很响亮的名字。当地政府把种植苹果当成农民增加收入的一个非常重要的方面。早在中国农民开始走向市场的二十世纪八十年代中期,农民们就在并不富余的玉米地里，栽满了苹果树苗。夏天路过的时候，好多并不壮大的苹果树上，已经挂满了青涩的果实。

这样的努力，表达的是农民依靠土地获得富裕的愿望。

过去，这些村民的前辈曾经在同样的土地上种植过鸦片，那个坐在村口核桃树下，脸容平静而眼神混浊的老人可能就在大片艳丽的罂粟花中，有过灿烂的关于财富的梦想，但他终于还是穿着破衣烂衫深陷这个核桃树荫笼罩的村庄。

现在，他的子孙又来继续他的梦想。

十多年很快就过去了，在一个世纪行将过去的时候，他们的苹果正在渐渐失去当年的魅力，因为科技人员缺乏，面对病虫害，特别是面对品种退化，他们束手无策。在四川成都市，在我下班的路上，就会经过一个水果市场，但在那里，我看到来自家乡的苹果已经日益减少，更多的是陕西出产的红富士和美国蛇果了。

三、山中人家

当年，从核桃树繁盛的枝叶间，传来布谷鸟不知疲倦的悠长鸣叫。村子周围一片片的玉米地间，是大片大片正在挂果的苹果。玉米地与果园之间，是一盘盘硕大的金色葵花。房前屋后，还种着大丛大丛的麻。那些果树与绿意和阴凉使我离开公路，走进一个村庄。

不等我开口，在第一个人家的门口，我就受到了主人真挚的邀请。

男主人正在用山麻柳木刨一根锄把。男主人有一个汉姓姓张，一个藏族的名叫扎西。张扎西，一个藏汉合璧的名字。就像有一种中西合璧的名字张约翰或者查理·王一样。

他那叫作措措的女人正在做当地人脚上常见的那种藏汉合璧的爬山鞋。鞋子整个看起来是汉式的，但上底的方式，在鞋子前部包上麂皮的方式，又是藏人制作靴子的方式。所用的线也是屋后的麻秆上剥皮搓成的结实的麻线。

麻籽成熟后，又是一种很好的香料。

在主人端来的茶里，我就尝到了这种香料的味道。

更有意思的是，男女主人都不能非常熟练地使用汉语或者是嘉绒藏语。听着他们一段话里夹杂使用着来自两种语言的词汇时，我的舌头感到了这种搅和带来的不便，但从他们脸上却看不出我的那种难受。有一点却非常明确，在这种夹杂的语言中，藏语的发音还很纯正，并且成为一句话中最富有表情的关键部分；而当一个个汉语词汇被吐出来时，声音就变得含混而浊重了，一个个词吐露出来时，难免有些生硬的味道。但我知道，我无权对此表达我个人的喜好，这是历史用特别方式在这片土地上演进时，留下的特殊的脚迹。

女主人进屋为我准备吃食,张扎西放下手里的活计,说:"儿子回来后,他的话你就能听懂了。我们的汉话不好。"

我用藏话回答主人:"我是藏人,我们一样都是嘉绒藏人。"

这回,他露出了一个藏族人吃惊时那种典型的表情,并吐出了舌头。男主人说:"我们这种藏族叫客人见笑了。"这回,是一句完整的嘉绒藏话了。

女主人端着午饭出来了。

在院子里的树荫下,我面前的盘子里是一盘热气腾腾的蒸洋芋,旁边是一小碟盐,盐碟旁边是菜园里刚摘下来的青辣椒。我就这样一口洋芋一口蘸盐辣椒吃了起来。

这是典型的家乡饭食的味道。

一盘洋芋很快一扫而光,女主人又端来了一大碗酸菜汤,里面有很浓重的陈猪油的味道,这也正是家乡饭食的味道。一大碗汤喝进肚子里,汗水慢慢从额头上沁出来。女主人却在抱歉,说,酸菜是洋白菜做的,要是冬天,就有上好的元根白菜,味道就更好了。

女主人所谓的元根白菜,学名叫作蔓菁,有萝卜一样的根茎,叶子却很粗糙,但正是这种粗糙,煮成酸菜,成了我们一种特别对胃口的嗜好。而洋白菜做别的菜十分细嫩,要比元根白菜可口十倍,但做成酸菜,总给人一种过犹不及的感觉。

和客气的主人闲话，话题也无非是地里的苹果树苗和今年的收成之类的事情。除此之外，他们还能关心什么呢。当我想把话题转向村子的历史时，话题便开始模糊起来，变成了一种不可信又不可不信的传说。

我问他小时候是不是看到这里山上有过森林，他摇头，说，倒是有些零零落落的柏树，却都一天天减少了。他说，听说村子的后山上大片森林包围着一个海子，海子中有一条溪水流下来，就从村子中央穿过。海子里有一对金色野鸭，有一天，有人犯下了罪孽，金色的野鸭就从海子里出来，顺着溪流而下，鸭子走后，那个海子就干枯了。

我问："森林呢？"

男主人的眼光变得迷茫了，他说："那都是老辈子人的传说。"他从生下来就没有见到过这里的山上有森林。

这是我走过的无数嘉绒村庄中的一个，当我走出一段时，村庄在明亮的阳光里躲在核桃树荫下，像一个老人睡着了一般。岁月已经是很老很老了。

前面，被太阳照耀着发出刺眼光芒的公路上，一股陡然而起的小旋风裹挟着尘土迎面而来。过去的藏族人不会认为这是不同温度的气流相遇搅动的结果，他们认为这是有不散的阴魂在作祟。于是，我也像一个乡间的农人一样，对着这股小旋风吐了一泡口水。

小旋风便应声消散了。

四、马路边上的台球桌

当遇到又一个有核桃树荫笼罩的村子的时候，我便找到一个人家住了下来。

在这里，我探访到一些这一带村落过去种植鸦片时的情形，还听到一些红军的故事。一、四两个方面军在长征中都经过了这个地区，这个县东南部的达维，就是一、四两个方面军当年在长征途中会师的地方，所以，在百姓中间有不同的故事版本流传也就不足为奇了。这些故事听得多了，我多次想写出另一种版本，而且一点也不会有损于红军的伟大与长征的悲壮的小说，但几次想动手，又几次作罢了。

就这么停停走走，第二天晚上宿在宅垄。

宅垄这名字我是很早就听说过的，因为该地流行一种特别的锅庄舞。据一些专家考证，这种舞蹈与吐蕃时代战时的出征舞有一定的关系。我没有见过这种舞蹈，想必是很雄浑苍劲的吧。吐蕃时代，这一带地方是藏兵屯守之地，很多藏族人身上，都有屯兵们那种好勇斗狠的血液。乾隆年间的大小金川之役后，这一带地方又成了川陕汉族兵丁的屯守之地。长时期寓兵于民，形成了嘉绒地区，特别是大小金川地区强悍的民风。

所以，土风舞中，有些战争时出征舞蹈的遗存也是再正常不过的事情了。

换句话说，要是没有这种遗存，反而是一件不可思议的事情。

也许是心里潜在着想一观那种土风舞的欲望，所以，时间才到中午时分，我就在宅垄停留下来。初看上去，宅垄一点也不像会有土风舞遗存的样子。一条尘土飞扬的公路穿过散布在山脚下的村子中央。村子外面才是河岸上的台地，台地上种植的照例是正在抽穗扬花的玉米。玉米地里照例栽着些还没有长大的苹果树。而在村子中间，还挺立着一些看上去很苍老的梨树。

村子中间的马路两边，有开小杂货铺的人摆在露天的台球桌，这一点，也就像前面走过的任何一个马路边的村子一样：总有几个无所事事的年轻人围在一起，打九子的花式台球。他们打台球时，还有人往台球桌那沾满灰尘的绿绒面上丢上一块或五块的人民币。我停下脚步，看正在进行中的赌局。这一局是开杆的那个人输了，他嘴里不干不净地交替使用着藏汉两语中差不多所有的下作词汇，脸上却露出满不在乎的笑容。赢钱的人口中也满是这种藏汉双语交替出现的脏字与脏词。而在上一代人那里，情形却不是这样的。我不知道什么时候以及为什么会发生这样的变化。

又一局开杆了。

这次上场的人,把所有的气力全部用上了。一杆出去,满台球乱滚乱撞,结果,有三只球滚进了不同的袋中,但是,白色的母球打着旋飞到了台子外面。

我叹了口气,因为他根本不需要用这么大的气力。

不但击球的这个年轻人,所有围着台球桌的年轻人都对我投出不友好的目光。

这些年轻人总是对过往的陌生人投出这种警惕的、不友好的目光。

但我并没有退让,理由非常简单,如果我没有离开乡村,我也是他们当中的一员。我知道这种目光中所有的虚张声势,所有的嫉妒与所有的色厉内荏。那个把球打出台外的家伙把台球杆横在手里,向我逼近。那是一个威胁的姿态。公山羊在即将向对手发起进攻时,就会低下头,并把一双尖角朝向前面,用蹄子刮擦脚下的石块,用那种姿态与声音发出威胁。这些村子里或多或少都养有这种好斗的山羊。就在我们脚下坚硬的公路上,还可以看到早晨羊群走出村子时,撒在路上的黑色药丸一样的羊粪蛋蛋。

我知道,自己应该开口说话了。

于是,我说:"你的气力很大,但全部用在打球上,真的有点傻。"

我当然说的是藏话，本地人还能听懂的嘉绒藏话。于是，这个手里拿着球杆向我逼来的小伙子站住了，愣了片刻，他笑了起来，说："我说呢，要不是本地人，一个外地过客，哪个有这么大的胆子。"

我说："依我们祖宗传下来的规矩，对外来的客人不是应该更客气一点吗？"

小伙子没有回答我的话，而是把球杆递到我手里："来，我们两个赌这一局。"

我摇摇头，说："不会。"

他又说："那你就赌我赢还是输。"

我说："不管你们哪个赢了，都该请我喝瓶啤酒。"

他想了想，在台面上已经下了五块钱注的情况下，又加了五块。

这局当中只有两颗球是对手打进袋的，但他却输了，因为他连续三次把母球击飞到台面外头。

这时，我们的四周已经聚集起一帮姑娘。姑娘们还跟上一代的女人们年轻时一样，扎在一堆，看着一个陌生的男人，莫名其妙地骚动并互相推搡着嬉笑不止。在这些姑娘的嬉笑声中，我们一人提起一瓶啤酒。对于一个走了好几小时长路的人来说，一瓶啤酒正是一种最最解渴提神的饮料，我一口气把啤酒全灌进肚子里。姑娘们又笑了起来。小伙子们把啤酒全部灌进了肚子里。我又掏出十块钱,每人又灌了一瓶啤酒。

我坐在梨树阴凉下一块凿得方方正正却不知为何弃置在那里的花岗石上,倚着树干睡着了。醒来的时候,已是夕阳衔山的时候,姑娘们和大多数的小伙子都散去了。

那个本想跟我打上一架的小伙子却还守在旁边。

我叫他带我找一个睡觉的地方。他说可以住在他家里。

我摇头:"我要一个倒头就可以睡下的地方。"

他说:"到乡政府去,有干净床铺。"

那个有干净床铺的屋子里摆着几张旧木床,屋里有一股尘土的味道。但我还是打开被子就睡下了。如果不是渴,不是风吹在窗户的破洞上发出一种奇怪的声响,我不会在深夜里醒来。好不容易摸索到墙上的开关,打开电灯,我没有找到一口水喝,两只塑料水瓶空空荡荡。从内部格局来看,这是一座建于二十世纪五六十年代的汉式的老房子。墙上的白灰皮正大块大块地剥落下来,露出里面麦草混着黄土的干打垒墙。我走到院子里,月光如水,夜色清凉。但我仍然很渴,仍然没有能找到水的迹象。突然想起,今晚在这里停留是想看到有着出征舞特色的宅垄锅庄。但现在,偌大的一个院子只有月光下的几株树影,一扇扇门窗后面都是静寂无声的睡眠。

看看天上的星空,预示着黎明的金星已经从山脊后面升起来了。

我背上背包，系紧鞋带，又上路了。穿过一座座石头房子的阴影，走上公路的时候，全村的狗都叫了起来。狗们清脆的吠声一时间弄得山鸣谷应。等我走出村子，回首望去时，好几只狗竖着尾巴站在穿过村子的公路口向我吠叫。

转过一个山弯，狗叫声没有了，有的只是我自己的影子。又走了一个多小时，月亮落到山背后，就只听到一双脚在地面上嚓嚓移动的声音了。

五、错乱时空中的舞蹈

两年以后，我作为一个电视片撰稿人再次回到宅垄。

又一次回到我稀里糊涂住了一个晚上，连房钱都没付就在半夜里溜掉的那个院子里，但没能在那个晚上在那里再住上一宿。电视摄像机在那个时代常常能引起非凡的热情。那次，四川省国外藏胞接待办公室的鄢长青拉我一起承担了拍摄一部对外宣传片的任务。鄢长青曾是一位很有潜质的藏族作家，后来转向摄影与摄像，成了圈子里有名的一把好手。那次，借了拍摄这部片子的机会，我跟他在马尔康、大小金川和理县等地足足跑了两月有余。这跟我一个人的漫游完全大异其趣。因为拍电视，就能受到相关部门的重视，而重视往往就等同于特别的照顾。那两个月，我们带着一部丰田越野车，每到一地都有陪同人员安排了好吃好喝。正是那一次,我再一次到了宅垄。

之前,我和鄢长青由县里的人陪着徒步在四姑娘山里,风餐露宿了三四天。那已是深秋十月的天气了。要不是一场大雪把我们和许多饥饿难当的动物一起压下山来,我们还会拖着耐心的主人在冰川之下的沟谷里盘桓好些天。

回到小金县城,县长为我们摆酒。县长是本地藏族,作陪的政协杨副主席是学美术出身,又是文化上的有心人,对现在的小金过去的赞拉漫长的历史与特别的风土,无不了然于心。

喝得有些头大的我,说起了那个曾经在宅垄的夜晚。

主人笑了:"你怎么会以为随随便便就可以看到呢。现在的年轻人不会,会的都是中老年人,不是逢年过节看不到了,除非是专门去组织一次。"

负责接待的统战部长拍板专门组织一次。

我以为都是酒桌上的慷慨激昂,过了也就忘了。第二天,去县里办的大理石厂和新建的冷冻库参观。这些年,本地水果产量大增,加之盛产专供出口日本的松茸,所以建了这样一个大型的冻库。下午回到招待所休息,却突然来了车叫带了机器去宅垄。

三台车在深秋季节干燥的公路上扬起了滚滚尘土,不到半个小时,车子就开进了当初我半夜离开的那个院子。我认出了那个院子,因为那斑驳依旧的石灰粉墙,和墙上一条"文革"

时代遗留下来的标语。乡上的干部迎出来,喝茶,做乡下的特色饭:酸汤加玉米搅团。汤里放了剁得细碎的当地辣椒,又香又辣,让人一身透汗。玉米搅团又黏又香,慢慢品味,还有些回甜。乡干部向县里的领导汇报工作,我跟老鄢不好旁听,便出去转转。

那些台球桌还支在路边,但桌子边上没有了那些好勇斗狠而又可爱的年轻人。

正是繁忙的秋收季节,年轻人们也下地收获去了。村子比我上次经过时好像美丽了一些,我想是因为那些经了霜便变得通红的梨树叶吧。转了一圈回来,在乡政府所在的那个略略有些破败的院子中央,有人在从拖拉机上卸下燃篝火的木柴。

乡长解释说,真正跳得好这种舞的人都住在半山坡上那些村子里,他们要从地里回家,吃了东西,打扮齐整了才能下山来。于是,我们回到屋子里喝茶等候。

黄昏慢慢降临到山间。

就在这个时候,从后山坡上传来一种隐隐的声音,像是山里松涛的轰鸣,但是,这里早在许多年前就已经童山濯濯,早就消逝了林涛的声音。再仔细倾听,原来是许多人在陡峭的山路上奔跑,他们一路奔跑,一路发出音节单调的吼叫。

呵——

呵呵——

呵呵呵呵呵——

真正是松涛动地的那种来自自然的声音。不一会儿,一群盛装的嘉绒男人就站满了院子。在我的感觉中,他们就是来自过去时代,小金还叫作赞拉时的嘉绒男人。他们头上戴着毛色鲜亮的狐皮帽子,身穿宽肩长袖的氆氇大氅,齐膝的下摆上是巴掌宽的水獭皮。还有少数男人胸前的大斜襟上,是两掌宽的豹皮。嘉绒藏服的男装最提神的部分是腰,男人都扎着质地粗放的紫红腰带,腰带上侧悬着银鞘上镶了珊瑚并插着象牙筷子的漂亮腰刀。正前面的腰带上是一个小皮袋,皮袋里面盛着火绒与几块石英,皮袋下端,是一块半月形的铁片做成的火镰。

于是,过去的时代就一下站在眼前了。

那是没有洋火,更没有打火机的时代。出征的男人们需要埋锅造饭时,先在野地里架好了干燥的草与柴,然后,从悬在身前的皮袋里掏出石英,捏一小撮火绒按在石英上,用皮袋上的半月形铁片猛烈划拉几下,溅出的火花蹦到火绒上,火绒中冒起一缕缕若有若无的青烟,再把火绒凑到架好的柴草中,鼓了腮帮子一阵猛吹,一蓬火就这样蹿起来了。

这是出征路上的情形,到了战地,火镰还有更大的用场,就是用它来点燃火枪的引线。我放过那种老式火枪,瞄准了目标,枪声响起之前,紧贴着枪托的那半边脸必须忍受着火绳吐出的火焰烧烤。直到今天,我的脸颊上,一块带着细密黑点的皮肤，就是放火枪打野鸽子时被烤焦的。

眼前的男人们大多是中老年人。其中的许多人，头发胡子都花白了。刚才他们在下山的路上，发出山鸣谷应般的啸叫。现在他们就穿着盛装，默默地聚集在了乡政府的院子里。所以，让人感到是过去的时代站在了面前。

如果说他们的服饰与嘉绒其他地方有所不同，主要区别就在狐皮帽子上。他们头上所有的帽子，都保留了狐皮上的尾巴，并自然地披垂在脑后，轻轻一点风，长而柔和的狐狸毛就灵敏地翻动，给人一种特别的美感。

男人们聚集整齐好一会儿了，同样盛装的女人们才逶迤着姗姗而来。和先到的男人们相比，女人群里多一些年轻而羞涩的面孔。

乡长指派人把两坛酒摆放在院子中央，然后，县长点燃火堆，山上下来的一个白胡须老者念一段祝诵文，开了酒坛口上的泥封。这些所有开始的程式都与我所熟悉的一模一样。还是那个开启酒坛的精瘦的老者，走到已经自动围成圈子的队列最前面，抖开了手里钉在一圈红色皮子上的一串黄铜铃铛。

十多个清脆的铃铛声音合在一起，竟有了一种动人的沙哑。

就在这沙哑沉郁的节奏里，老者迈开了舞步。整个圈子都摇曳着身子迈开了舞步。

女人们的曼声吟哦凄厉而又美丽。

男人们的舞步越来越快,并向着假想的敌人发出威胁性的吼叫。

我在本质上是个喜欢沉思的人,一个不好动的人,最外在的表现就是不太喜欢舞蹈与体育运动,更不要说专门研究各地舞蹈的异同了。所以,我确实不能分辨出特别有名的宅垄的锅庄舞与嘉绒地区别处的舞蹈有什么太大的不同。而且,当时我也没时间去细细观赏。鄢长青扛着摄像机,一边气喘呼呼地叫好,一边指挥我把灯打到男人的手上,打到女人的脚上,强烈的摄影灯光一到,除了所照的局部,舞蹈的整体就隐入黑暗中去了。直到电池耗尽,我才有机会坐下来看了一会儿舞蹈。最后的那些感受是,虽然热情的主人一再强调,这是为了我们两个人安排的难得一见的舞会,但我从那些舞蹈者的脸上,特别是那些男人脸上的表情看出,其实我们在与不在,都与他们无关。他们跳着的是他们自己的舞蹈,在舞蹈中沉溺于自己的激情与激情中的回忆,与有没有人观赏无关,与有没有人摄制电视片无关。

在这种舞蹈中,人们可以回到过去,回到无限久远而且宽广的记忆中去。

舞会终于在文化馆派来的民歌手的曼声歌唱中结束了。

盛装的农人们又沿着蜿蜒曲折的山道踏月回家,山谷中又回应着他们中气十足的吆喝声。今天夜里,男人胸中窜动着出征武士的豪情,女人心中,则是充满缠绵凄切的爱情了。在月下的田野里,又有艳丽的情爱之花要开放了。那是我们都渴望着真实触摸的人性中最美丽的部分。

回到县城招待所,我久久不能入睡,想象的就是月光下的爱情,渴望的也是那种月光下的爱情。

想到了两年以前,我在宅垄,天明之前独自一人在公路上行走。

那次,我走走停停,快到中午时分,走进了小金县城,走进了小金县委那个栽着许多苹果树与柏树的熟悉的院落。

走进这个院子,我突然想起了一个曾经住在这个院子里的年轻汉族女子。那时,我也是一次漫游中在此驻足,住在招待所里一边休息,一边写短篇小说。那时,她每天穿过院子,送些葵花子啦,核桃啦,苹果什么的到我的房间。于是,她每天两三次的造访竟成了我住在这个院落里的小小期盼。

直到有一天,她投进了我的怀抱。这是漫游路上很难遭逢的,因为短暂和突然而令人难忘的浪漫之花。后来,这个女人就离开这块土地永远地消失了。现在,这个女人的面容都已在我眼前模糊不清,但当时她投在我怀中时那种自己吓坏了自己的颤抖却是永远鲜明如初。

现在,这个院落里没有了这个女子,也没有了那新鲜的颤抖，有的只是一丛丛金盏菊，一树树坠在树枝上青青的果实，和我一身的疲惫。我推开县委书记的门。

这位老熟人看我一眼，对我的样子并不吃惊，倒一杯水放在我面前，说："我叫招待所给你安排饭和房间。"

等他安排完一切，我已经在沙发上呼呼大睡了。即或是楼下某个房间里还留下了我温馨的记忆，但疲惫的来临还是势不可挡。据说，因为我霸占了那条三人沙发，书记召开的一个重要会议因此挪到了另一个地方。

书记县长们开完会，才来叫我一起用饭。

席间，他们在讨论引种法国葡萄的事情，我想了一会儿一路上的狗吠与月亮落下后的黑暗，他们的话题还没有结束的意思，我便上街去闲逛。

六、找不到过去的影子

小金县的美兴镇，对我而言，是一座相当熟悉的城镇。

对我来说，镇里并没有什么特别的看点。但是，一个漫游的人，大睁着一双眼睛，又总是期望有所发现。虽然我们并不是常常都能有所发现。镇里没有一座具有藏族风味的建筑，也没有一点过去的嘉绒的影子。

唯一值得一提的是紧挨着县委办公楼的天主教堂。可惜的是,这座教堂除了一个富于异国风味的门脸外,打开大门,里面已经没有任何与宗教相关的东西。在这个镇里,我在一个小茶馆里,向人打听这座教堂的过去。知道了这座教堂是法国传教士于民国十三年,也就是一九二四年建造的。想再打听更详细一些的情形,但所有的茶客说起来都语焉不详。有人告诉我,当初,教堂里的外国神父雇了一个信教的当地女人当杂役。后来,这个女人还为这个外国神父生了女儿。

所有人都信誓旦旦地告诉我,她混血的女儿是镇里的一个美人。

后来,在一个更为正式的场合,有人指给我这个女人。不知是因为受了强烈的心理暗示,还是真有一些血缘的遗存与混杂,我似乎从她脸上隐约看出了些西欧人面相的消息。如果传说是真的,那种血缘的特征除了使这位女子有不同于本地人漂亮特征的漂亮外,并不具有太多的意义。而我最为感兴趣的是,这样一座直到今天还算漂亮的建筑所代表的那种异质背景的文化究竟在这座小小的镇子里留下了些什么样的踪迹。也许是因为我特别的愚钝,尽管我很多次去到这个叫作美兴的依山面河的镇子,却没有捕捉到天主教在此地存在传播过相当长一段时间的任何迹象。

我不由得为一种曾经艰难进入的文化那么容易就消失得无影无踪而感到惆怅。虽然我不是崇洋媚外的人,但我相信,当年，教堂里风琴声响起，藏人们用生硬的腔调念诵祈祷文时，应该也是非常虔敬的，他们吟唱圣歌时，肯定别具一种生涩而又曼妙的美感。

但是现在，教堂的大门紧锁着，因为我是县委书记的朋友，有人来为我打开。里面就是一个寻常的礼堂的布置，一排一排的椅子，前面没有圣像，也没有祭坛。一排桌子横放在台子上，到开会时，蒙上一些桌布，放上一只麦克风，领导就可以发表讲话了。我坐在下面，试图想象一下风琴声回荡，一个外国传教士对着蒙昧的土民宣谕教义时的情形。结果，眼前却出现了县委书记向几百人描画这个贫困地区美好富裕前途的情景，不禁自己笑出了声来。

走出大门，阳光明亮得有些晃眼，我发现身上沾了好多的尘土。

教堂门口立着一块牌子，标明这座教堂也是一个革命文物。因为这座教堂跟红军长征联系在一起了。

一九三五年六月十三日，红一方面军翻越长征途中的第一座大雪山——海拔四千多米的夹金山，从东南方进入小金县境，并在夹金山下的达维与先期到达的红四方面军李先念部胜利会师，并在达维喇嘛寺召开了会师大会。两天后，随军行动的中国共产党中央到达小金县城。

当晚，就在这座天主教堂内，红军召开了一、四两个方面军的干部大会，会后还进行了联欢活动。这是官方一种简略的记载，具体的情形如何，我们已经很难想象了。当时，四方面军参加这个会议的是李先念所部红三十军的干部。会师之后，兵强马壮的红四方面军还接济了疲惫而又损失惨重的红一方面军不少粮草与弹药。

毛泽东与周恩来等人，还在这座教堂里度过了几个夜晚。

翻过大雪山后，跳出了国民党军队的包围圈，又与相对来说兵强马壮的四方面军会师。这些夜晚在长征途中，应该是几个相对轻松的夜晚，可以放心入睡的夜晚。

还要过上一些时候，红四方面军的领导人张国焘，才会前来与毛泽东等会面。也就是从这个时候开始，张国焘仗着兵多枪多，与来自江西苏区以毛泽东为代表的党中央和中央军委处处对抗。于是，红军两个方面军在阿坝地区的雪山草地间的艰难行进，也成了二人之间一部斗勇斗智的传奇故事。

这已经不是本书所应涉猎的范围，且按下不表。

我从丹巴出发自西向东，经过新格、宅垄等地，到达小金县城。到了此地之后，顺公路而行有两个选择。

继续往东，到达维、日隆。达维是一、四方面军的会师地。日隆在这些年也渐渐有名了。日隆在过去的古驿道上，是从四川盆地进入赞拉的门户，所以老一辈土著人口中，日隆这个地名还会多一个字叫作日隆关。后来，当驿道上的商业衰落时,日隆就被人淡忘,变成一部分人尘封的记忆了。

但是,进入二十世纪八十年代后,随着旅游业的兴起,日隆又重新被发现,进入了人们的视野,成了一些喜欢探险旅游者在地图上常常指点的一个名字。对登山爱好者,日隆就是海拔六千二百五十米的有蜀山皇后美誉的四姑娘山。对一般的旅游者,日隆与四姑娘山下有东方阿尔卑斯之称的双桥沟风景区有关。

有一次,在风雪交加的三月,我被大风雪阻在日隆,在镇上的饭馆里就着大块牛肉喝酒驱寒时,就看到饭馆墙上,挂着好些登山爱好者团体留下的鲜艳的旗帜,上面照例有很多人的签名,和"四姑娘山花之旅""冰山之旅"等字样。那是游客们夏天留下的东西,而在三月的风雪之夜,四姑娘山四座渐次升起的金字塔状的高峰正超拔在光风蕴雪的云层之上,沐浴在星光中。而在这个小饭馆里,昏黄的灯光在蒙眬的醉眼里显得更加暗淡。

凌厉的风声把世界整个充满。

还是回到小金县城吧。每次我离开这座小小县城的时候,都要去看一看建在城边山坡上的烈士陵园。顺着山势一排排拾级而上的坟茔里躺着的大部分人,都不属于这片土地。他们的家乡在很远的地方。最初的一部分,是红军军官与战士,无名的战士,有名的军官。再一部分,就是解放初期躺倒在这片土地上的解放军战士。其实,我到这里来,和石碑后面躺着一个什么样的人没有太大关系。使我深深感动的,是这些人怎样在这样一个陌生的地方,一个他们在涉足此地之前可能连做梦都未能梦见的陌生之地,面对了突然降临的死亡。有人死于灼热的枪弹迅疾的一击,有的人在残酷的刀下痛苦挣扎,临死之前望一眼天空,这片土地上的天空,那么晴朗,肯定显得又高又蓝,那是多么美丽的一种蓝啊!

美丽的蓝容易让人想到未来,想到慈母与家乡。

然后,死神掀开黑色的大氅猛烈地扑来,黑色覆盖了一切,包括红色的希望。

烈士陵园的位置居高临下,小金县城尽收眼中。

现在这个叫作美兴的镇子,过去的藏族名字叫作"美诺",是赞拉土司官寨的所在地。但现在,除了两边大山上斜挂着的一块块补丁似的耕地,耕地间一些汉藏合璧的民居,这个镇子本身已经没有一点历史的遗存了。

七、土司传奇之一

清代的赞拉土司,却是被称为"嘉绒甲卡却吉"的嘉绒十八土司之一。

前文说到过,嘉绒的贵族多是在吐蕃统治时期从西藏本土东迁而来。在嘉绒当地的口头传说和土司家族志中，不约而同地都提到祖先来自西藏本部距拉萨十八个马程的西北琼部。

传说古代西藏的琼部地方人口众多，共衍生为三十九族，因其地日渐贫瘠而东迁至青藏高原东北边缘地带的大渡河流域和岷江流域的嘉绒地区。

西藏的吐蕃政权分崩离析后，这些贵胄家族各自拥兵自重，凭借深谷高山的自然屏障，自成一方小国。贵族们都自称"嘉尔波"，也就是国王的意思。但是小国寡民的日子并不能历之久远。

元代以后，蒙古统治者的势力席卷青藏高原。

元代是在整个藏族聚居区施行不同统治方式的开始。在西藏本土，利用新崛起的萨迦教派势力，分封若干万户，而在青藏高原东部开始实行土司制度。明王朝在少数民族问题上可能是最无建树的一个王朝，基本沿用了元代在藏族聚居区的统治方式。

到清朝，满族人入关抵达中原后，正式在整个嘉绒地区分封了土司。土司制度最为繁荣的时期，嘉绒全境共有清政府所册封的十八个土司，俗称嘉绒十八土司。大渡河上游以莫尔多神山为中心的大小金川流域正是十八土司辖地上嘉绒宗教文化的中心地带。

其中，小金川流域内，即今天的小金县境内，是赞拉与沃日两个土司。

"赞拉"一词，在藏族中有凶神的意思。当地人相信，所以有此一词一是因为当地藏兵能征惯战，加之境内多高山深谷，这些高山又大多是莫尔多神山属下的配臣与武将，是嘉木莫尔多的护卫之神，所以得此地名。

后来，地名又演化为土司之名。

小金川的赞拉土司，与大金川的促浸土司，本是同根所生。藏语中的说法是，出自同一种骨头。同一种骨头，就是同一个根子。根子在藏语中是一个很短促，也很神圣的词，叫"尼"，意译成汉语是血缘的意思。

这个来自西藏琼部的家族在嘉绒地区得到了很好的发展。在明代，一个族长叫作哈依木拉的，其名声已经传到很远很远的地方。我问过给我讲述这个传说的老僧人，这个很远到底有多远，传过了几条河，几座山？在民间传说中，常常说，九十九条河，九十九座山，但那只是一种形容，在实际的地理范围内，是不可以想象的，要真是出现这种情况的话，早就抵达大洋之岸，叫人望洋兴叹了。

远和近，是一个相对的概念。

我坐在一个小庙里，很唐突地问那个老喇嘛，很远到底是多远。

老喇嘛不解地看着我，然后猛烈咳嗽起来。

他没有回答,我想也用不着回答。再说,我也不该拿这种玄妙的问题去为难这位具有干部身份却总是十分谦卑的喇嘛。毕竟,他还告诉了我很多有用的东西。

有了这次访问,我便知道,这位哈依木拉是位法力高强的本教法师,所以被明代某皇帝赐印一方,誉为演化禅师。清康熙五年,清王朝为其家族重颁演化禅师印信。这个家族臣服清王朝后,其土兵服从清王朝征调,随同大将军岳钟琪远征西藏本土,击退入侵西藏的尼泊尔人,有功归来后,其家族分授促浸与赞拉土司。关于这段史实,清代大学者魏源在《乾隆初定金川土司记》中也有记载:

> 一促浸水出松潘,徼外西藏地,经党坝而入土司境,颇深阔,是为大金川。其赞拉水源较近,是为小金川。皆以临河有金矿得名。二水皆自东北而西南……康熙五年,其土司嘉勒巴内附,给演化禅师印,俾领其众。其庶孙莎罗奔者,以土舍将兵,从将军岳钟琪,征西藏羊峒番有功,雍正元年奏授金川安抚司。莎罗奔自号大金川,而以旧土司泽旺为小金川。莎罗奔以其女阿扣妻泽旺。泽旺懦,为妻所制。

这其中,即或是清代学人中多愿研究地理的魏源也犯了一个不小的错误。促浸的大金川源出于青海,而非松潘。松潘自明代以来，就是川西北一个军事位置重要的边地要塞，但松潘城旁所出之水，却是大渡河以北地带的岷江。这两条在川西北群山中奔流的大河在进入四川盆地后，在乐山大佛脚下和青衣江一起三江汇合而继续流向东南，在著名的酒城宜宾与金沙江汇合，才是一泻千里的浩荡长江。

到清朝乾隆年间，赞拉土司走向了自己的末日，最初的起因在前面所引魏源那段文字中已见端倪。乾隆十一年，大金川土司莎罗奔借处理家族纠纷之名，夺小金川土司印，并进占其所领牧地。次年，莎罗奔又进而侵占邻近的革什杂土司与明正土司领地，朝廷震动，命令曾在贵州平定苗族叛乱有功的云贵总督张广泗领大军进剿。赞拉土司泽旺逃往四川成都。乾隆十三年，皇帝起用老将岳钟琪，并命大学士讷亲往前线督战。后因战事不力，在前线连吃败仗，乾隆下诏将张广泗与讷亲问斩。再派大学士傅恒督战军前。

乾隆十四年，金川之役久战不绝，劳师费帑，清王朝正举棋不定之时，莎罗奔主动提出向朝廷议和归降，皇帝允准，莎罗奔归赞拉土司领地。赞拉土司泽旺恢复对其辖地管辖权。

促浸土司莎罗奔年老后，由其侄子郎卡继土司位。

乾隆二十三年，郎卡又开始觊觎周围土司领地。邻近老迈而又生性懦弱的赞拉土司泽旺被郎卡派兵驱逐。于是，一次完全改变这一地区政治与文化面貌的战争开始酝酿。郎卡在驱逐了泽旺后，志骄意得，完全不把四川总督开泰要他归还赞拉土司领地的威胁放在眼里，并继续向周围的土司领地不断袭扰，制造事端。郎卡势力日益坐大，并不把清王朝几次三番的训谕放在眼里。

这固然与郎卡土司的夜郎自大有关，也与四川总督优柔寡断，对在地形复杂的高山深谷中与当地土兵作战心存疑惧有关。

从清朝一代，直至民国，代表中央政府号令藏边的政府官员都把嘉绒地区的土司辖地视为畏途。一则不见于正史，却在四川官员中广泛流传的野史正说明了他们的这种畏惧心理。这一则被署理四川的各级朝廷命官奉为信史的传说与大渡河相关。

说的是宋朝开国皇帝赵匡胤开国之初，展开地图与众将确定宋代的有效疆界时，就把大渡河以西的广大崇山峻岭地区归为化外之地。传说宋太祖以所佩玉斧沿大渡河画出一条线，指出宋军不能出河西以远。

这样一则不见于信史的传说在四川官吏中的广泛流传，确实是大有深意的。

正是在这样一种心理的支配下，四川命官对于名义上具有统辖权的嘉绒地区土司间的纠纷总愿意视而不见。正是在这样一种吏治之下，大金川土司郎卡才敢于把来自朝廷的警告置若罔闻。而乾隆皇帝对于这样的轻忽是绝对不能容忍的。他认为第一次息兵于将胜之时，已经尽显朝廷对化外之民的怀柔之意，金川土司再次作乱，不能再有姑息。于是于乾隆三十一年诏四川总督阿尔泰檄促浸附近杂谷、梭磨、党坝等九土司，从四面进兵讨伐。

但是阿尔泰举棋不定，加之九土司各怀心事，阳奉阴违，迟迟不能向大金川兴兵。

阿尔泰只是一次次训令大金川土司郎卡归还侵占的土司辖地，却并没有认真进兵平息事端的实际举措。而郎卡又使用莎罗奔的手段，即与相邻的土司联姻。

关于这次事件始末，魏源在《乾隆再定金川土司记》中有简略的记载：

> 三十一年，诏总督阿尔泰檄九土司，环攻之，而阿尔泰姑息，但谕返诸土司侵地，即以安抚司印给郎卡，且许其与绰斯甲结姻。而以女妻泽旺之子僧格桑。……土司中巴旺、党坝，皆弹丸非金川敌。其明正、瓦寺亦形势阻隔，其兵力堪敌金川。而地相僵者莫如绰斯甲与小金川。阿尔泰不知离其党，反听释仇结约，由是两金川狼狈为奸，诸小土司皆不敢抗，而边衅棘矣。

这段文字，主要是谴责满人总督阿尔泰的，但从中，我们也可以看出嘉绒人郎卡这位一代枭雄颇富雄才大略。直到今天，在很多当地百姓心目中，郎卡还是一个传奇人物。很多人都会十分遗憾地说，如果他治下有像清朝一样广大的国土与兵力，如果周遭的嘉绒土司不听清帝差遣，助满、汉兵攻打，历史可能是另外一种样子。但是，我们知道，历史是不可以假设的。

但仅从魏源那段文字，我们就可以看出郎卡这个满怀野心的土司在地缘政治上也有着相当的谋略。巴旺土司境在现在的丹巴县，地在大金川东南。党坝土司辖地位于大金川土司辖地以北，不过是现在的马尔康县境不到两个乡的地面。这一南一北两土司面对大金川咄咄逼人的姿态，一向唯唯诺诺，绝无与之强力抗衡的力量。而其他兵强马壮，更具实力的土司如梭磨、杂谷、瓦寺等，又山河阻隔，不与大金川直接接壤，没有实际的利益冲突。唯一对郎卡扩张野心形成阻碍的，就是东西两面的小金川土司与绰斯甲了。而郎卡又以联姻的方式将其拉到了自己的一边。

而这种势力的急剧膨胀，进一步刺激了大金川土司的野心，而清朝重臣的首鼠两端只是使其更加狂妄。

于是，一场完全改变了嘉绒藏族聚居区面貌的大战就在所难免了。

这时,郎卡年老病故,泽旺自来懦弱,大小金川土司职柄由两人的儿子掌握,两个年轻气盛的土司加速了事件的演进。

还是再来征引魏源的记载:

> 时泽旺老病不知事,郎卡亦旋死,其子索诺木与僧格桑,侵鄂克什土司地。三十六年,索诺木诱杀革布什扎土官。僧格桑亦再攻鄂克什及明正土司。我兵往护鄂克什,僧格桑与官兵战。事闻,上以前此出师,本以救小金川,今小金川悖逆,罪不赦。阿尔泰历载养痈,至是又按兵打箭炉,半载不进。罢其职,既而赐死。命大学士温福自云南赴四川。以尚书桂林代阿尔泰为总督共讨贼。

在乾隆皇帝一道又一道御旨的催促下,温福领兵出成都经都江堰,逆岷江上行至现今阿坝州内的映秀。转向瓦寺土司辖地的今天的卧龙自然保护区的耿达沟,越巴郎山直抵小金川土司东边险要门户,海拔四千多米的巴郎山。桂林领兵顺大渡河而上至打箭炉,以此为前进基地,从今丹巴县境内直出南路。大兵压境之时,小金川土司泽旺之子僧格桑向索诺木割地求援,索诺木方才派兵驰援。

闻听此消息,在北京紫禁城里的乾隆皇帝连连下旨,指导遥远的西方战事,并对小金川土司深恶痛绝,下定了铲除之心。他在三十六年八月的一道谕旨中说：

> 前谕于擒获僧格桑后，别择小金川安分妥当之人立为土司，俾令管理。今思小金川可作土司之人不外僧格桑支属，此等蕃夷锢蔽已深，积习恐难渐改，况与金川又属姻亲，易于蛊惑，难保日久不复滋事。莫若于凶渠就获之时，即将小金川所有地方，量其边界，附近如鄂克什、明正、木坪、杂谷等土司分拨管辖整理，不必复存小金川土司之名，庶该处蕃众旧染潜移，各知驯谨畏法。

至此，小金川土司的命运已经决定，剩下的只是上演一场血与火为主题的历史戏剧了。

一场早已决定了结局的历史大戏。

嘉绒土司僧格桑们用尽一切智慧与武力，流尽这片土地上人们滚烫的鲜血，其作用也无非是使这幕大戏上演得更加曲折，更加轰轰烈烈。

登上小金县城美兴镇后的岩石嶙峋的山坡，我的眼前出现的不再是史书中所描绘的那种石碉林立、关卡处处、兵戈四起的景象，而镇子周围的乡村也不再是一个藏族地区所应有的那种乡野的风景与情致。

那场惨烈战争的厮杀声已经消逝在时间深处，历史的背影从来没有像今天这样遥远而模糊。我甚至找不到一个人，找不到一个凭吊的地方。按照记载，赞拉土司的官寨应该曾在小金县城那些汉式民居中间的某个地方静静耸立，但是，没有一石一柱，一段残墙，一点画栋，透露一点隐约的消息，指出它大概所在的位置。

在藏民族社会中，文字在很早很早的时候就发明了。

但是，十分不幸的是，这文字很快就走入了寺院的高墙，记录了僧人们许许多多难测其高深的玄思妙想，却没有流布民间，为后人留下一段历史面目清晰的记录。在一个寺院，我问一个据认为是该寺中最有学问的喇嘛，这个寺院有多长的历史了，他正正经经地回答我说有一万多年。我当然不会同意他的看法。我不用援引世界公认的进化论，说人类获得智慧才多少多少年。我只是说佛教的始祖释迦牟尼才诞生多少多少年，一个佛教寺院比这个宗教创始人历史还长是多么不可思议。喇嘛生气了，在很多人面前宣布我不是一个对佛教虔信的人，因此不是一个真正的藏族人。

在这片土地上，很多教派与寺院兴起又衰亡，却没有用它们掌握的文字为人们留下一些可以使人信服的历史记载，确实让人感到十分遗憾。而在这片土地上活动不久的天主教，那些西洋的传教士，不仅仅在他们眼中的这些化外之地，建起了教堂，传播福音，而且，这些传教士总是对刚刚涉足的这些土地上的一草一木、一沟一壑都感到浓厚的兴趣。那些传教士往往就是专业或者业余的自然学家、考古学家和地理学家。就在小金川人出入四川盆地必经的原瓦寺土司领地卧龙,就是一位名叫大卫的美国传教士于一八六九年发现了与中国人毗邻而居数千年的大熊猫,并开始发掘认识其在生物进化史上的巨大潜在价值。在与瓦寺土司地界相邻的岷江上游,二十世纪三十年代曾发生一次大地震。巨大的山崩埋葬了古驿道上一个繁荣的小镇,并让岷江主流上出现了数公里长的湖泊,当地人叫作叠溪海子。但是,为如此重大的自然灾害留下最详细,也最具科学眼光记载的也是一位外国传教士。这使我们想到东方文化中某种令人遗憾的缺失。

这种东方文化中的缺失同样存在于藏族文化中间。

这种文化导致了具有漫长历史的文明没有明晰而确实的历史记载。

我没有找到在赞拉土司领地上活动过很多年的传教士们留下的有关此地的记载。但我始终相信,这种记载肯定是存在的,只是被湮灭在一大堆似是而非的类似神话的传说中了。藏族贵族与一些精神领袖的传说中,因为太多神化的附会,太多超凡的解释,导致了历史本来面目的模糊与消隐。

现在,科学的历史观让我们懂得了如何看待和如何记载这个世界正在发生的一切变故,但是,当我们想要洞见历史真实的面目时,始终只能看到一个伟岸而又模糊的背影。

模糊的背影里有血与火的余光,有铁马金戈的余响。

模糊的背影滤掉了触目惊心的残酷与无奈,只剩下了动人的可以附于许多想象的神秘与浪漫。

我转身钻进图书馆,求助于清代的用汉文写下的官方记载,一部《清实录》中辑出的有关赞拉与促浸土司以弹丸之地和十数万百姓与全盛时期的清王朝抗衡的历史记载,足足有五六本之多。但都是领重兵进剿的将军的奏折与皇帝亲批的御旨。在那些烦琐的公文往返中,那场惊天动地的战争,改变了大小金川地区面貌的战争,也成了一个隐约的消息。

我们只是借此知道一个大约的轮廓,不得已,还是再引魏源所做的记载吧:

上命官兵先剿小金川,而勿声大金川之罪。

皇帝盛怒之后,损兵折将之后,开始冷静下来,认真对待了。

五月桂林遣将薛琮等将兵三千,裹五日粮,入墨垄沟。贼截其后路,我兵告急,而桂林不赴援夹攻,致全军陷没。

泅水归者仅二百余,桂林匿不以闻,被劾奏。乃以阿桂代桂林为参赞大臣赴南路。十一月阿桂以皮船宵济,边夺险隘,遂直捣贼巢。十二月军抵美诺。僧格桑已送其妻妾于大金川。而自赴泽旺所据之底木达。泽旺闭寨门不纳,遂由美卧沟窜入大金川。我军到底木达俘泽旺。而檄索诺木缚献僧格桑不应。

至此赞拉土司全境陷落。

乾隆命大军继续向大金川进兵。最后,这场战争是以大清王朝的胜利而告结束,而我们能检索的资料都是胜利者的记录,如果能看到失败者一方的记录与反应,应该是一件更有兴味的事情,但是,这一切到目前为止还只是一个假想。也许,这一切总有实现的一天也未可知,我们期待着地方史专家们能发掘出一些更翔实更感性的资料。

我们永远期待着。而现在的现实是,当我们在这片土地上行走时,很多过去的藏族地名都被一些新的汉语的地名所代替了。

乾隆四十年十二月,大金川战事结束。

乾隆四十一年一月,乾隆皇帝下旨,小金川境内的赞拉土司与大金川境内的促浸土司被永久废除。大金川土司领地设阿尔古厅,小金川境内设美诺厅。

小金川境内的美诺厅下设八角、汗牛、别思满和宅垄屯。传说两金川战事结束后,两地境内仅剩下万余嘉绒藏人,且多为妇孺老幼。但是,有前述两番战事在前,清王朝认为前车之鉴未远,便将这剩余人口大部分赏赐给随从征战有功的各路土司。剩下的部分妇孺,自然随战胜后留守屯田的汉族兵丁成为番妇了。这部分人在气候温和宜于垦殖的大小金川河谷生殖繁衍,产生出一种混合了藏汉血缘与文化因子的粗犷而又顽强的文化带。

八、血缘与族别

在写作此书期间,我在西南民族学院检索到一段资料,是二十世纪五十年代初对小金县结思乡的一项社会调查,署名是四川民族调查组。结思乡是改土设屯后别思满屯的一部分。其中一项人口统计很有意思,就是汉族人口已经占到一个相当的比例。我没时间也没有必要没有权力去现在的结思乡查阅户籍档案,但根据我在家乡三十多年的所见所闻,敢肯定,现在这个乡的户籍上,汉族与藏族的人口比例要低于近五十年前的那次调查。虽然,在实际生活中,人人都会说,这些年来,汉族在这些地区的比例已经有了相当部分的增加。

为什么会有这样一种局面出现呢,原因非常简单。在解放以前，作为一个藏族人，在一个汉文化占主流的社会里是受到严重歧视的。

解放后，有了行之有效的一套少数民族政策，特别是考虑到在升学与干部提拔上的一些照顾性指标，很多人可能从汉族人摇身一变，又成了藏族人。

本来，两金川战役结束后，那些屯兵开始在这片土地上繁衍第一批后代时，其血缘就混杂不清了。所以，这片土地上新的一代人在选择族别时，当然有理由根据趋利避害的原则来确认遥远生命源头的某种血缘了。

血缘问题，在这些汉藏交界的地区，对许许多多人来说，都是一个敏感的问题，也是一个心照不宣的问题。

所以，即或是同一个人在不同的场合，宣称自己是这种民族或者那种民族，也是一个看起来匪夷所思，其实自然而然的事情。

我想讲讲我自己的故事。

我是一个回族与藏族的混血儿，所以选择了藏族作为自己的族别，仅仅是因为，从小在藏族地区长大，生活习惯最终决定了我自己在血缘上的认同感。

在我成长就学的年代，恰恰在极"左"路线的统治下，藏族聚居区的藏文教育在学校里被彻底取消。于是，我就在一个藏族地区上汉文学校。先后的两个小学老师，都是出身于四川内地乡村的师范毕业生。特别是我的第一位老师张玉明,在二十世纪五十年代初,就已经是我母亲的老师了。

后来,我也上了师范学校,成为一个教授汉语文与历史的中学教师。在我最后任教的那所中学,我娶了一个教英语的汉族人做我的妻子。两年后,儿子出生,我在公安局为他报户籍时,族别报了汉族。

我并不以我的族别为耻,但在为儿子选择族别时的想法却很简单,他完全在一个汉语环境里长大,将来也不可能因为血缘上的原因回到保持藏族文化与藏族生活习俗最完整的乡村里去。所以,我为他报了一个汉族的族别。

但是,这个做法受到绝大部分人,甚至包括我汉族妻子的反对。

我坚持这个错误做法一直坚持了十一年。

直到我要离开家乡,去到四川省会工作时,才下决心把这个决定当成一个错误来加以更改。因为儿子将随我到一个差不多全部是汉族同学的学校里就学。我决定更改族别而让他在一个全新的环境中记住自己的血缘,因为在我们夫妻和他共同设计的未来道路上,已经没有多大可能使他还会跟他父亲出生的乡土背景有更多的关联。

所以,唯有族别可以让他记住他的生命所来的地方。

记住他生命水源中一支特别的源头。

结果，我到公安局去履行这个我认为非常简单的手续的时候，却遇到了很大的麻烦。虽然履行这个手续的年轻的户籍警察曾是我与我妻子共同的学生，但她必须根据文件来办事。这份有关族别的文件是由中央某个部门下发的。

为了解决这个问题，我去找在该县任县长的朋友。

县长是小金川土著，回族，可以肯定其祖先是在乾隆平定大小金川以后才作为移民进入的。而回族进入嘉绒藏族聚居区大半与商业有关。周县长叫办公室给我出一纸证明，证明我儿子可以从父亲的血缘更改为藏族。

就在这个时候，又来了一个本县干部，要求更改一家两口的族别。他们是要从藏族改到汉族。原因与我一样，也是因为要调动到内地工作了。但我们的更改是相反的方向。不用开口，人人都懂得这人如此行事的原因。但真正是藏族血统的办公室主任偏偏明知故问。

于是，对方回答说，他夫妻俩都是汉族，但是，在藏族聚居区工作，考虑到子女的教育问题，所以，报一个藏族，将来高考升学时，分数上享受些照顾才不至于过分吃亏。现在，他们往内调了，如果带着这个族别出去，会叫人看不起。

那一天，从县政府开出的证明，轻而易举地就改变了三个人的族别，背景都是一样的。而且，从开证明的人，到要求开具证明的人，谁都没有错误。

讲述这个故事，无非是想说，一些文化上的变化，文化上的认同感，远非纯生物意义上的血缘问题那么简单。当我们宏观上无法对此变化进行把握的时候，我想倒不如把这样的细节呈现给读者。让每一个人根据自己的经验，对一个地区，对一个民族，对一种文化的衰变做出自己的思考与判断。

我相信，我们的读者尚未失去这种能力。

在很多与青藏高原有关的书籍中，在很多与青藏高原上生活的藏族人生活有关的书籍中，有一种十分简单化的倾向。好像是一到了青藏高原，一到了这样一种特别的文化风景中，任何事物的判断都变得非常简单。不是好，就是坏，不是文明，就是野蛮。更为可怕的是，乡野里的文化，都变成了一种现代都市生活的道德比照。

乡野的生活并不是香格里拉的天堂。青藏高原边缘这些步步升高的大地的阶梯上，也有很多的痛苦。只不过，蒙昧太久的人民尚未学会用自己的声音来进行表达！

人们啊，我们要警惕！警惕我们自己的内心与双眼！

九、过去的桥与今天的路

我离开小金县城继续在赞拉大地上旅行。

每一处，每一天，我的旅行都在重复过去旅行的记忆。而在签下了这本名叫《大地的阶梯》的书的合约后,我就决定还要重新漫游因为那么多凶神般大山而被称为赞拉的这片山地。

上路时的感觉还跟当年在丹巴县城写下《野人》时的感觉一模一样。正好长江文艺出版社寄来了我的第二本小说集《月光里的银匠》。我在路上重读《野人》,并抄下这些段落,纵然十年过去了,但在路上的感动与激越还是与当年一模一样:

> 当眼光顺着地图上表示河流的蓝色曲线蜿蜒向北,向大渡河的中上游地区,就已经感觉到大山的阴影中凉风习习。就这样,已经有了上路的感觉,在路上行走的感觉。
>
> 就这样,就已经看到自己穿行于群山巨大的阴影与明丽的阳光中间,经过许多地方,路不断伸展。我看到人们的服饰、肤色、口音和精神状态在不知不觉间产生种种变化,于是,一种投身于人生,投身于广阔大地,投身于艺术的豪迈感情油然而生。

不过,这次我大多数时间是在车上,到达小金县城,我才弃车步行。我所以采用这种方式,只是想补上一些空白的段落,一些在过去的旅行中曾忽略的段落。

北出小金县城两公里,小金川主流上几道铁索飞架,当地人称此桥为猛固桥。其实,要把这种桥称为铁索桥是不那么准确的,这叫我们想起现代那种机制的钢索桥。

准确地说,这种桥应该叫作铁链桥。

每一根铁链都是一锤一锤由过去的无名铁匠煅打而成。据说,那时的铁匠炉就设在桥头上。一座座红红的炉火,一个又一个明亮的铁砧,一双一双布满老茧的手,把一块块顽铁变成一环又一环的铁扣,然后,再环环相扣,紧紧相握,这才组成一根横跨在湍急河流上的铁链。

猛固桥由五根这样的铁链组成。

三根是桥面,两根是桥的护栏。

这种构造的铁链桥,在大渡河流域已经不是第一次出现。第一次的出现,是人人都从影视里面看到过的泸定桥,然后是小金县城下的三关桥。加上这座桥,我已经看到过三座同样构造只是大小不一的桥了。

前两座桥至今都在使用,所以,不但桥面上铺着桥板,桥的两头还带着高高的门楼。只有猛固桥,已经没有了任何一点附属建筑,但那气势与当地人所起的名字非常相称,只要有人在上面铺上桥板,在上面行走,我想不会让人产生丝毫安全上的担心。只是,永远也不会有人在那环环相扣、有力扭结的铁链上铺上木板了。因为一个时代过去了,与那个时代相伴的驿道也早已没入了荒草与流沙。就在横空的铁索下面,一道毫不起眼的水泥拱桥把两岸的公路连接起来了。

过了这座桥，沿小金川主流北上，正是红军当年长征的路线。当年红军由此北上，翻越长征途中的第二座大雪山梦笔山，到达今天马尔康境内的卓克基土司辖地，休整一段时间后继续北上。

但是，我此行是为了寻访小金境内另一土司——沃日土司故地，所以，不过这座桥，顺至四姑娘山的公路沿达维河东去。

这条公路到达四姑娘山脚下，从日隆镇上作为岷江与小金川分水岭的巴郎山，出卧龙自然保护区，在映秀与国道213线汇合，再经几十公里，便与岷江一起冲出大山的屏障，到达利用岷江的雪山之水受益了差不多整个四川盆地的都江堰。

都江堰到成都仅五十余公里。

但我不需要走这么长远的路，我只要走到两天路程之外的达维，看看建在河岸台地上的沃日土司官寨。

二十世纪八十年代中有两三次经过这个地区，但是，那时我还没有对土司的历史产生特别的兴趣。所以，那座正在倾颓中的建筑只是一种一晃而过的风景，并没有留下什么特别的印象。等到对土司时代的一切有了一些特别的兴趣时，却总是阴差阳错地与之擦肩而过。

一九九一年，我从上海回马尔康。当年气候反常，四处暴雨成灾。从成都出发，惯常回马尔康的路线被多处塌方阻断，交通阻绝。一路上只看到武警战士背负着高考试卷冒险涉过一道又一道泥石流,徒步向前。我们一队小汽车转而从卧龙保护区翻巴郎山,想从猛固桥从小金到马尔康。结果,翻过巴郎山又遇到泥石流,半夜到达日隆镇上,在一个饭馆里狼吞虎咽一顿以后,看见天上乌云翻滚,害怕又一场泥石流下来,给阻在半路。大家一商量,又决定继续上路。一队小车出发,我搭乘州电视台的车,和任台长的同学同行。这一路,我们的车换到前头打了头阵。车开出日隆十多公里,就听被雨淋得松软的山坡上,巨雷滚动般的声音。车子还未停稳,先是听见车内同行的小姐们一声尖叫,然后,车灯照着几块比我们的越野车还大的巨石滚到了公路中央。

车队在黑暗中也不敢贸然后退,司机都把油门吊在听不到发动机声的位置上,全体人员都竖起耳朵谛听山上的动静。但只见黑黝黝的山崖,耸立在铁灰色的天幕下,而在路基外面,几株纤细的树影下,传来洪水在河道里肆意冲击的轰隆声。从河水的声音还可以听出来,这段路基很高很高。

我大着胆子走到刚从山体中滑落下来的巨石面前。我用手电照着,司机用一段树枝比量了剩下的路面,又回去慎重地比了车身,吐了口气说:"刚好车身那么宽,试一试,过吧。"

我听见他在深深地吸气,给自己壮胆。

司机把缩在车里的两位小姐赶下车来,我跟台长同学一人一支手电,趴在路基下面,为司机监视那不可靠的路基。我趴在地下的时候,不禁打起一阵寒战。不是因为半夜的阴冷与潮湿,而是因为路基下面的深不可测的深渊里,喧哗的水声一阵阵带着泥腥气升腾上来,一股股扑在背上。

越野吉普开过来了。

当两只前轮过去的时候,外侧松软的路基就开始下陷,我想我是用另一只手紧紧地捂住了自己的嘴巴。而在黑暗中,我相信自己是看到台长同学眼里发出了惊骇的亮光。好在我们都是经过了一些这类险情的人,知道这时汽车只能前进,才可能侥幸脱险。停下,或者后退,都只能随正在塌陷下滑的路基一起,滑进深不见底的河道。

汽车两个后轮转过眼前的时间几乎像一个人的一辈子那么漫长。反正从此以后,我再没经历过如此漫长的煎熬与等待。当两个后轮在我的手电光里缓缓转过时,外侧的轮子已经完全悬空了。而在这个时候,我们两个人的身子也正随着路基一起下滑。

据司机说,我们两个人同时疾呼:"加油啊!"

但我们两个人都没听见自己的喊声,却听到了汽车引擎发出的怒吼,车轮的旋转猛然加快了。汽车过去了!

我记不得自己当时怎么离开了下滑的路基,就站到路面上来了。

身后的车队里发出了一阵欢呼。

我站在那里,任台长的老同学过来,笑着说:"刚才你看我的眼光好亮啊!"

我说:"我怕你喊起来。"

"我也怕你喊起来。"

司机跳下车,从我手里夺过手电,照一下路基,看看车辙,一下软软地蹲在地上,半天没有出声。看到这种情形,后面的车队倒了车回日隆去了。一柱柱车灯越来越远,照亮的山体、岩石、树木也越来越模糊,最后,隐入群山的黑暗中,就像我们身后从来就没有存在过一支浩浩荡荡的车队一样。

一切安静下来,河里的水声又响起来了。

司机还蹲在地上。我们三人都蹲下去,一人点燃一支烟。司机这才说:"要是你们刚才喊一声,那就完了。"

两个小姐战战兢兢过了险路,几个人又上路了。一天以后,这段险情就变成了一个笑话。就在那天晚上,我们的车从沃日官寨对岸的公路上开过,但那么黑的雨夜,连官寨一个朦胧的侧影我都没有看见。

第二天早晨,又一处泥石流使我们停下来。在这里,我们又与另一些汽车汇合,又一次组成一个五辆小车的车队,向马尔康进发。为了防备万一,我们从几乎是带有强制性地在那个时候还严格按照作息时间上下班的道班工人那里,取走了一些炸药和简单的工具。

自己一路放炮开路，伐树架桥，五天后的一个深夜，我们回到了山城马尔康。

第二次再走这条路，是在十月，在四姑娘山侧的海子沟冰川下的高山湖泊边遇到大雪，一行人非常狼狈地被大雪压下山来。用了一整天时间回到山脚，再乘车回小金县城时，天已经黑了，于是，顺便参观沃日土司官寨的计划只好取消。

直到现在，二十世纪的最后一年，我才有机会补偿这个夙愿。

于是，我从猛固桥头开始，背起旅行包，向那里进发。我想用这种方式靠近嘉绒地面上对我来说唯一没有到过的土司官寨遗址。

十、土司传奇之二

和赞拉土司的故事一样，沃日土司的故事也是一个面貌日益模糊的故事。

沃日土司本是赞拉土司的近邻。

和赞拉土司一样，其远祖也是本教巫师的世家门第。传至一位叫巴比泰的远祖，于顺治十五年归顺清王朝，被册封为沃日灌顶净慈妙智国师。而所授名号中"沃日"一词正是藏语中领地之意。而从境内发源于四姑娘山中的河正好流贯其领地的大部分地区，在猛固桥头汇入小金川，因而得名沃日河。沃日首领于两金川之役爆发后，和当时嘉绒地区的大多数土司一样，与清军协同作战，并为清军供助粮草，立下了不小的功劳。

乾隆第二次出兵大小金川，本身就与该土司直接相关。

当时，小金川土司泽旺之子僧格桑为独子，僧格桑之子也是独子。小金川土司的香火本就悬于一线，不料，泽旺土司之孙却突然暴病身亡。两家相邻的土司平时已有利益冲突，这时，赞拉土司一家便认为是沃日土司用本教咒经作法，咒死了赞拉土司家族香火的传承之人，盛怒之下便向沃日土司进犯。这便为乾隆再征金川提供了口实。

传说，本教巫师出身并有高强法力的沃日土司将赞拉土司泽旺父子扎成人偶念经诅咒，并在作法时用箭射穿，目的就是要把赞拉土司咒死并使其一家断绝香火。

而赞拉土司唯一的孙子就是因此才死去的。

于是，赞拉土司为复仇向沃日开战，攻寨略地，并不听四川总督调解，终于导致这一地区再一次兵刃相加。也许到后来，小金川土司父子会意识到过于相信本教巫师法力是一种错误。因为当乾隆第二次对两金川重兵进剿，更靠近内地的小金川首当其冲。除了据守险要拼死抵抗之外，据史料记载，小金川土司也请了很多本教巫师作法，想使清兵将领横死，使日夜不停轰击碉卡的清军铜炮爆炸，但都没有起到想象中那种巨大的作用。这时，他们可能会意识到轻率相信本教法术的超凡力量而贸然对沃日用兵，引来清兵大军压境是一个绝对的错误。当然，对一个具有扩张野心的统治者，一个自以为是的小国之君来说，对巫术力量的信服，本身就是一个恃强凌弱的借口。殊不知，这场小规模的同族间的兼并，又成了一个野心更大的帝国皇帝进兵，以建立真正的一统天下的借口。

天朝大军来到这弹丸之地，苦战经年，终于，大小金川覆巢之下，再无完卵。而已面临绝境的沃日土司却得以再生升天。清兵到来之后，沃日土司自然积极助战，两金川战事结束，以随征有功，该土司被赏以二品顶戴。

沃日地方的土司制度便一直保留到一九三七年，才被国民政府宣布废止，沃日土司境内开始由当地国民党县政府编保设甲。但是，当时国民党政权内忧外患，设立的制度并未认真施行。沃日土司名亡实存，其统治一直有效维持到解放。

所有这些因循的历史故事，都显出了几分沧桑。而这一路行去，山川河谷，那被无限制地破坏掠夺的自然界的百孔千疮正与这些故事一样地沧桑，成为与我内心情绪十分配合的一种外在场景。

一个人走在路上，不断有人在我休息的时候，向我讲述暴力故事的现代版本。如果说,过去那些有关屠杀与集体暴行的故事还带着一些悲壮激情与英雄气概的话,现代演绎的暴力故事却只与酒精和钱财有关。

如果遇到不讲这种故事的人,却又会向你传达一种焦虑,那是不能脱离贫困的焦虑,一种不能迅速拥有财富的焦虑。

所以,我要说,这一路行来,短短几十公里的两天路程还未走完,当我远望沃日土司官寨碉楼的隐约的身影时,心里那因为怀旧而泛起的诗情已经荡然无存。现在,总是遇到很多人问我一个问题,那就是作为一个对本地文化与本族生活有过很好表现的作家,为什么最终却要选择离开。

那么,我现在可以回答了。答案非常简单,不是离开,是逃避。对于我亲爱的嘉绒,对于生我养我的嘉绒,我唯一能做的就是保存更多美好的记忆。

现在,沃日土司官寨在我的面前出现了。此前,我已经不止一次到过了嘉绒土地上的所有土司官寨。今天,我要来补上这一课,在这样的地方,我能隐约地看到历史的面貌。可是,今天,当我到达沃日的时候,历史老人第一次把背朝向了我。而在过去我总是认为,对于一个写作者,历史总会有某种方式,向我转过脸来,让我看见,让我触摸,让我对过去的时代、过去的生活建立一种真实的感觉。

这种感觉一直都是我最宝贵的写作资源,但是,今天,唉！我觉得我无力描述所有的观感。确确实实，当我那天到达沃日的时候，在达维河的南岸，沃日土司官寨出现在一个宽阔的河谷台地上。

在嘉绒藏族聚居区，在逐次升高的群山的阶梯上，总是有一些这种宽阔而美丽的山间谷地不断出现。在这些宽阔的山谷里，总是有着比别处更多的绿色。

这是骄阳正烈的中午时分，果园和玉米地，在高原强烈日光照耀下闪闪发光。我隔着河瞭望那片醉人的绿色，可是，满头的汗水迷住了我的眼睛。

结果，被汗水刺痛的眼睛里流出了很多泪水，好像我是想到这里来痛哭一场。等我擦干泪水，再次抬头望去，就看到沃日土司官寨静静地耸立在这一片浓郁的绿色中间。

过桥的时候，我也一直抬头望着过去曾威震一方的堡垒式的土司官寨。

走到桥面上时，河岸升起来，挡住了我的视线，田野和果园的绿色以及绿色中央的一个旧梦一样灰黑色的土司官寨都从眼前消失了，只有护卫着寨子的那个高高碉堡的方正顶子还浮动在眼前。走过河上的桥，走上河岸，田野里的绿色又照亮了双眼！

走过大片的玉米地，看到玉米高大的植株下潮湿的垄沟里，还牵着长长的瓜蔓，瓜蔓上开着朵朵喇叭状的黄色花朵。一条大路穿过田野，把这片河岸台地从中分成了两半。大路笔直地穿过山脚下平整的肥沃土地，然后爬上绿色灌木和草丛稀落的灰色山坡，转过一道山梁，消失在渐渐浓郁的青苍山色中了。

就在我且行且走，瞭望蜿蜒上山的大路时，一片清凉的树荫笼罩在我身上了。我把背包靠在一道矮石墙上，发现自己已经站在沃日土司官寨的门口了。

没有什么新奇的感觉。这座官寨除了一般官寨应有的特征外，比别的土司官寨更多汉族建筑的影响。最特别处，是堡垒般院落的大门，那完全是一座汉式的门楼，带着汉地很多地方都可以见到的牌坊的鲜明特点。

而最具有嘉绒本地特点的，当然是乱石砌就的坚固墙壁。其次就是用同样的乱石砌就的高高的碉楼了。我想拍几张照片，但是我发现，我该死的按快门的那只手不明原因的震颤更加厉害了。这只手就常常这样反抗我的意志。我走过很多美丽的地方，都想留下一些用我的眼光、我的角度、我的取景方式拍摄的照片，并且不止一次添置照相设备。但是，这只在日常生活中只是在端起酒杯时会把很多酒洒在外面的手，却会在我举起相机把手指搭在快门上时震颤不止。没有医生告诉过我这是什么原因，我也没有主动向医生讨教过所以如此的原因。我叹口气，放下了相机。出发上路很多天了，而且出钱资助这次旅行的出版社也要求我提供自己亲手拍摄的照片。

但我对自己没有一点办法。

只是把相机放在很深的背包底下。我走进院子,四周的围墙上探过了许多苹果的树枝,上面都挑着青涩的果实。院子里很安静。松软的地面上散落着从这巨大建筑上什么地方掉落下来的木板。木板在潮湿的泥土上都有些腐败了,一脚踩上去,下面就叽咕一声涌出些泥水来。一脚一脚踩去,这院子里就满是那种我熟悉的腐败的甘甜味了。

院子四周的墙角边,长着一丛丛粗壮的牛蒡。

在正午时分,站在这样一个几乎被世人遗忘,而且只剩下对过去时代记忆的院子里,我看到一层层楼面上很多的窗户,看到一道道楼梯通到楼上,但是我没有登上那些楼梯,也没有把头探进那些斜挂着蛛网的窗户。因为我几乎就要相信,每一间安安静静的屋子里,都有一个灵魂在悄无声息地张望着我这个不速之客。每一次,在这样的环境里,我都几乎会相信这个世上真正有灵魂存在,或者说是这个世上应该有灵魂的存在,来告诉我们一些关于过去的鲜为人知的秘密。

站在正午的阳光里,站在满院子略带木头正在朽败时散发出的甘甜味中间,我就如此这般地陷入了自己的玄想。

在这种玄想中,内心总是隐隐地痛楚着,领受一种宿命般的感觉。

于是，我又想起了沃日土司的结局。

这个血统纯正的嘉绒藏族土司，到末世的时候，可能已加入了不少的汉族血统。我没有时间也没有特别的兴趣去为一个湮灭近半个世纪的家族重新建立一种清晰的谱系。我所以做出这个判断，是因为末代的沃日土司已经有了一个汉姓：杨。据说，末代的杨土司像许多土司家族走向没落时的宿命一样，整个家族不仅在政治经济上日益衰败，就是在纯生物繁衍的意义上，一种家族的基因和血统，历经几百上千年的风霜雨雪，终于穿越得越来越疲惫，终于失去了最后一点动力。我所知道的很多土司故事中，相当的一个部分，就是土司们为了香火的传续而担惊受怕。

一直都没有特别强大过，但一直都特别有韧性地传递着血缘与家业的沃日土司，最终也逃不过这种宿命。

最后一代姓了汉姓，有了汉名的土司性情懦弱，而且常常神志不清。

这样一个土司，自然被当时国民政府派任小金的县长玩弄于掌股之上。也像所有版本的宿命的官场故事一样，杨姓土司没有逃脱一桩政治婚姻，当地美女孙永贞嫁给了他。这也是嘉绒土地上土司故事中常见的一个版本：能干聪明而且漂亮的女人掌握了土司的大权。当然，随着时代不同，每一个重版的故事都会增加一些不同于以往的新鲜情节。

在沃日土司故事尾声部分里的这个杨孙永贞,还是一个加入了国民党军统组织训练的特务。

这时,已经是二十世纪四十年代,国民党在大陆的统治即将拉上大幕了。

当中华人民共和国在北京宣布成立时,沃日女土司又到成都接受军统特务头子的训练,并被任命为游击军指挥官。回到领地后,她积极组织地方武装,准备与即将进入藏族聚居区的解放军队伍作战。

解放军队伍到来后,这位女土司果然领全境之兵向解放军开战。在最初一两年时间里,为刚刚建立的共产党政权制造了不少麻烦。关于这个漂亮的女土司,有很多传说,今天,已经很难完全考辨其真伪了。但她骑得好马,玩得一手好双枪,往往能弹无虚发,却是实实在在的事情。然而在大军过处,她还是只能在众叛亲离的情形下节节败退,最后,被解放军生擒,并被人民政府因其罪大恶极而坚决镇压。

差不多同一时间,嘉绒土司制度终于退出了历史的舞台。

沃日土司在解放后又生存了相当长的时间,但是土司时代已经结束。一个个体的存活,除了人道的意义外,已经没有更深广的意义了。

十一、上升的大地

我回到猛固桥头,沿小金川北上,往梦笔山进发。

一路行去,海拔高度明显增加。我不是专门的旅行家,不用带上海拔计,来做种种烦琐的记录。我是从植被的变化感觉到脚下的大地在升高。

这也就是我所说的在大地阶梯上攀登的感觉。

从来都是这样,先是大路两边藏汉合璧式的石头民居上,汉式的影响越来越少,纯粹藏族风味的东西越来越多。窗户与门楣上的花饰越来越鲜艳明亮,整个寨楼越来越高大,越来越气宇轩昂。而且,在路上走动的人们向你问候的时候,你听到越来越多的藏语里那越来越多的敬辞。

总是这样,越来越多的村寨周围出现迎风招展的经幡。

总是这样,清清的溪流被引进整根合抱的杉木挖成的水槽,冲击着磨坊下面的巨大木轮,从而转动了沉沉的石磨。

总是这样,当地势越来越高,天空便越来越蓝。洁白的云朵使这些双脚正在丈量的土地永远都像是世外般遥远。

就是这样,变化总是出现在围绕着村寨的土地里,先是玉米变成了小麦,小麦又变成了青稞。当青稞大片大片出现在眼前时,我才发现,自己已经在一片青山绿水中间了。在阳光下闪烁着灼人光芒的大片岩石消失了,代之而起的是大片大片的树林：枫树、白桦、马尾松、灰白皮的云杉、紫红皮的铁杉。风吹动树林，大片的阳光就像落在湖面上一样，在树叶上闪烁迷人的光芒。

我在林间绒绒的草地上坐下来。

对于这些草地来说，最盛的花期已经过去了。七月，是这些林间草地的野草莓的季节。鲜红的野草莓，一颗一颗，点缀在翠绿洁净的草地上，就像一粒粒红色宝石陈列在绿色的丝绒之上。当我坐下来，采摘草莓，一颗颗扔进嘴里的时候，恍然又回到了牧羊的童年，放学后采摘野菜的童年。

抬起头来，会望见某一座高山戴着冰雪的晶莹冠冕。

我庆幸在我故乡的嘉绒土地上，还有着许多如此宽阔的人间净土，但是，对于我的双眼，对于我的双脚，对于我的内心来说，到达这些净土的荒凉的时间与空间都太长太远了。

在这种时候，我不会阻止自己流出感激的泪水。

总是这样，海拔越高，山间的谷地就越宽阔，山谷两边的山坡也越发平缓。

我背起背包，继续往前，在这样的地方，就是走上一生一世，我的双脚与内心都不会感到绝望与疲倦。

当最后一个农耕的村庄消失在身后时，我已经在高山牧场上行走了。

在这些青草翠绿的高山牧场上，往往要走上几个小时，才会看到木头栅栏圈出的牛圈,看到铺着木瓦的牧人小屋,静静地冒出一缕缕若有若无的青烟。牧羊犬看到生人接近,警惕地吠叫起来。一个牧人提着猎枪从小屋里钻出来。我用家乡的语言大声问候。牧人便放下了枪,重新钻回屋里。我在一个清幽无比的泉水边俯下身来,畅饮一番。这时,主人已经飞跑到我身边,那只牧羊犬也摇着尾巴紧随其后。

我从泉眼上抬起头,沁凉的水珠滑下了我的下巴。

主人生气了:"客人哪,你以为我们家里不会为客人备好滚烫的奶茶吗?"

再次上路时,我的肚子里已经装满了主人能够拿出来的所有好吃的食物。

就是这样,我从山下尘土飞扬的灼热夏天进入了山上明丽的春天。身前身后,草丛中,树林里,鸟儿们歌唱得多么欢快啊!我就是这样,一次又一次,感谢命运让我如此轻易地就体会到了无边的幸福。

雪峰下的高山牧场正是花朵盛开的春天。

在我久居都市的日常生活中,很多时候,我会打开一本又一本青藏高原的植物图谱,识得了许多过去认识却叫不出名来的花朵的名字,今天,我又在这里与它们重逢了。

长着羽状叶片,在一根坚韧的长茎上簇拥出一座宝塔状花蕾,而那个塔状花蕾,正季节一样,自下而上次第开出一层层紫色花朵的叫作马先蒿。

丛丛怒放的黄色花朵们大多属于野菊的家族，这个家族的有些成员还会变异出一种蓝中带紫的颜色。

在这样的草地上，最最漂亮的当然是蓝色的鸢尾。一朵朵看去，在微风中都是将要带着某种意绪起飞的姿态。这种姿态的花朵连缀成片，抬眼望去，就是一种思绪化成的青烟。

我不能歌唱这些花朵，我只感激命运让我不断看见。

这样的行程是如此愉快，离开沃日土司官寨五天后，我登上梦笔山口，才意识到这些天的日子过得如此短暂。

站在梦笔山口，猎猎的山风变得无比强劲。与山口这边的高山草地形成鲜明对比的是，山口那边，是大片蓊郁的森林。公路穿过森林，一头扎进山下的峡谷。那些峡谷的出口处，就是我的家乡，现在嘉绒藏族聚居区的中心地带马尔康了。

第五章 灯火旺盛的地方

一、马尔康地名释义

在藏语中间,"马尔"这个词是油、酥油的意思;"康"的意思是房子,是地方。所以,很多人按直译的意思说,马尔康这个地名的意思是酥油房子。

这种释名法,并不违背词义,但在情理上并不顺。藏族人为人为物为地方命名特别具有一种祈求吉祥的倾向。而酥油房子并不是一种经久的东西。在藏族艺术中,酥油构成的东西都不是一种永久的东西,比如正月庙会时节供奉于佛前的酥油花。

所以,一种更为广泛,也更为大多数人认同的说法是,解释马尔康这个藏语组合词作为地名的意义时,应该注重其衍生出来的"灯火旺盛的地方"这样一种特别的意义。

在大渡河上游的支流梭磨河上,现在的马尔康被誉为高原新城,梭磨河上的水电站提供的源源不竭的电能,确实把这片山谷变成了一个名符其实的灯火明亮的地方。但这仅仅是解放后四十多年间才有的景象。

有一次,我去拜访一个据说很有学识的老喇嘛,从他山坡上的家里告辞出来的时候,已经是黄昏时分,他指着山下镇子上的万家灯火说,早先为马尔康命名的就是一个喇嘛,那时候,这位高人就预见到了今天万家灯火的景象。

他说真正有德行的高僧能够预言未来。

他说的是预言,而不是占卜未来。

我想向老僧讨教这个传说起自哪个年代,那个高僧叫作什么名字,但我知道这样做会使大家都非常扫兴。于是便望着山下明亮的灯火,在黑暗中默然而笑,未置可否。

我只是知道,马尔康这个地名已经由来已久。

在那些年代里,马尔康宽广的河滩曾是狐狸的天堂。

马尔康得到这个名字,完全是因为,在此宽广的河滩上,有一座叫作马尔康的寺庙。寺庙本身在那时荒芜的河滩上,相对说来,确实也算是一个灯火明亮的所在。

光明与黑暗,在任何时候,都不能不是一个相对的概念。

一座佛寺起这样一个与光明有关的名字,肯定还有其意欲在蒙昧的时代里开启民智这样一种象征的意义。佛教典籍的名字中，就不断有与灯火相关的字眼出现。

前面我们说过，第一次给嘉绒土地带来文化与智慧光芒的是出生于西藏的毗卢遮那。从此之后，大渡河中上游地区，和岷江上游的部分地区便形成了一种相对统一的嘉绒文化区，在整个藏族文化中一直保持着自己鲜明的地方文化特征。

但在这之后一个相当漫长的年代里，当地的嘉绒土司们因为自身利益的种种考虑，建立起了一种不同于西藏的政教合一制度。在西藏，是神权至上，世俗政权要依附于神权。而在整个嘉绒地区，是中央王朝册封的土司手握世俗大权，而僧侣阶层必须依靠世俗权力的支持才能生存。很多时候，土司家族本身同时掌握着神权。比如前面已经说到过的小金川流域的赞拉土司与沃日土司先祖，都是本教的巫师出身。

而在十五世纪以前，嘉绒地区土司和贵族们所倚重与扶持的，大多是本土宗教本教势力。在马尔康宽广的河谷台地上，也建起了一座规模宏大的寺院。早期属于本教，后来，随着周围政治环境的变化，又改宗了藏传佛教的格鲁教派。但马尔康这个寺名，却一直没有变化。到了二十世纪的三四十年代，也是因了这座寺院，在寺庙前宽广平坦的白杨萧萧成林的河滩上，形成了一个季节性的市场。商人们来自嘉绒各个土司的领地，还有很多商人是来自四川盆地的汉族与来自甘肃的回族。在鲜花遍及群山的美丽的夏季,各路的商人们络绎而来,一夜之间,花草繁盛的河滩地上,就冒出了许多漂亮的帐篷。有老年人回忆那时的情形说:就像一个雨夜之后长出许多蘑菇一样。我触及这种回忆,是在阿坝州政协一年一度会议的饭桌上。我因为写了一些文字的缘故,成了州政协常委会的一员。所以,常常不甚费力就能从老先生们口中套出一些早年的回忆。这些老先生中有些人,早年间就是其中一些帐篷的主人。

这种回忆就好比会议供应的好酒。

另一位老先生听到关于帐篷与蘑菇的比喻,便愉快地笑了。他说:"蘑菇。有两年,只要晚上下雨,我的帐篷边上就会生出蘑菇来。那时我有一个女人,她把这些蘑菇用牛奶煮了,那味道……啧啧。"

人们把这个繁荣一时的季节性街市也叫作马尔康。

解放后,因为地缘政治的需要,这里建成了永久性建筑,并渐渐成为一个颇具规模的镇子时,地名也叫作马尔康。

而那座曾经辉煌的寺院,倒是日益被遗忘了。

二、怀想一个古人

说到寺院,我们将再次回到过去的年代,回到十五世纪,怀想一个嘉绒大地上的古人,怀想一个嘉绒人民永远不会忘记的古人。他就是在嘉绒历史上与毗卢遮那一样有名望的僧人，查柯·温波·阿旺扎巴。

在这音节连绵的一长串汉字中，只有阿旺两个字是这个人本来的名字，其他的都是一种附加成分。查柯，是藏文典籍中嘉绒地区的别名，这两个字出现在阿旺的名字前，自然表示了他的出生之地。实际上，他就出生在马尔康县境内，当时梭磨土司的辖地柯觉。柯觉是他出生之地的藏语名字。近几十年，那个四周山坡上长满白桦、云杉和箭竹的小山寨和山寨背后的山沟又有了一个新的名字：二〇三。

这个名字在解放后才出现的伐木工人、道班工人和长途汽车司机口中流传。对同一个地方，使用不同语言的人使用着不同的地名。

二〇三，是一个伐木场的名字。这个伐木场数百上千的工人，在这个地方砍伐了几十年原始森林。随着森林资源的枯竭，这个伐木场已经撤销，但这个名字却就此流传下来了，也许还会永远流传下去。

还是回头再说此地几百年前出生的那位明灯般的人物阿旺扎巴吧。

他名字中的第二个词温波是本教中法师的称谓。这也就是说，他是查柯地方的一位本教巫师。直到有一天，他突然走出了自己熟悉的山水，和这个地区许多追求智慧的人物一样，沿着越走越小的大河，沿着越来越高的雪山，走向了青藏高原，走向了西藏，走向了拉萨。也正是在青藏高原顶部更为浓烈的佛教氛围中，他成了一个佛教信徒。他是为了让心中智慧的明灯更加明亮而去到西藏，结果，却改变了自己的信仰。所以，他的名字后面又出现了两个字：扎巴。扎巴这个词，正是藏族佛教寺院中，对于刚刚接触教义不久的和尚的称谓。

现在，我们知道了，查柯·温波·阿旺扎巴的意思，就是来自查柯地方的当过本教巫师的阿旺和尚。

可以想象，这肯定是阿旺扎巴在西藏皈依新的教义后，一心向学的朋友们给他取的一个颇为亲切的名字。

当我站在梦笔山口，背对着即将离开的小金，眺望公路盘旋着穿过森林，慢慢深入山谷，山沟向着低处直冲而下，看见了我的家乡的时候，我就想起了那个高僧的名字。

心中默念时，耳边就好像响起了一串悦耳的音节。

而且，我的眼前突然就出现了一泓清泉。那泓泉水就在梦笔山马尔康那一面一个向阳的小山坡上。山坡草地上，疏疏落落站立着一些柏树。

很老的柏树，树枝很虬曲，但枝干却非常挺拔的柏树。

我去过那个被许多嘉绒人视为圣地的地方。

最近一次是在两年之前。那是一个深秋天气，我们把一辆丰田吉普车从马尔康开出来，不到一个小时，就到了梦笔山下那个一路向下俯冲的山沟里。这条山沟曾经是猎人的天堂。只有几十户亦农亦牧亦猎的人家散布在数十公里长的一条山沟里,这条山沟叫作纳觉。如果我没有意会错的话,这个名称的意思就是很深的山沟。但是说起来,在从四川盆地向青藏高原逐级抬升的邛崃山系中,这样的一条山沟并算不上有多么深远。所以留下这样一个名字,肯定是因为当年这条山沟里的森林。白桦、红桦、杉树、松树、柏树以及高山杜鹃组成的树林蓊郁如海,使这条山沟显得分外地神秘与深广。

于是,人们才给了这条山沟这样一个名字。

于是,这条山沟里稀稀落落散布着的村寨也获得了同样的名字。

二十世纪的下半叶,以建设的名义,以进步的名义,伐木工人开进了这条山沟。于是,伐木场的建立给这个寂静的山寨带来了二十多年的喧嚣与繁荣,代价当然是蓊郁森林的消失。然后,伐木场撤销,曾经上演了现代生活戏剧的那些工段部、伐木场部又变得一片静寂,最后一座临时搭建的木头房子在一个雨夜悄然倒塌,遗弃的斧锯在泥沼中很快锈蚀。

只有纳觉寨子上的人永远属于这条山沟,子子孙孙,世世代代。

收割后光秃秃的土地一块一块斜挂在山坡上。而在临近溪水的大路边上,那些石头砌成的寨子静静耸立着,仿佛一个不太真实的梦境一般。

一些个头矮小花纹斑驳的母牛在寨子四周,这些母牛是黄牛与犏牛杂交的后代。这些杂种牛身上已经没有了父系的矫健与母系的优雅,但似乎在任何地方都能找到吃的东西。带刺的灌木,路边上扑满尘土的枯草,牧人们丢弃的破衣烂衫,某处废墟断墙上泛出的盐碱,它们会吞下所有能够到口的东西,然后产下一点稀薄的牛奶。

现在,这片土地上,村子的四周,这种形象猥琐的杂种奶牛的数量似乎是越来越多了。严冬到来的时候,它们甚至成群结队从四周的村寨进入镇子,在街道上逡巡,四处搜寻食物。这些食物的种类很多,被风卷着四处滚动的纸团,墙上张贴的标语或公告背后的糨糊,菜市场上的废弃物。它们甚至把头伸进垃圾桶里,用头拱动,用舌头翻检,都能找到果腹的东西。

正是因为这些杂种奶牛的形象,我家停止了订购城郊农民每天送到门口的一瓶牛奶。

在这差不多等于是去朝圣的路上,我不应该描绘这样的牲畜与生命,但是,这种牲畜就是不断地三三两两地出现在眼前,让人看见,让人想起它们默默寻食时的种种情状。

好在现在是在纳觉,离乡政府所在的卓克基镇已经有十多公里的路程,而县城的所在地就在更远的地方了。这些显得特别认命的杂牛们,踩着十月的一地薄霜,在收割后的地里有一口无一口啃食玉米秸子。这倒是一种洁净的食物。村子里的小孩子们有时也会下到地里，拔一根秸子在手里，慢慢咀嚼，细细地品尝那薄薄的甜味和淡淡的清香。

我也有过那样一个面孔脏污，眼光却泉水般清洁明亮的童年！

想起日益远去的童年时光，内心总有一种隐隐的痛楚与莫名的忧伤！

只是不记得，在那个地里铺着薄薄霜华的十月的清晨，我在纳觉寨子边是不是也如此这般地想起了童年。

只是记得，纳觉寨子边的这个早晨也像所有下霜的十月的清晨一样，阳光照耀得特别明亮。山坡上稀疏的树林里传来的野画眉的叫声十分清脆悠扬。

那是一长加两短的清脆鸣叫。

人们听见那声音，可以想象出任何一个三个音节的词组或句子。在嘉绒的不同地方，人们会把这三个音节听成不同的句子。在纳觉这个地方，人们把这野画眉叫出的三个音节听成天气预报。

我们把车寄停在一户人家的院子里时，女主人对我们说画眉是在说：勒——泽得！勒——泽得！

这句藏语是天要热的意思，也就是说，成群的画眉向我们预报今天是个晴天。

女主人还说：你们肯定是去朝阿旺扎巴的，凡是有人去山上朝拜时，这条山沟里总是风和日丽的好天气。

走出这家院门时，有人开了一句玩笑。他说：要是天天都有人来朝拜阿旺扎巴，那这个村子的庄稼与果树就都要旱死了。这句话出口，大家都没有像往常听到这类笑话一样笑出声来。于是，说笑话的人掌了掌自己的嘴巴。

走在朝圣的路上，这群平常什么都敢调侃的人，心里突然便有些禁忌了。这时，另一种鸟叫起来，叫的是四个音节，于是大家心里都响起了一个名字：阿旺扎巴！阿旺扎巴！大家都陷入某种特别的磁场中了。

山路蜿蜒向上，路边的灌木落尽了叶子，干硬的树枝擦在靴子和裤腿上，嚓嚓作响。黄连、野樱桃、野蔷薇、报春、杜鹃、红柳和银木，这么多的树丛丛密密，在夏天是那样的千姿百态，现在却僵直地伸展出深色的枝干，一片萧然。只有柏树还深深地绿着，在轻风中发出叹息般的细密声响。太阳越升越高，石头上枯草上的霜花慢慢化开，于是，森林黑土的浓重气息又充满了鼻腔。

当我们在一片背风的枯草地上坐下来休息时，一队香客超过了我们。他们的脸上有着更多的虔诚与期望，于是，他们有着比我们这一行人更亮的目光。

三、露营在星光下

我在一九九九年夏天走下梦笔山的北坡，穿过大片的杜鹃花丛与更加高大的冷杉的巨大树影时，想起了山下的那个村庄，想起了那个十月的朝圣之旅。

后来，我在一块林间草地上找到了几朵鹅蛋菌，这是蘑菇中的上品。于是，我找来一些干树枝，在冷杉树下刨出一块干燥的地方，用树上扯下来的干燥的树枝燃了一团小小的火苗。其实，在那样的野地里生火，很不容易看到火苗。我只是手感到了灼烫，看到一股青烟腾起，就知道火燃起来了。把打火机仔细收好时，干枯的树枝发出噼噼啪啪的爆裂声，我知道这火真正燃起来了。于是，我又从杉树上剥下一些厚厚的树皮投进火里，这才回身去采摘那几朵蘑菇。这种蘑菇顶部是漂亮的黄色，从中间向四周渐次轻浅，那象牙色的肉腿却是所有菌类里最最丰腴的。我准备好了用猎人的方式来享用一顿美餐。

在大山里，时间的流逝变慢了，我等待着那堆树枝燃尽，在那些通红的炭屑上，我就可以烤食新鲜蘑菇了。

我用小刀把黄色的菌子剖成两半，摊放在散尽了青烟的火上，再细细地撒上盐和辣椒面，水分丰富的菌子在火炭上烧得冒着水泡，吱吱作响。当水分蒸发掉一多半后，吱吱声没了，一股清香的气息四处弥漫。

我像十多年前打猎烧菌子果腹时那样吞咽着口水，然后把细嫩的菌子送进嘴里。多么柔软嫩滑可口的东西啊！山野里的至味之物，我们久违了！

吃完两大朵菌子，我从树下抠起大块的湿苔藓把火压灭，继续往山下走去。我走的是一条捷径，不一会儿，我又穿出森林，来到公路上。一辆吉普车驶来，我招招手，吉普车停了下来。开车的是个外地的商人，这个季节，到山里来四处收购药材与蘑菇。

他希望我走得远一些，好跟他一路搭伴，但我告诉他我只坐到山下那个叫作纳觉的寨子边上。

我只打了个小小的瞌睡，那个寨子一幢幢覆盖着木瓦的石头建筑就出现在眼前了。刚过正午不久，寨子显得很安静。几辆手扶拖拉机停在公路边上。地里有几个在麦子中间拔草的女人。寨子对面的山坡上，那些沙棘与白桦树间，飘扬着五彩的经幡。

再往下不远的溪水上是一座磨坊。

地里拔草的女人们直起腰来，手搭凉棚，顶着耀眼的阳光向我张望。这时，要是我渴我饿，只需走到某一户人家的门口，地里的女主人就会放下活计赶回家来，招待我一碗热茶，一碗酥油糌粑，或者还有一大碗新鲜的酸奶。

但我只是向这些女人挥了挥手，便转身顺着一排木栅栏走到通往查果寺的那条小路跟前。

离开公路几步,打开栅栏门,我进入了一片麦地,麦子正在抽穗灌浆,饱满的绿色在阳光下闪闪发光,一种令人心生喜悦的光芒。夏天的小路潮润而柔软。

穿过麦地,走出另一道面向山坡的栅栏门,我就到一片开满野花的山坡上了。那些鲜花中最为招眼的,是大片的紫花龙胆。

小路蜿蜒向上,当我走出一身细汗的时候,隔着一道小小的山梁,便已然听到了寺庙大殿前悬挂的铁马在细细的风中发出一连串悦耳的叮当声。我不是一个佛教徒,但这清越的声音仍然给我一种清清泉水穿过心房的感觉。

然后是几株老柏树高高的墨绿色的树冠出现在眼前,我不由得加快了脚步,于是,那座在嘉绒声名远播的寺庙便出现在眼前了。

但是,除非亲历此地,没有人相信一个如此声名远扬的寺院会是如此素朴,素朴到有些简陋的程度。我这样说,是跟在并不富庶的藏族聚居区那些金碧辉煌、僧侣众多的寺庙相比较。这样一个简朴的寺院深藏于深山之中,在一片向阳的山坡上,只是一座占地一两亩的建筑。我想,作为一个精神领地的建筑,本应就是这般素朴而又谦逊的模样。

要不是回廊里那一圈转经轮,要不是庙门前那个煨桑的祭坛正冒着股股青烟，柏树枝燃烧时的青烟四处弥漫，我会把这座建筑看成深山里的一户人家。

我久久地站在庙前，一边聆听着檐上的铁马，一边往祭坛里添加新鲜的柏枝。

这时我听到身后响起爽朗的笑声。转身时，一个老喇嘛古铜色的脸上漾开了笑容，他对我合起了双掌。他的腕上挂着一串光滑的念珠，腰上是一把小刀般大小的钥匙。

他说：要我开开大门吗？

我说：谢谢。

然后，我跟着他踏进了回廊。他走在前面，我一一地推动着那些彩绘的木轮，轮子顶端一些铜铃叮叮当当地响起来。转行一圈，那些经轮还在吱吱嘎嘎地旋转。喇嘛为我打开了大门，在他打开的这个殿里，我的目光集中在那座素朴的塔上。

塔身穿过一层楼面，要在上一层楼面才能看到逐渐细小的塔尖。而在这层佛殿里，所能看到的，就是佛塔那宝瓶状的肚子。这是一座肉身塔，塔身里就供着阿旺扎巴圆寂后的肉身。

在塔肚的中央部分，开了一扇嵌着玻璃的小小的窗口，喇嘛说，从这个窗口可以看到阿旺扎巴的肉身。当地老百姓都相信，阿旺扎巴的肉身在他的生命停止之后很长一段时间，还在生长指甲与毛发。这种传说多少有点荒诞不经，而且，不止是在这个地方，在藏族聚居区很多地方，针对不同的高僧与活佛，都有相同的故事版本。所以，我谢绝了喇嘛要我走到那扇小窗口前去向里张望的邀请。

只是在塔前献上了一条最少宗教意义的洁白哈达。

然后，就站在那里定定地向塔尖上仰望，在高处，从塔顶的天窗那里，射下来几缕明亮的光线。光线里有很多细细的尘埃在飞舞，几线蛛丝也被那顶上下来的光线照得闪闪发光。

我喜欢这个佛殿，因为这里没有通常那种佛殿叫人透不过气来的金碧辉煌，也没有太多的酥油灯燃烧出来的呛人的气味，更因为那从顶上透下来的明亮天光。

光芒从顶上落下来，落在我的头顶，让人有种从里向外被照耀的感觉。当然，我知道这仅仅是因为此情此境而生出来的一种特别的感觉。

当我走出大殿后，这种感觉就消失了。但我相信，这样素朴的环境更适合于我们表达对一个杰出的古人的缅怀，适合于安置一个伟大而又洁净的灵魂。因为宗教本身属于轻盈的灵魂，那么多的画栋雕梁，那么多的金银珠宝，还有旺盛到令人窒息的香火，本来是想追寻人生与世界的终极目的的宗教，可能就在财富的堆砌与炫耀中把自身给迷失了。

喇嘛把我带到他的住处。喇嘛们的住处是一座座紧挨在一起的木头房子，房顶上覆盖着被雨水淋成灰白色的木瓦。从低矮的木头房子的数量看起来，这里应该有十多位喇嘛。但这会儿，却只有这一个喇嘛趔趔趄趄地走在我面前，带着我顺一条倾斜的小路，走到他的住处前面。

喇嘛的小房子前还用柳枝做栅栏围出了一方院子，院子辟成了小小的菜园。菜园里稀稀落落地有些经了霜的白菜。我看了一眼喇嘛，他笑了，说："没有肥料，菜长得不好。"

我也笑了笑，说："很不错了，一个喇嘛能自己种菜。"

夕阳衔山的时候，我吃了他煮的一锅酸菜汤。他告诉我做酸菜的原料，就是自己种的白菜。傍晚的阳光给山野铺上了一层柔和的金色光芒。在不远处的一株柏树下，一道泉水刚刚露出地表，就给引进了木枧槽里。于是，就有了一股永不停息的水流声在哗哗作响，飞溅的水珠让向晚的阳光照得珍珠般明亮。

就在这种情境中，我们谈起了阿旺扎巴。

当年阿旺扎巴离开嘉绒向地势更高的西藏进发。他所以如此，肯定也是在巫师作法那狰狞怪异的仪式中感到了自己心灵的迷失。

他不是去西藏朝圣，因为在那个时代，本教徒的圣地不在西藏，而在嘉绒地区大金川岸边的雍忠拉顶寺。温波·阿旺是要去寻找。

寻找什么呢？我想，他本人也不太清楚。当他上路的时候，心里肯定也像我们上路去寻找什么一样，有着深深的迷茫与淡淡的惆怅。

但他上路了。他上路的时候并不知道要去西藏寻找什么。很多嘉绒人都曾经和他一样上路,但最后却什么都没有找到。但是温波·阿旺比所有这些人都要幸运。因为,当他走上高原时,遇到了一群在宗教里困惑与迷失的人也在高原顶端四处漫游,在漫游中思考与寻找。

任何一种曾经清洁的宗教随着时间的流逝,都在世俗化与政治化的过程中,令人痛心地礼崩乐坏。

于是,阿旺扎巴在高原上与一群寻找的人聚集在一起,从藏传佛教的一部典籍转向另一部典籍,从一个教派转向另一个教派,但是,期待中的那种最美妙的觉悟并没有出现。最后,他们遇到了一个先于他们寻找并宣称已经找到了答案,解脱了困惑之苦的大师,于是,众多寻找的灵魂便皈依了他。

按这位喇嘛告诉我的藏历时间推算,阿旺扎巴上路的时间应该是公元一三八一年。喇嘛说,他是与另外三人一起上路的。而自打上路之后,这三个人便从我们的视野里永远地消失了。这种消失是历史一种严格的法则。

阿旺扎巴正式拜格鲁教派的创始人宗喀巴为师。

到了一四〇七年,阿旺扎巴于本教派的教义已经有了深厚的心得。于是便受大师派遣,与后来被追认为一世班禅的师兄克珠杰云游前后藏,宣谕本派教义与教法。

在十五世纪,越来越多像阿旺扎巴一样的人聚集在了宗喀巴的周围。当别的教派纪律松弛，并因为对世俗政治越来越深的执迷而日益堕落的时候，宗喀巴的新教派带来了一种清洁的精神和一种超远的目光。

于是，阿旺扎巴便皈依了，成为宗喀巴最早的八十二上座弟子之一。不久之后，青藏高原上的各个地区，都散布开了宗喀巴这些早期弟子的身影，他们要在广大的青藏高原上弘传这一新的清洁的教法。

他们要在人心中培植吸收着日精月华，生命旺盛的新的菩提。

在被后世信徒弄得云山雾罩的宗喀巴传记中，我找到了有关家乡这位前本教巫师的记载。那是很不起眼的一个段落。这个段落说，这位前本教巫师这时已经深味菩提精神，是一位功业日益精进的格鲁教派喇嘛了。

于是，宗喀巴做了一个梦，梦见一株巨大的冠如伞盖的檀香树在黑云蔽天的藏族聚居区东北部拔地而起。那枝枝叶叶都是佛教教义高悬，灿烂的光华驱散了那些翻滚的黑云。

大师的梦总是有很多意味的。而且这个梦的寓言是那么明显，藏族聚居区东北，正是温波·阿旺的家乡查柯，那里是俗称黑教的本教的繁盛地带，所以，即或在平常时候，在宗喀巴看来那地方也定会是黑焰炽天。

无巧不成书，阿旺扎巴也在相同的时候做了一个梦。他梦见两只大海螺从天上降落在他手中,于是,他便面东朝着家乡的方向吹响了海螺,海螺声深长嘹亮。阿旺扎巴请大师详梦。

大师谕示说:你的佛缘在你东方家乡。这时,阿旺扎巴已经随从大师前后凡二十八年。

于是,阿旺扎巴做好回乡的打算,来到了大师的座前。

大师赐他一串佛珠,阿旺扎巴当着众弟子的面发下宏愿,要在家乡嘉绒建立与佛珠同样数量的格鲁派寺院。而佛珠是一百零八颗,这就是说,他要回到家乡,建立一百零八座佛教寺院。

阿旺扎巴再次穿越青藏高原时,已经是十五世纪初叶了。

就像当年宁玛派的高僧毗卢遮那一样,整个嘉绒大地上都留下了阿旺扎巴的身影与传说。他建立的一百零八座寺院就包括了眼下供奉着他灵塔的这一座。我曾经与宗教史研究人员和地方史专家一起,循着他传法建寺的路线实地追踪他的足迹。

我不是地方宗教史的专家,也没有成为这种专家的志向和必要的学术上的训练。我只是要追忆一种精神流布的过程。

实际情形跟我的想象没有太大的差异。

在很多传说中他曾建立起寺院的地方,今天都只剩下了繁茂的草木,有些地方,荒芜的丛林中还能看见一点废墟与残墙。是的,这种情形符合我的想象,也符合历史的状况。其实,真正能找到确实地点,或者至今仍然存在于嘉绒土地上的阿旺扎巴所建的格鲁派寺院大概就是三十余所。

最后一所，在距查柯寺近百公里的大藏乡，寺庙名叫达昌。

达昌的意思，就是完成，功德圆满。也就是说，阿旺扎巴建成了达昌寺后，便已完成了自己的誓言，功德圆满。

达昌，也许是我所见过的传说为阿旺扎巴所建的寺院里最壮观的一所。

不过，当我前去瞻仰时，那里只是很宏大的一片废墟。那所古老寺庙毁灭于"文革"。而眼前这所僻居于深山之中的查柯寺，同样没有逃过"文革"的浩劫。至今我还清楚记得，正午强烈的阳光下，我坐在达昌寺的一根巨大的残柱上，看着地上四散于蔓草中的彩绘壁画残片，陷入了沉思默想。

后来，达昌寺的住持从国外回来，重新建立这座寺院。我一个出生在寺院附近的朋友，常常来向我描绘恢复工程的进度。我还听到很多老百姓议论这个住持的权威与富有。

过了一段不是太短的时间，终于传来了重建寺院已经大功告成的消息。据说，寺院的开光典礼极一时之盛。不但信众如云如蚁，还去了很多的官员与记者，甚至还去了一些洋人。但我没有前去躬逢其盛。我想阿旺扎巴当年落成任何一座寺庙时，都不会有这样的光彩耀眼。要知道，他当时是在异教敌视的包围之中传播佛音、拨转法轮的啊！

达昌在举行盛典的那些日子,我想起的却是这个清静之地,而且,很少想起那座灵塔。眼前更多浮现的是那些草地与草地上的柏树,想起柏树下清澈的泉水。

而在今夜的星光下,我听风拂动着柏树的枝叶,在满天星光下,怀念一个古人,一个先贤,他最后闭上眼睛,也是在这样的星光之下。虽然,那是在中世纪的星光之下,但对于整个宇宙来说,就算是一千年的时光流逝又算得了什么呢?

是的,今夜满天都是眼泪般的星光,都是钻石般的星光。

在这样晴朗的夜晚眺望夜空,星光像针一样刺痛了心房里某个隐秘的地方。

我就在柏树下打开睡袋,露宿在这满天寒露一样的星光之下。快要入睡前,我还在暗想,这些星光中是否闪烁着智慧的光芒,而且这智慧又能否在这样一个月白风清的夜晚,降临在我的身上。

四、上升还是下降?

第二天一早,我就上路了。

这是夏天。夏天的山野里,树叶上,草丛中,所有的碧绿上都有露水漾动的光芒。这是我最最熟悉的一种光芒。

早晨的山野在薄薄的清寒中一片寂静。没有风,也没有声音。

山梁后边还未露脸的太阳越升越高,光线越来越明亮。我手里拿着一根带着很多叶片的树枝,一边走一边挥舞,为的是扫掉前面的露水。尽管这样,不一会儿,一双鞋很快就被冰凉的露水浸透了。

这样的寂静给我的感觉是真正的早晨还没有开始。

真正的早晨是随着通红的太阳从山梁上猛然跃出那一刻开始的。太阳好像猛然一下就跃上了山梁,并在转瞬之间抛洒出耀眼的金光,一切都在片刻之间被照耀得闪闪发光。更为奇妙的是,森林中的鸟们也就在太阳放出明亮光线那一刻,突然开始齐声鸣唱。

这时,新的一天才真正来到了山野之间。当我走到山下,重新踏上公路坚硬的碎石路面时,花草与树木上的露水已经干了。

公路顺着山谷底部的溪流向着一个更加宽大的山谷俯冲而下。而向着这条向下俯冲的山谷,更多的小山谷在这里俯冲汇聚。这种汇聚是森林孕育的众水的汇聚。越往下走,山谷越开阔,峡谷中的溪流就越来越壮大。

一辆汽车疾驰而来,我扬起手,汽车一个急刹停下来,立时,车后的尘土漫卷而来,整辆汽车与人都被笼罩在尘土中了。我跳上汽车,引擎一阵怒吼,飞扬的尘土又落在后面了。

司机这才对我笑笑说:"我看见你从山上下来的。"

那么,昨天晚上他是住在纳觉寨子里了。

他又递给我一条毛巾,我慢慢地擦干了脸上的汗水。

司机又问:"你到哪里?"

我说:"回家。"

的的确确,我这是正在回家的路上。

也许是正在盛夏季节的缘故吧,我觉得山里的植被比几年前丰盛许多了。这条长长的山沟曾是一个编号为二〇七的伐木场。那么多远离他们内地贫困故土的农民,在这里穿上工作服,拿起锋利的斧锯,摇身一变就成了工人阶级。那个时代,任何一条山沟里,伐木工人的人数都远远超过当地土著居民的人数。现在,随着森林资源的枯竭,他们都永远离开了。于是,这些山沟又开始慢慢地恢复生机。

当然,砍伐以前的森林与砍伐以后的森林已经有了很大的变化。

砍伐以前,这些森林是常绿的针叶乔木的天堂。主体的部分从低到高依次是马尾松,是银灰树皮的云杉,是铁红树皮的铁杉,是树皮上鼓着一个又一个松脂泡的冷杉。在这些参天的树木之间,亭亭如盖的落叶乔木是一种美丽的点缀。比如白桦,比如比白桦更高的红桦,比如枫,比如麻柳,还有能从山下谷底一直爬到比冷杉还高的杜鹃,从五月的谷底一直开到七月的山顶，热热闹闹地美丽了整个夏天。

那些成林的乔木存在的时候，每到向晚时分，山间便会回荡起海水涨潮般的林涛，但是，现在的森林已经很难发出这种激荡着无比生命力的澎湃声音了。我的眼睛也很少能看到记忆中占地特别宽广的阔叶乔木撑开巨伞般的冠盖了。

眼前这种砍伐后又重新生长起来的林子，在林学家那里有一个名字，叫作次生林。

次生林的主体是低矮的灌木，杉木与松树显得十分孤独。林学家还警告我们，这样的次生林如果再一次遭到破坏，那么，这些山岭便万劫难复了。每一次离开四川盆地，走近大渡河谷和岷江河谷，看到那些处处留着泥石流肆虐痕迹的荒凉山野，就是森林不止一次遭到砍伐的最终结局。

这样的次生林，蕴蓄水量、保持水土和调节气候的功能已经大大减弱了。不止一个地方的农民告诉我说，当那些森林消失在刀斧之下后，山里的气候就越来越难以把握了。夏天的雨水和冬天的风越来越暴烈，随着森林的减少，夏天的洪水总是轻而易举就涨满河道，对农民收成造成极大的破坏；而一到冬天，一些四季长流而且水量稳定的溪流，就只剩下满涧累累的巨石了。

对山里靠玉米，靠冬小麦，靠马铃薯为生的农民来说，森林调节气温的作用越来越弱，秋天的霜冻比过去提前了。霜冻的结果，是许多作物不能完全成熟。

在一个叫作卡尔纳的寨子，主人从火塘里掏出烧熟的连麸麦面馍，我拿在手里却是软软的感觉。

主人看到我诧异的眼光，不好意思地说："我们这里再也吃不到喷喷香的麦面了。"

我问他这是为什么。

女主人脸红了，好像这一切都是她的过错。她声音很低地说："因为麦子不好。"

这也是一个次生林满被山野的村庄。

经过主人的一番解释，我终于明白了个中的缘由。每当麦子灌浆的时候，霜冻就来了。于是，麦子便陡然终止了成熟的过程，迅速枯黄。一年一年，农民们的收获期提前了，但是，在晒场上脱粒之后，装进粮柜的都是些干瘪难看的麦粒。

从这种麦子磨成的面粉中，再也闻不到阳光与土地的芬芳。而且，失去了麦面那特别的黏性。在火塘里烧熟后，不再呈现象牙般的可人颜色。我不止一次在农人家里拿起失去了那漂亮颜色的麦面烧馍，慢慢掰开，里面是黑乎乎的一团，鼻腔里充溢的不再是四溢的麦香，而是一种与霉烂的感觉相关联的甘甜味道，不由得使人皱起了眉毛。吃到嘴里，的的确确难以下咽。

最后是满怀歉意的女主人给我弄来一些大蒜和辣椒，才把这还勉强可以称为麦面做成的食物咽到了肚子里。虽然那个时候，我的随身背包里有更可口的食品，但我不好意思这样做。我要对付的只是一顿两顿这样的东西，而他们年复一年辛勤耕作，能够指望的就是这样的收获。当我看到主人家里两个面孔脏污眼睛却明亮如泉的孩子大口大口地对付这食物时，我感到内心阵阵作痛，但要是因此就于事无补地泪水盈眶，也太过矫情了。

我在拉萨的一次会上说过，我在嘉绒地区的旅行，不是发现，而是回忆，现在我发现事情真的就是这个样子。

此次的嘉绒大地之旅，因为时间短促，更因为特别像一次为了旅行的旅行，我真的没有任何发现，但一草一木都会勾起我连绵不绝的回忆。

甜蜜的回忆，痛苦的回忆，梦境一般遥远而又切近的回忆！

最重要的是，我珍视自己有着的这些记忆！

即使是在坎坷不平的公路上蹦跳不止的一辆破旧吉普车上，眼望着山谷两边无尽的绿色，许多记忆中的情形依然反复出现在眼前。

不久后，吉普车就拖着背后长长的尘土尾巴，冲出了纳觉沟，宽阔的梭磨河谷出现在眼前。

眼前展开的是又一种景象，这里就是真正的嘉绒了！汽车在一路向下滑行,但我却在离开成都十多天后,登上了高原。或者说,登上了通向青藏高原的某一级台阶。而面前的路,却一直向下。其实,就算是下到梭磨河谷底,也有海拔两千八百米的标高。

我在下降中已经上升了,或者说,我正在整个的上升过程中短暂地下降。

五、梭磨河谷:真正的嘉绒

吉普车冲出山谷时,我请求司机停下车来。

他很奇怪:"你不是要回马尔康吗?"

我告诉他:"但是我想在这里休息一会儿。"

他的眼里露出疑惑不解的神情。

我跳下车来,他帮着我重新把背包背在身上。我站在那里,看到这位仍然心存疑惑的司机发动了引擎,然后车子猛然启动,车后扬起的尘土把我笼罩其间。等到尘土散尽,我才继续迈动脚步,走纳觉沟剩下的最后一公里左右的行程。这一公里的路仍然像整条山沟一样急剧地向下俯冲。

我为什么如此确切地知道距离?因为那个标明一公里的里程碑就竖在靠着溪沟的路基之上。这一公里对我来说是相当重要的,这三千多步是一个重要的过程,让我逐渐靠近自己真正认同的家乡。这三千多步让我在这个许多美好事物都已失去基本面貌的世界上,一点一点地靠近还保有嘉绒昔日美丽的田野与村庄。

我的下半辈子的生命中,离开是长久的,归来只是短暂的。

公路边上的湍急溪流边上,有些小小的草地,一些年轻的核桃树。在嘉绒地区旅行,当你看到路边核桃树的出现时,说明一个村庄已经渐渐靠近。

接着,另一种熟悉的景致又出现在眼前了。

那是一座小水电站,水泥的沟渠,水泥的堤坝,青砖的厂房,水流翻过水坝时形成一道小小的人工瀑布,然后,电线从这里带着难以琢磨的电力,走进一个又一个嘉绒人的村庄。

与之相映成趣的是,水电站下游一点,就是一座传统的水磨房。石砌的矮墙,平坦的泥顶上长满了厚厚的野草。水磨房上边的木头闸门关着,顺着木头枧槽奔涌而来的溪水受到阻拦后,在那里飞迸出一大团扇形的水花。

当我走过了水电站与磨房,转过一个山弯,从一面岩石峭壁的阴影下走出来,眼前猛然一亮,出现了那个叫作西索的嘉绒村庄和开阔的梭磨河谷地。

我的目光越过河岸这边西索村大片飘扬着的经幡,覆盖着木瓦或石板的屋顶,投向大河对岸。对面,是地理学上叫作河谷冲积台地的典型地貌。经历了千秋万世的河流，在不同的高度上都留下了一片片大小不一的冲积扇。当再一个地质年代开始后，河流又一次开始深深地下切，下切到一定的深度，又会稳定几百上千年，再一次在两岸淤积出一些平坦的台地，并且等着在下一次地质变化动荡的年代里开始又一次深深地切割。

地质学家们把河水切割开来的地球表面的每一个断层，看成一本大书中信息量丰富的一个篇章。当地的居民不懂得这样的道理，他们只是通过世世代代的劳作，把这些层层的台地开垦为肥沃的良田。现在，一个又一个的寨子就坐落在这些台地上，在大片的良田与森林的边缘。这样的台地次第而下，直到杨柳与白杨荫蔽的河岸边上。在这些宽阔的河谷里，河水会冲刷出一个宽阔的河滩，铺满含金的沙与光滑的砾石。洪水来时，河水才会漫过宽广的沙滩冲击河岸。

我在飞跨梭磨河的花岗石拱桥上停下了脚步，向四方瞭望。

风从上游吹来，吹在我的背上。风不大，但却劲道十足，吹得我的衣衫发出旗帜般噼噼啪啪的声响。

河的下游是东南方向。一川河水在高原阳光的辉映下闪闪发光。

河的左岸，是斜依在山湾里的西索寨子。寨子背后，翠绿的山坡一直向上，几朵洁白的云彩泊在山梁上。在山梁那里,陡峭的山坡变得平缓了,灌木林变成了大片的高山草场。草场上放牧着寨子里的牛羊。所有的嘉绒寨子,在午后这段时间里,都是一天中最最安静的时刻。孩子们上学了,劳作的成年人这会儿是在一天中离寨子最远的地方。在寨子内部,厚重的木门上挂着一把把铜锁。钥匙就静静地带着金属的沁凉躲在某个墙洞里边。屋中火塘里的火熄了,火种悄悄地埋在灰烬中间。铜壶里的水,罐子里的奶,似乎都在沉思默想。

在屋子外边,果树的阴凉里躺着假寐的猎狗。

小小的菜园里,几株正在结籽的花椒树下,栽种着大蒜、葱、芫荽和辣椒。这些都是嘉绒农人随时使用的作料。我不用走进寨子,就能看见那些让人倍感亲切的景象。有些人家的菜园里,还盛开着金黄耀眼的大盘大盘的葵花。

这些年,很多人家的屋顶都栽上了一些漂亮的花卉。这个季节正在盛开的自然是花期很长的灯盏花,更加美丽的却是从野外移栽回来的红色、黄色和象牙白色的百合花。

这一切对我来说,都是熟悉而又永远亲切万分的景象。寨子在纳觉溪流的对岸,于是,溪上低低的一座木桥的出现也是势在必然。只是现在,任何一个寨子前的木桥都比过去宽阔坚固了。因为,那时过桥的是人,与牛与马。现在,差不多是每户人家都有一辆拖拉机每天都要开回到自己家门前。

当我看见这一切时,只是站在河风劲拂的桥上。

在大河右岸，脚下的公路与另一条公路汇聚到一起。而在那条公路里边，一层层的台地拾级而上，直到我目力不及的地方，直到有白云栖止的山顶，仍然有土地与村庄。

走下大桥，顺着大河流去的方向，再有八公里，是那座我非常熟悉的高原山城，整个嘉绒的心脏，灯火旺盛的马尔康。

六、从乡村到城市

从卓克基沿梭磨河而下，短短的九公里路程中，河流两岸，是一个又一个美丽的嘉绒村庄。查米村那些石头寨子，仍然在那斜斜的山坡上紧紧地聚集在一起，笼罩着核桃树那巨大的阴凉。村子前宽阔的柏油马路上，汽车轰轰隆隆地来来往往，但咫尺之间的村子依然寂静如常。浓荫深重，四处弥漫着水果淡淡的香气。

再往下走，在河的对岸，河谷的台地更加低矮宽广。在广阔的田野中间，嘉绒人的民居成了田野美丽的点缀。墙上绘着巨大的日月同辉图案，绘着宗教意味浓重的金刚橛与称为雍忠的万字法轮的石头寨子，超拔在熟黄的麦地与青碧的玉米地之间。果园、麦地，向着石头寨子汇聚，小的寨子向着大的寨子汇聚，边缘的寨子向着中央的寨子汇聚。于是，有了这个叫作阿底的村子。

然后是查北村，再然后是被人漠视到叫不出名字，但自己却安然存在的村子。

在这些村子，过去的时代只是大片的荒野，而在这个世纪的后半叶，嘉绒土地上的土司们的身影从政治舞台上转过身去，历史深重的丝绒帷幕悬垂下来。他们的身影再次出现，作为统战对象出现在当代的政治舞台上时，过去的一切，在他们自己也已是一种依稀的梦境了。历史谢了一幕，另一重幕布拉开，强光照耀之处，是另一种新鲜的布景。

就在我这个下午依次走过的几个村子中间，从二十世纪五十年代到九十年代，一座座新的建筑开始出现，兵营、学校、加油站，叫作林业局的其实是伐木工人的大本营，叫作防疫站的机构在这片土地上消灭了天花与麻风。现在，有着各种不同名目的建筑还在大片涌现。这些建筑正在改变这片土地的景观。但至少在眼前这个时候，在离城不远的乡村里，嘉绒人传统的建筑还维持着嘉绒土地景观的基本情调。

我希望这种基调能够维持久远，但我也深深地知道，我在这里一笔一画堆砌文字正跟建筑工匠们堆砌一砖一石是一样的意思。但是，我的文字最终也就是一本书的形状，不会对这片土地上的景观有丝毫的改变。我知道这是一个设计的时代，在藏族人新成长起来的知识分子中，我希望在相关部门工作的我的同胞，把常常挂在嘴边的民族文化变成一种实际的东西。我一直希望在这片土地上出现一种新型的建筑，使我们建立起来的新城市，不要仅仅从外观上看去，便显得与这片土地格格不入，毫不相关。

很多新的城镇，在从四川盆地到青藏高原这些渐次升高的谷地中出现时，总是显得粗暴而强横，在自然界面前不能保持一种谦逊的姿态，不能或者根本就没有考虑过要与周围的自然和人文环境保持一种协调的姿态。

但在进入这些城镇之前的村庄，却保持着一种永远与这片山水相一致的肃穆与沉静。我常常想，为什么到了梭磨河谷中，嘉绒的村庄就特别美丽了呢。我这样问自己，是因为梭磨河是我故乡的河流。我害怕是因为了一种特别的情结，因而做出一种并不客观的判断。现在我相信，这的的确确是一个客观的判断。

马尔康，作为一个城镇，在中国土地上，大多数情况下，是一个不为人知的地方。但就是这样一个地方，也像是进入中国任何一个城镇时一样，有一个城乡接合的边缘地带。在这样一个边缘地带，都有许多身份不太明确的流民的临时居所，也有一些不太重要的机构像是处于意识边缘的一些记忆碎片。流民的临时居所与这些似乎被遗弃却会永远存在的机构，构成了一种特别的景观。在这种景观里，建筑总是草率而破旧，并且缺乏规划。这样的地方，墙角有荒草丛生，阴沟里堆满了垃圾，夏天就成了蚊蝇的天地。这样的地带也是城市的沉沦之地。城镇里被唾弃的人，不出三天立马就会出现在这样的地方。这样的地方，在中国的城镇与乡村之间，形成一种令人绝望的第三种命运景观。

一个城市如果广大，这个地带也会相应广大，一个城市小，这个地带也会相应缩小，但总是能够保持着一种适度的均衡。

在进入马尔康这个只有半个世纪历史的城镇时，情形也是一样。

马路两边出现了低矮的灰头土脸的建筑。高大一些的是废弃的厂房，一些生产过时产品的厂房，还有一些狭小零乱的作坊。更大一片本来就像个镇子的建筑群落，曾经是散布在所有山沟里的伐木场的指挥中枢，现在，也像是大渡河流域内被伐尽了山林的土地一样显得破败而荒凉。在这里，许多无所事事的人，坐在挤在河岸边的棚屋小店面前，面对着一条行到这里路面便显得坑坑洼洼的公路。一到晴天，这样的公路虽然铺了沥青，依然是尘土飞扬。

这种情形有时像一个预言。这个预言说，没有根基的繁华将很快破败，并在某种莫名的自我憎恶中被世人遗忘。

我希望在地球上没有这样的地方，我更希望在故乡的土地上不存在这样的地方。因为每多一个这样的地方，就有一大群人，一大群不能左右自己命运的人。想起这里，就是心中一个永远的创伤。

马尔康也像任何一个中国城镇一样，已过了这样一个令人难堪的地带。一个由一批又一批人永不止息苦心经营的明亮整洁，甚至有点堂皇的中心就要出现了。

这中心当然漂亮。

这种漂亮当然不是跟纽约，跟巴黎，跟上海相比，而是自己以为，并且让我们也认同的一种相对的整洁、相对的气派和相对的堂皇。比如露天体育场，比如百货大楼，比如新华书店，比如政府的建筑所形成的一个行政中心。而我所说马尔康的漂亮更多地还是指穿城而过的河流。中国有许多城市都有河流或别的水面，但大多是一些被污染的水体。要是那些水体没有被污染的话，这样的河流是不值得夸耀的。但是，当中国大多有名的河流与水面都受到严重污染的时候，我们就有理由为这条穿城而过的湍急河流的清澈感到自豪了。

清澈的河水总是在河道里翻涌着雪白的浪花。

有了这条河，就有了这个顺河而建的狭长山城架在河上的三道不同样式的桥梁。有了桥，整个镇子就有了自然的分区与人工的连接。因为中国人在城市的构造上最不懂得体现的就是分区，不懂分区，当然也就不懂得连接。中国人的连接就是所有东西都紧贴在一起。

在四川另一个藏族自治州首府，前些年的一次水灾造成了巨大的损失。据说，这种损失本来是可以避免的。但是，当地有人忽发奇想，在内地已经被认识到有巨大危害的"向湖泊要地，向大海要地，向河流要地"的做法，在这里再一次可悲地重复了一次。

人们耗费巨资在穿城而过的湍急的河上盖起了水泥盖子，水泥盖子上面建起了市场。在设计者的想象中，河水会永远按照他们的意思在盖子下面流淌。但是，自然界遵从的是一种非官方、非人智的规律，于是，一个洪水暴涨的晚上，洪水和洪水下泄时带来的树木与石头，把径流有限的河道给堵起来了。洪水便涌到地面，在原来规划为街道和居民区的城里肆意泛滥。我在电视里看到过灾后的景象。

其实，就算不发生这样的洪水，他们也不该把河面封闭起来。

因为，他们不该拒绝河流提供的公共空间，以及流水带给这个城镇的特别美感。

因为，这些处于中国社会边缘的城镇所以显得美丽，并不是因为建造他们的人有了特别的规划与设计，而是因为周围的自然赋予的特别美感。

我的家乡马尔康的情形也是一样。城里并没有特别的建筑让我们引以为豪。穿城而过的梭磨河上四季不同调子与音高的水流声,是所有居民共同倾听的自然的乐音。每一个倚在河岸栏杆上凝神的人,都会听到河水的声音是如此切合地应和着时时变化的心境。与河相对的是山,山就耸峙在河的两边。

那两边是乡野与森林的景色。特别是在河的左岸,大片的树林从高高的山顶直泻而下,并在四季中时时变化,成为我们在镇子里生活中抬头就可以看见的一个巨大画幅。冬天,萧瑟的树林里残雪被太阳照得闪亮发光。落叶们躺在地上,在积雪下面,风走上山岗,又走下山岗。春天来临时,先是野桃花在四野开放,然后,柳树发芽,然后是白杨,是桦树,依次地从河边绿向山顶。五月,最低处的杜鹃开放,然后,就是浓荫覆地的夏天了。

夏天因为美好,所以总是短暂。

最是秋天的山坡让人记忆久远。那满坡的白桦的黄叶,在一年四季最为澄明的阳光照射下,在我心中留下了这世间最为亮丽与透明的心情与遐想。现在,我回来,正是翠绿照眼的夏天。一切都还是原来的样子。如果有一点的变化,那就是街上的人流显得陌生了,因为很多很多的朋友,也像我一样选择了离开。如果你在一个地方没有了亲人与朋友,即便这个地方就是你的家乡,也会在心理上成为一个陌生的地方。

不只是马尔康,在嘉绒藏族聚居区,在所有这些近半个世纪仓促建立起来的城镇中,早年间人们心中那种飞扬的激情正在日渐淡化。于是，发展的缓慢与觉醒的缓慢压迫着那些社会机体中活跃的成分。于是，他们选择了离开。我也是其中的一员。

人群在我眼里变得陌生了，但整个人流中散发出来的那种略显迟缓的调子却是熟悉的。这是一种容易让青年人失去进取心的调子，是一个健康的社会应该摒弃的调子。但是，强烈的日光落在街边的刺槐上，落在有些灰头土脸的柏树上，那团团的阴凉，不知为什么却给我一种昏昏欲睡的情调。

我热爱的这个镇子还在等待。但没有人知道，要在一个什么样的机遇下，所有的人们才会真正面对自己和这个地区的前途，而真正兴奋起来。

七、看望一棵榆树

在马尔康镇上，我真正要做的只有两件事情。其中一件，是去看一棵树。

是的，一棵树。据说，这棵树是榆树，来自遥远的山西五台山。

居住在马尔康的近两万居民中，可能只有很少很少的人知道，这棵树的历史与马尔康的历史有怎样的相互关联。

这棵树就在阿坝州政协宿舍区的院子里。树根周围镶嵌着整齐洁净的水泥方砖。过去，我时常出入这个地方，因为在这个院子里，生活着好些与嘉绒的过去有关的传奇人物。解放以后，他们告别各自家族世袭的领地，以统战人士的身份开始了过去他们的祖辈难以设想的另一种人生。

那时，我出入这个院子，为的是在一些老人家里闲坐，偶尔从他们的只言片语中，会透露出对过去时代的一点怀念。我感到兴趣的，当然不是他们年老时的一点怀旧情绪，而是在他们不经意的怀念中，抓住一点有关过去生活的感性残片。我们的历史中从来就缺少这类感性的残片，更何况，整个嘉绒本身就没有一部稍微完备的历史。

那时，我就注意到了这棵大树。因为这是整个嘉绒地区都没有的一种树。所以，我会时时在有意无意间打量它。

一位老人告诉我，这是一棵来自汉族地方的树，一棵榆树，是很多很多年前，一个高僧从五台山带回来的。

我问："这个高僧是谁？"

老人摇摇头，说："我也不晓得，那是很久很久以前的事了。"

我常去的那幢楼的一边是院子和院子中央的那棵榆树，而在楼房的另一边，是有数千座位的露天体育场。这个地方，是城里重要的公共空间，数千个阶梯状的露天座席从三个方向包围着体育场。而在靠山的那一面，也是一个公共空间：民族文化宫。文化宫的三层楼面,节日期间会有一些艺术展览,而在更多的时候,那些空间常常被当成会场。当会开得更大的时候,就会从文化宫里,移到外面的体育场上。

我想,中国的每个城市,不论其大小,都会有相似的设置,相似的公共场所。如果仅仅就是这些的话,我就没有在这里加以描述的必要了。虽然很多在这城里待得更久的人,常常以这个公共场所的变迁来映照、浓缩一个城市的变迁,说那里原来只是一个土台子下面一个尘土飞扬的大广场。现在文化宫那宏伟建筑前,是一个因地制宜搞出来的土台子,那阵子,领导讲话站在上面,法官宣判犯人也站在上面等等,此类话题,很多人都是听过的。而当我坐在隔开这个体育场与那株榆树的楼房里,却知道了这块地方更久远一些的历史。

这段历史与那株榆树有关,也与这个山城的名字的来历有关。

曾经沧海的老人们说,在体育场与民族文化宫的位置上,过去是一座寺庙,寺庙的名字就叫马尔康。那时的寺庙香火旺盛,才得了这么一个与光明有关的名字。

马尔康寺曾经是一座本教寺庙。

乾隆朝历经十多年的大小金川战乱结束之后,因为土司与当地占统治地位的本教互相支持,相互倚重,战后乾隆下令嘉绒地区,特别是大渡河流域的所有本教寺庙改奉佛教。马尔康寺中供奉的神像才由本教的祖师辛饶米沃改成了佛教的释迦牟尼与格鲁派戴黄色僧帽的大师宗喀巴。

马尔康寺改宗佛教之后，依然与在两金川之战中得到封赏的本地土司保持着供施关系，卓克基土司的许多重大法事，都在这个庙里举行。

那时候的马尔康寺前，是一个白杨萧萧的宽广河滩。最为人记取的是，每年冬春之间，一年一次为本地区驱除邪祟，祈求平安吉祥的仪式就在庙前举行。每次，信徒中都会有不幸者被作法的喇嘛指认为"鬼"，而被驱赶进冰冷的梭磨河中。在那样的群众性集会上，不幸者领受死亡之前，还要领受非人的恐惧；而对更多的人来说，那肯定是一种野蛮而又刺激的游戏。

宗教每年都会以非常崇高的名义提供给公众一出有关生与死、人与非人的剧。

人们也乐此不疲。

现在，在这个地方，最能刺激人的就是体育场上偶尔一次的死刑宣判了。在那里，人们可以从一个深陷于死亡恐惧的人身上提前看到死亡的颜色，闻到死亡的气味。时代变了，那些被宣判的人的死亡不是别人的选择，而是他们内心的罪恶替他们的生命做出的选择。但是，世世代代，看客的心理却没有多大的变化。

给我讲故事的老人中，有一两位，在过去的时代，也是掌握着子民生杀予夺大权的。但是，现在他们却面容沉静，告诉我这个广场上曾经的故事。他们告诉我说，现在政协这些建筑所在的地方，就是马尔康寺的僧人们日常起居的居所。

其中，有一位喇嘛去五台山朝圣，回来时就有了这棵树。

关于这棵树，老人们有两种说法。

一种说，是那位喇嘛在长途跋涉的路上，折下一段树枝作为拐杖，回来后，插在土里，来年春天便萌发了新枝与嫩芽。这就是说，这株树不远千里来到异乡，是一种偶然。

持第二种说法的是一位故去的高僧，他说，那位喇嘛从五台山的佛殿前怀回来一颗种子，冬天回来，他只要把那粒种子置于枕边，便会梦见一株大树枝叶蓬勃。自己详梦之后，知道这是象征了无边佛法在嘉绒的繁盛。于是，春天大地解冻的时候，他在门前将这颗种子种下。

现在，树是长大了，但是，佛法却未必如梦境所预示的那般荫蔽了天下。

马尔康寺在二十世纪五十年代开始衰败，并于六十年代毁于"文革"。于是，原来的那些僧人也都星散于民间了。只有这株树还站在这里，在一个逼仄的空间中，努力向上，寻求阳光，寻求飞鸟与风的抚摸。有风吹来的时候，那株树宽大的叶片，总是显得特别喧哗。

八、灯火旺盛的地方

"文革"结束后,那些老人们陆陆续续住进了政府新盖的楼房,榆树旁边这一座,就是其中的一幢。

那座被毁的寺庙,代表了这个地区历史的寺庙,要在原地恢复已是不可能了。于是,便向后造在了可以俯瞰这个体育场和这座高原新城的向阳山坡上。

站在马尔康总有城郊农民的拖拉机和各个部门的小汽车来来往往的大街上,抬头就可以看见那个新建的寺庙,看见那个寺庙的金色的顶冠。

太阳开始下沉的时候,我顺着山路往山上爬去。

太阳下沉的时候,山的阴影便从河的对岸慢慢移过来,一点一点遮蔽了街道与楼房。最后,金黄的太阳光离开了所有的街道与楼群,照在山坡上了。我始终走在移动的阳光前面。

当我站在寺庙面前的时候,太阳已经落在身后很远的地方。

寺庙的大门紧闭着,经幡被风吹动着,显出一种寂寞的调子。我并不想进入这个寺院。一个新建的寺院,因为没有了历史的沉淀,不会给我们特别的触动。如果说,过去的马尔康寺是一种必然的存在的话,那么,眼前这座簇新的寺庙,就只是一种象征。我来到这里,是想对过去的时代有所怀想,但是,眼前的这样一个建筑却怎么也不能给我带来这种感觉。突然想起在文工团吹唢呐的若巴。他是我的忘年朋友,而且从同一个乡的山野里来到山脚下的新城里生活了很多年。如今我离开了,他却永远在这个山城里停留下来。

解放前,他是一个庙里的小喇嘛。等到二十年前脱离了乡村生活来到这座小城的时候,常常看到他穿着演出服在舞台的聚光灯下独奏唢呐。乐队演奏时,他又吹起了银光闪闪的长笛。

记不得是怎么认识他的了,也记不得是否问过他吹这么好一口唢呐是不是与早年的寺庙生活有关。

清楚记得的是,这座寺庙建成后,也就是每天的这个时候,会看见他疲惫地笑着从山上下来。问干什么去了,最初的回答让我大吃一惊,说是庙里请他去塑大殿里的泥胎金妆的菩萨。问他什么时候学的雕塑,他说,少年时代在庙里当和尚的时候。

我也没有问过他是不是在寺庙里的时候学的唢呐。

他还嘱咐过,让我上山去看看他塑的佛像与绘制的壁画,于是,这会儿我倒真想进去看看这位乡兄的手艺,但是,那彩绘的大门上却挂着一把硕大的铜锁。风吹过来,挂在檐前的布帘的绲边便一路翻卷过去,并且发出噼噼啪啪的寂寞声响。

当然,更多的时候,他不是总在吹奏唢呐与长笛,也不是在庙里雕塑菩萨或绘制壁画,而是在这个小城各幢机关的建筑里进出,为文工团申请经费。因为他同时担负着这个已过了黄金时期的文工团的生计与基本的运转。于是,他的暴躁脾气就显现出来了。

有一次,在成都的阿坝宾馆,我看到他与文工团的另一位团长。说是去木里给一个寺院的菩萨造像去了。木里是四川另一个民族自治州的一个藏族自治县,非常靠近如今被人称为女儿国的川滇交界处的泸沽湖。我笑说他的手艺传到了很远的地方。

这位从前的少年喇嘛,今天的文工团团长说:呸,就为挣一点钱,自己得一点,交给团里一点。

于是,我便无话可说了。

我便想起眼下这个城里的好些这样的朋友,每个人都在默默工作,每个人都心怀着某种理想,但是,这个城市的去向却与这么些人的努力毫不相关,甚至可以说是完全相反。于是,我选择了离开,但是,并不是所有的人都可以随意地做出这种选择。

太阳慢慢地沉在山梁后面去了。我坐在一道黄土坎上,眼望着这个体积还在日益膨胀的山城,真还看出了些宏伟的意思。不要以为宏伟只与高大雄奇相关,在这样一个俯瞰的视界里，面积上的铺展也能造成同样的感觉。

我坐在那里，夜慢慢降临了。

于是，下面那宏伟铺展的建筑里，纵横的街道上，灯火便辉耀起来了。夜色省略去了城里那些不太美丽的细节，只剩下满城五彩的灯光，明明灭灭。于是，这个山城就真正成了名符其实的灯火明亮的地方了。

而背后的寺庙却慢慢陷入了黑暗，只有顶上的琉璃瓦，在星光辉耀下，有一抹幽然的光芒在流淌。

在寺院下方的山坡上，有两个需要建在高处的建筑，一个是气象站。气象站的白色建筑，在朦胧的灯光中有一种特别的美感。这个地方预报着山下小城的天气，对于小城的大多数居民来说，天气不是有着自在的规律，由气象站预报出来，是气象站在决定明天下不下雨，吹不吹风。当气象站接连预报了几个晴天之后，人们会骂，他妈的，该下点雨了。当气象站预报了连续的两个阴天，我也骂过，这狗屁气象站也该出点太阳了。

高原上的人们很难忍受连续两个以上的阴天，他们总是喜欢艳阳高照的爽朗天气。这是天气培养出来的一种习惯。

气象站下面一个平台上，挺拔的白杨树中间，是一座顶上有着一盏红灯的高高的铁塔，铁塔下面是几个巨大的碟形天线，这是电视台的卫星地面站。山下的小城每一家每一户开着的电视机的信号都来自这个巨大的发射塔。据在电视台工作的朋友讲，在这山上搞转播的人可以看到一些不能转播的外国节目，他们对我发出过邀请，但我终于没有去过。今天，我想顺路进去看看，但那些朋友也都不在这个城里了。

于是，我走在了下山的路上，山下满城灯火，我脚下的山路却隐入了黑暗。好在，我是走惯山路的，也曾经是走惯山里的夜路的，所以，脚下还算是稳当，只不过速度稍稍慢了一点。这城里的满眼灯火，其实也与我相关。这当然不是说我曾在这灯火中读书、写作，也曾在灯火中与朋友闲谈，与家人围坐在冬天温暖的炉火前。

看到这满眼的灯火，我又想起了二十多年前，一个十多岁的后生，作为拖拉机手在一个水电站建筑工地上的两年生活。现在，就是这座拦断了梭磨河建起的水电站成了这座城市的主要电力来源。那时，在从马尔康出发顺梭磨河往下十五公里的松岗，滴水成冰的冬天，数千人在朔风呼啸的河道里修筑拦河的水泥大坝。那些最寒冷的夜半，重载的拖拉机引擎被烧得滚烫，坐在敞篷驾驶座上的人，却像块冰那么凉。于是，我落下了一身严重的风湿病也就势在必然。经过多年的治疗，我已经不必每年春天再进医院了。但是没有医生能治好我右手那蹊跷的抖颤。

抖颤到什么程度呢，当我端起相机的时候，一切都在眼前晃动模糊了。于是，旅行的图片也是由我的朋友们提供，而不是我试图照下来，最终却模糊不清的那些图片。

今天，当我看着山下的大片美丽灯火时，我第一次意识到，这当中闪烁着的，也有我青春时代的理想的光华。当时在那个电站工地上，有我们十个从当地农民工里选拔出来的拖拉机手。其中一个最为忠厚的英波洛村的阿太，和拖拉机一起从公路上摔下了十多米高的河岸。记得那时我已经离开了工地，考进了马尔康师范学校。

那是一个黄昏，全校学生站在冬天寒风刺骨的操场上听患了面瘫的党委书记讲话。那时的学生，对于特别冗长的讲话总是怀着一种愤怒的心情。

天正在暗下来，校长的面影与声音都开始模糊不清了。这时，一位总显得有些玩世不恭的女同学对我说："嘿，松岗电站工地的拖拉机手死了，原来是你们一起的吧？"

我不知道她为什么会关心这种事情，脱口便问道："谁？"

她笑了，说："我怎么会知道那个拖拉机手的名字。"原来，随同摔死的还有一位她的同学，没有考上学校而被招了工的知青。据说，有领导想要电站工地上有几个女拖拉机手，于是，原来与我一起吃了满肚子柴油烟，受了两个冬天河边风寒的伙计们，就有了各自的女徒弟。

后来，我听到准确的消息，那个把性命丢在了河滩上的人是阿太。偏偏是我们这十个人当中手艺最好，个性又最为沉稳的阿太。说实话，我把可能死于非命的所有人挨个排了一遍，也没有想到会是他。最要命的是，他摔死的地方的对岸就是他家那已经有些年头的石头寨子。从石头寨子的楼上，他的妻子与子女，每天都可以看到他肝脑涂地的那片砾石累累的河滩。

又过了些年，听说，我们其中的一个斯达尔甲的，在工地所在地的寨子里当了上门女婿，又过了些年，听说他死了，原因是酒。我想起来，原来在一起的时候，大家就不怎么喜欢他。原因很简单，他喝醉了酒，就把想当老大的想法全部暴露出来了。

听到阿太的死讯时，我落了泪。

而在马尔康车站旁的露天茶馆里，有人把后一个死讯告诉我时，我只是叹息了一声，然后低头喝茶，仰面看天。

马尔康的天在大部分时间，都非常蓝。只是这种情境之下，很饱满的蓝色却让我给看得非常空洞了。

这时，在下山的路上，看着这满城的灯火，我想起了这两个故人，想起了青春时代的劳动来了。

我想，如果用数字的方式来看，这满城的灯火里也有我的一份贡献，还有我的伙计们的贡献。于是，我停下脚步，朝着那些最明亮的灯光数过去：一盏、两盏、三盏……是的，这座城市不仅与那株树有关，还与我自己的记忆与劳作相关。

以后，每当有人说马尔康在藏语里的意思就是灯火旺盛的地方的时候，我都会感到，这所有的光芒中，有着我青春时代的汗水的光芒，梦想的光芒。

于是，我决定去看看松岗，看看那座电站。

九、土司故事之二

沿梭磨河而下，十五公里处就是松岗乡，再往下是金川，金川再往下便是我们已经去过的丹巴。

电站距松岗乡所在地还有两公里左右的路程。

当松岗电站的大坝出现在我眼前时，我却没有一点激动之感。我怀揣着一纸入学通知书离开的时候，大坝刚刚浇铸完基础部分。现在坝里蓄满了水的部分，那时是一个不小的果园。春天，那里是一个午休的好地方。大家把拖拉机熄了火停在公路上，走进果园，背靠着开花的一株苹果树，斜倚在带着薄薄暖意的阳光下，酣然入眠。

那时普遍缺觉，一台拖拉机两个人倒班，再说了，加一个班，还有一块五毛钱的加班费，可以在小饭馆里打到两碗红色的甜酒。

有时候，我的同伴们会小小地赌上一把。但我只想睡觉，睡我那十六七岁的人永远不够的睡眠。

但是，那个大坝在我眼里却没有让人激动的感觉。因为我付出的劳动，因为记忆中那上千人挑灯夜战的盛大劳动场面，我觉得这个大坝应该更加雄伟高大。我想上大坝走走，却被一个值班人员不客气地挡住了。

于是，便更加地兴味索然。

好在，再有两公里的样子，公路再转过几个山弯，就是松岗了。于是，我便离开电站，奔向了松岗。

中午时分，我在一个小饭馆里坐下，要了菜和啤酒，坐在窗前，望着对面山嘴上的松岗土司官寨。

在我眼前，很多建筑都倾圮了，只有两座高高的石碉，还耸立在废墟的两头，依然显得雄伟而又庄严。其中一座碉堡的下部，垮掉了很大一部分，但悬空了大半的上部却依然巍巍然在高远的蓝天下面。松岗这个地名，已经是一个完全汉化的地名，其实这是藏语名称茸杠的译音。这个地方的名字，便是由山梁上那大片废墟而来，意思就是半山坡上的官寨。

饭馆老板我认识，因为我们那时曾在他的地里偷掰过不少玉米棒子。为此，他来找我们的领导大吵大闹过。当然，他不认识我，所以，我也没有为此补上一份赔偿。

我只是跟他谈起了松岗土司寨子。他告诉我，那座悬空的碉堡，是"文革"武斗时一个重要的堡垒，进攻的一方常用迫击炮轰击，却只炸出了下半部分那个巨大的缺口。我说，再轰几炮不就倒了吗?

他笑笑,说:"那个时候嘛,也就是摆摆打仗的样子,没有谁特别认真地打。"

看他年纪,应该知道一些末代土司的事情。他果然点头说,见过少土司的。我也多少知道一些这个末世土司的故事。后来,这个土司在二十世纪五十年代末从西藏逃去了印度,后来又移民到了加拿大。八十年代还回到这里,故地重游过。

这也是土司故事中一个有意思的版本,一个末代土司的版本。在百姓传说中风流倜傥的末代土司叫苏希圣。苏本人并不是土司家族出身,他的家族本身只是我家乡梭磨土司属下的黑水头人。后来,梭磨土司日渐式微,黑水头人的势力在国民政府无暇西顾的民国年间大肆扩张,很多时候,其威信与权望已在嘉绒众土司之上。

说起来,事情恐怕也不仅仅像是巧合那么简单。到了土司制度走到其历史尾声的二十世纪五十年代,嘉绒境内的众土司们都有些血缘难继的感觉了,松岗土司也不例外。正是土司男性谱系上出现了血缘传递的缺失,一个势力如日中天的头人的儿子,才过继过来,成了这里的少土司。

这些故事听起来,也像是一些末代帝王故事的翻版,所有宫闱戏剧的一种翻版。

而松岗土司家族本身,原来也只是杂谷土司辖下的一方长官。只是到了乾隆十六年,其治所远在几百里外的杂谷土司因侵凌梭磨土司与卓克基土司被清兵镇压,杂谷土司苍旺被诛杀,杂谷土司本部所在辖地改土归流。松岗这块土地则授由梭磨土司之弟泽旺恒周管辖,并授予松岗长官司印。

这是松岗土司之始,据说这首任土司继土司位两年就死去了。后传十二世至土司三郎彭措,因其无恶不作,激起民变,于一九二八年被杀,并被抛尸入河,土司无人继任。土司治下八大头人分为两派,轮流襄助土司太太执政十五年后,方有末代土司苏希圣入掌土司印。七年后,嘉绒全境解放,土司时代的事情,就一天一天地变得越来越遥远了。

那天,在仰望着土司寨子废墟的那个小饭馆的窗台上,我看到一个已经没有了封皮的铅印小册子。其中一段像诗歌一样分行排列的文字是歌颂松岗官寨的:

东边似灰虎腾跃,

南边一对青龙上天,

北边长寿乌龟,

东方视线长,

西边山势交错万状,

南山如珍珠宝山,

北山似四根擎天柱,

安心把守天险防地,

飞中耸立着,

松岗日郎木甲牛麦彭措宁!

我曾多次听人说,每个土司官寨造就之时,都有专门的画工绘下全景图,并配以颂词,诗图相配称为形胜图。那么,这段文字就是发掘来的那种颂词吗?在没有找到原文,或者是找到可靠的人翻译出来之前,我不敢肯定这段文字就是。但我总以为,这肯定就是那种相传的形胜图中的诗句,只不过,译成汉语的人,可能精通藏文,但在汉语的操作,尤其是关乎诗歌的汉语操作上,却显得生疏了些。因为在讲究藻饰的藏语里,这段文字的韵律会更顺畅一些,而词汇的选择也会更加华美与庄严。

就在同一本小册子上,还记录着一些较为有趣的事情,有关于土司衙门的构成及一些司法执行情况,也凭记忆写在这里吧。

每天,土司寨子里除了土司号令领地百姓,决定官寨及领地大小事宜之外,还有下属各寨头人一名在土司官寨里担任轮值头人,除协助土司处理一应日常事务外,更要负责执行催收粮赋,支派差役,有能力又被土司信任的头人,还代土司受理各种民事纠纷与诉讼案件,还要负责派人发送信件，捕获人犯，等等。

值日头人的轮值期一般在半年左右。所起的作用，相当于大管家。在值日头人下面，还有小管家，由二等头人轮流担任，经管寨内柴草米粮，并把握仓库钥匙。

小头人也要到土司官寨轮值。这些本也是一方寨民之首的头人，到了土司寨子中，其主要责任却是服侍土司，无非是端茶送水之类。

另外，土司还有世袭的文书一名。世袭文书由土司赐给份地，不纳粮赋，不服差役，任职期间，另有薪俸。其地位甚至超过一般的头人。

松岗土司还有藏文老师一名，最后一任土司的藏文老师名叫阿措，除了官寨供给每日饭食外，另有月俸六斗粮食。据说最后一位藏文老师因为土司年轻尚武，只喜好骑马玩枪，最后便改任寨里的管家了。

过去在这里当修电站的民工时，偶尔也从当地人嘴里听到一些土司时代的趣闻逸事，其中一些就有关于土司的司法。据说刑法里最轻也最常用的一种是笞刑。大多数土司那里，此刑都用鞭子施行，在松岗土司领地，老百姓口中的笞刑直译为汉语是打条子。笞刑由平时充任狱吏的叫腊日各娃的专门人员执行。而打人用的条子是一种专门的树条，并由一个叫热足的只有十余户人家的寨子负责供应。当地人说，这种条子一束十根,每根只打十下,每束打完,正好是一百的整数。

据说官寨里还专门辟出一间屋子来专门装这种打人的树条。

我曾多次去过通往大金川公路边的那个叫作热足的寨子,有一次,我问那里的老人有没有全寨人都砍这种树条来冲抵土司差役这件事情,大家都笑笑,把酒端到来客面前,而不做出回答。

当然,也没有人告诉过我,这山弯里哪一种树上长出了专门打人的树条,更不会有人告诉我,土司为什么会选择这种树条而不是那一种树条。

而我记得最清楚的是,热足的寨子家家门前的菜园里,一簇簇朝天椒长得火红鲜亮,激人食欲。揉好一碗糌粑,就一小口蘸了盐的辣椒,结果两耳被辣得嗡嗡作响,像是有一大群炸了窝的马蜂绕着脑袋飞翔。

最后,他们没有告诉我什么树条是执行笞刑的树条,而是告诉我什么样的情形下会遭到鞭笞的刑罚。

老人扳下一根手指,第一:不纳粮,不支差役,即被传到官寨下牢,这时如不向土司使钱,便会被鞭笞几束树条,即笞刑数百,并保证以后支差纳粮,才被放回。

老人再扳下一根手指,第二:盗窃犯,笞刑数百后,坐牢。

老人竖起的手指还有很多，但他扳住第三根指头想了想，又放开手，摇摇头说，没有了。而我的感觉依然是意犹未尽，要老人再告诉我一点什么。老人有些四顾茫然的样子，说，讲点什么呢？看他的眼光，我知道他不是在问我，而是问他自己，问他自己的记忆。这时，他的目光落在了枪上。

那是一支挂在墙上的猎枪。

猎枪旁边，挂着的是一些牛角，牛角大的一头装了木头的底子，削尖的那一头，开出一个小小的口子，口子用银皮包裹，口子上有一个软皮做成的塞子。这是猎人盛装火药的器具，为了狩猎时装填火药更为方便，牛角本身从大约四分之三的地方截为两段。连接这两段的是一个獐子皮做成的像野鸡颈项一样的皮袋。倒出火药时，只要掐住了那长长的野鸡颈子一样的皮袋，前面那段牛角中，正好是击发一枪所需要的火药。火药如果太多，猎枪的枪膛就会炸开，伤了猎人自己。那截皮颈是一道开关，也是一个调节器，可以使枪膛里的火药有一些适量的调节。打大的猎物时，装药的手稍松一点，枪膛里会多一点火药来增加杀伤力；打一般的猎物，装药的手总是很紧的，即便这样，有时打一只野鸡，枪声响处，只见树上一蓬羽毛炸起，美丽的羽毛四处飘散，捡到手里的猎物的肉却叫铅弹都打飞了。

除了装填火药的牛角，猎枪旁边还有一只烟袋大小的皮袋,里面装着自己从砂石模子里铸出来的圆形铅弹。

这些东西,都跟猎枪一起悬挂在墙上。

老人从墙上取下猎枪,从牛角里倒出一些火药,摊在手里。那些火药本该是青蓝色的,像一粒粒的菜籽,现在都已经板结成团。

老人叹了一口气,我知道,这种火枪,在土司统治时的寓兵于民的时代,是土司武装的主要兵器,在土司制度寂灭之后,这些火枪又成了打猎的武器。就在二十世纪五六十年代,寨子的农民一到秋天,还必须带上猎枪守在庄稼成熟的地头,与猴群,与熊,与野猪争夺一年的收成。而在今天,随着森林的消失,猎枪已经日渐成为一种装饰,一种越来越模糊的回忆了。

十、永远的道班与过去的水运队

梭磨河流到热足这个地方,两岸花岗石骨架的大山,十分陡峭地向着河谷逼迫过来。

一株株的柏树,在岩石缝里深深扎下根子,居然苍翠地蔚然成林,像一个奇迹一般。

走出寨子,站在陡峭的高高河岸上,听到逼仄的河床中,河水发出如雷的鸣响。很有劲道的河风升上来,让人有着可以凭借这股力道飞腾起来的感觉，但那仅仅是一种感觉。而我的双脚仍然顺着河岸上的公路行走。

有了公路以后，那个老人在我离开他家时对我说，我们这个叫作热足的寨子已经不叫热足了。送我出门的时候，他还指给我那个被更多人叫作热足的地方。那里，横卧在湍急河流上的花岗石拱桥的桥头上，趴着几座汉式的瓦顶白墙的房子。

老人说，"那里才是他们现在的热足，好像我们这里什么都不是了一样。"

这略有不平的话有些含糊不清，但我听得懂他的意思。

其实，这也是时代大的变迁中一些小小的不为人知的变迁。那些建筑，是这个时代才有的地形标志，而且，因为坐落在公路边上，又处于那座重要的桥头而被看成热足这个地名的新的标志物。就在这寂静的山间，一个不为人知的弹丸之地，也有着一种重心的转移。在过去的时代，在孤独的行脚者奔走于驿道上的时代，人们说起热足时，肯定是指那些散落在零星庄稼地中的那群石头寨子；而现在，那些长途汽车司机和上面的乘客，说起这个地名时，想起的却是路边上那几幢毫无生气的瓦顶房子。

现在，我离开了寨子，走出庄稼地边的曲折小路，顺着公路向那几幢灰头土脸的房子走去。

不久，就看到一面扑满了尘土的地名牌立在我面前。

我又一次想起了老人颇有怨气的话，不禁独自笑了。

那几幢房子里有一幢毫无疑问是属于养护这条公路的道班。

还有几幢房子却已经被废弃了。废弃的房子周围辟出了一些小小的菜地。瘦弱的绿色里，挂着一些青色的番茄。房子的墙上还写着很祈使的句子，我们把这种句子叫作标语。而在藏语里头，没有一个这样对应的词，如果一定要硬生生地译过去，就只有咒语这个词义与此大致相当。我就曾经在一个村子里听一个村长对一个年轻人说："你们这些会写汉字的年轻人，往墙上，往岩石上写一些咒语吧，乡里的干部来，看见了会高兴的。"

这些废弃的房子的墙上写的标语是：

"严禁打捞漂木！"

"保护国家财产，打击偷窃漂木行为！"

确确实实，有些漂木搁浅在岸上时，会失去踪迹，被人出卖给过往的长途汽车司机。更多的时候，是巨大的原木在河道里被撞得四分五裂，而沿岸很多地方因为森林的消失，寻找燃料已经越来越困难了。于是，自然而然地，河道里这些已经没有使用价值的原木碎片就成了人们搜求的东西。背回家里，烧锅做饭。包括水运队自己，也是燃烧这种来自河里的燃料。每到洪水季节，大渡河和岷江流域，那些人口较多的镇子上，河岸两边就站满了男女老幼，打捞河里那些破碎的漂木。

虽然，每一个地方的河岸上，都用浓墨写满了这种标语，但很多镇子上，河里的木头碎片成了唯一的燃料。据说，一棵树在山上伐倒，赶进河里，漂流到四川盆地的打捞点时，剩下的部分可能只有四分之一。也有一种说法，用这种方式运送的木材，最后的利用率大概是三分之一的样子。看到这样估计出来的数字，我们有理由为嘉绒山水中那么多无谓消逝的森林恸声一哭！

关于郑重其事的文字游戏的例子有很多。

就在热足这个小小的地方，就不止一个。比如道班这个词，大家都知道是养护公路的养路工人的定居点。但在二十世纪七十年代中，突然有一天，道班前的牌子完全换掉了，"道班"变成了"工班"。比如，现在我的眼前，热足道班的门口就立着一块牌子：热足工班。所以做出这种改动，是领导着众多道班的机构有一天突发奇想，认为人们容易把"道"与"盗"联系起来。

于是，所有的牌子都换上了"某某工班"的字样，但是人们已经改不过口来。

还有眼前这个水运队的称呼，一直以来，任何一条漂流着木头的河上的人们都不是这么叫的。这个名字听起来像是一个搞远程水上运输的船队的名字。在人们的口语中，一直把他们叫作流送队,他们的工人自己也是这么称呼。流送,对于他们是一个更形象,也更贴切的名字。但是,偏偏要在字面上固执地叫作水运队。

过于相信文字的魔力的时候,任何语言都可能成为巫师的咒语。

而今天,我站在热足桥头绝对不是要在这里思考语言问题,我是要在此选择我的行进路线。我在这座花岗石拱桥上徘徊。桥下,是丰水期的河水在奔涌,在咆哮。浊黄的水体上腾起一道道白色的雪浪。就在离桥不远的下游几百米处,另一条水量更为丰沛的足木足河从左岸的两道岩壁中间奔涌而出,与梭磨河水汇合到一起。两水相激,在高高花岗石岩岸下涌起巨浪,巨大的涛声滚雷一般在山间回响。

公路在这里又一次分开了一条支线。

主线,顺着梭磨河一直往下,过金川,再到已经到过的丹巴。过了桥,顺着足木足河,一条支线伸向更深的山中。而且,又一路生出些分支,最后,都一一地消失在大山深处。我现在考虑的是去不去这条支线,如果去,我将又原路返回到现在这座桥上,再重新选择漫游的路线。

这件事情颇费周章。

最后,一辆中巴车开过来,停在我面前。司机叫了我一声老师。

我慢慢回忆,这张脸慢慢变成一个总是洗不干净的差不多是二十年前的学生的脸。我犹犹豫豫地问:"沙玛尔甲?"

他摇摇头,说:"我是他哥哥。你上车来吧。"

于是,我就上车了。

车子开动起来,公路边的石崖呀,寨子呀,大多都还是二十来年前的大致模样。那时,我在距此十五公里的足木足乡中学当过一年的语文教师。刚一上车,他就递给我一个巨大的苹果。我问他弟弟的情况。

他说:"弟弟给一个喇嘛当徒弟。"

"你弟弟出家了?"

他摇了摇头,说:"只是跟着喇嘛学画画。"

等我小小地睡了一觉,足木足就到了。我迷迷瞪瞪地跳下车,背上背包,站在那个曾经天天盼望信件的邮电所面前,突然有种不知身在何处的感觉。

那时,这个乡镇上很多房子都是新盖不久的,最新的房子就是这间邮电所和我们新建的中学校。过去,我认为这里是一个非常热闹的地方,但是现在的感觉却变化了,这里成了一个冷清而且寂寞的地方。而且,我发现,自己越来越不喜欢这种介乎于城市与乡村之间的地方。

我去曾经当过一年教师的学校里转了转。

当时是这个镇子上最高大漂亮建筑的教学楼门窗破败,

油漆剥落。这所已经撤销建制的中学,只是一个非常短暂的存在,只是一个最终将被淡忘的记忆。一个占地宽广的校园,现在只是一个镇的中心小学校。这个时候正值暑假,校园里空无一人,操场边上都长出了不少的荒草。

我站在操场中间,恍然听到那时一群年轻教师和学生在欢笑。

这时,有人牵了牵我的衣袖。我回过身来,却发现一个十来岁的男孩站在身后,正把背在身上的毛织的口袋取下来。

他有些大模大样地说:"嗨,老板,要不要松茸。"

他把口袋打开,用很多树叶与青草,包裹着一朵朵的松茸。我的鼻子里立即就充满了一股奇异的清香。

松茸是这些山林里众多野生蘑菇中的一种。这些年因为发现了这种野生菌类有防癌作用,成了外贸出口的抢手货,价钱一下子蹿至了上百元人民币一公斤。

我对这个孩子用藏话说:"我不是收购松茸的贩子。"

于是,这个面孔黑里透红,一双眼睛却分外清澈的孩子立即不好意思起来。他吐了吐舌头,飞快地跑掉了。

这种神情让我想起了以前那些调皮的学生。其中就有那个据他开车跑客运的哥哥讲,在跟喇嘛学习藏画的学生沙玛尔甲。

我走出校门的时候,又看到了一张熟悉的面孔,这是我当年的一个女学生。她怀里抱着一个婴儿,是她的儿子吧。当她看到当年比自己现在还年轻的老师,立即绯红了脸,吐出舌头,嘴里发出一声低低的吃惊的声音,跑开了。

回到这个地方,我确实有一种物是人非的感觉。

而且,我说不上来,自己是不是喜欢这种感觉。

十一、寻访一位藏画师

我因为一个偶然的原因进行这次故地之旅,又因为一个更加偶然的原因来到这里。

离开学校,我把目的地定为从这里遥遥可以望见的那个叫作白杉的村庄。于是,我离开穿过镇子的公路,走上一条印着拖拉机新鲜辙印的大路。大路的下方,是顺着河岸一梯梯拾级而上的果园。我曾经带着学生,在这些地里帮助农民栽过苹果。现在,这些果树已经长大了,枝头上挂满了沉甸甸的果实,再有一两个月,苹果的青色慢慢泛黄或变红,就可以采摘了。而在大路的上方,一片片间杂着正在熟黄的麦子和正在扬花的玉米。麦子和玉米之间,是拉着长长垄沟的洋芋地。洋芋深绿色的叶子中,开出一簇簇白色和蓝色的花朵。

穿过这大片的田野,再转过一个山嘴,就是我要去的那个村庄了。

突然,在麦子地里弯腰收割的女人们都直起腰来,把目光投向故地重游的我。女人们都有些吃惊又有些欢快地尖叫起来。我刚想,她们不至于对我显得如此大惊小怪,就听到背后响起一串噼噼啪啪的脚步声。原来,是刚才抱着孩子不好意思跑开了的那个女学生追了上来。在田野里农妇们的叫声里,她从长衫的怀里掏出几个通红的早熟苹果塞到我手里,又转身跑开了。

这时,田野里的女人中甚至有人吹起了尖利的口哨。

面对这些友好而又有些疯狂的女人,我只能不加理会,继续我的行程。不然的话,这些女人拥上来,难保不出现令人感到尴尬的局面。很多女人在一起的时候,她们会显得非常开放而又大胆。

走出一段,再回头,看到女人们并没有追上来的意思,我又放慢了脚步,边走边眺望四周的风景。转过这个山弯,走上浅浅的山梁,就是此行的目的地白杉村了。

和许许多多的嘉绒村落一样,白杉村坐落在一个向阳的缓坡上,笼罩着那些石头寨子的,依然是核桃树浓浓的阴凉。从远处望去,可以看到村子中央那个也许比所有寨子都要古老的高高的碉堡。除此之外,还能望见一片闪烁不定的金属光芒。那就是规模不大,却很有些来头的白杉庙。

我走进这座村子的时候,沙玛尔甲已经等在村口了。

当年的学生已经是一个成年人了。他一直把我领到寨子三楼的楼顶平台上。黄泥夯筑的屋顶上铺着黑色的毛毡,画布绷在画架上,一幅佛像画到了一半。我问他师父在哪里。他说,他并不跟师父住在一起,有些时候,师父过来看他的画,有些时候,他把画拿到师父那里去听他的评判与指点。

我看看他的画,比例与尺寸都与传统藏画一样。于是,我说:"其实,这些尺寸比例都是《度量经》里规定死了的,还用得着跟一个师父学这么久吗?"

他只是笑笑,给我倒了满碗的奶茶,又盛了一碗新酿的青稞酒放在我面前,才坐了下来告诉我说,跟着师父,其实学的不是画画。

我说:"那是学的什么?"

他的回答是,学了两样东西,一样是藏文。他说,老师你想想,那时候,你们教的都是汉文,除了考上学校当了干部的少数人,汉文对留在乡下的我们是没有什么用处的。我想对他的这种说法予以反驳,但想了半天,也实在无法替一个藏族农民想出来一种特别的用处。于是,只好听他往下说了。他说,老师说得很对,学画其实不必要听老师讲什么,只要照着《度量经》规定的尺寸与色块,用尺子打好了底稿往上铺陈颜色就是了。但是,《度量经》是藏文,而不是汉文。所以,他学画的第一步,其实是跟着师父学习藏文,以便能够明白经文上的教导。

我问他:"再一样呢。"

他没有说话,从屋里端出来一大堆东西,而且,是许多截然不同的东西。比如一些带色的树根,一些矿石,再有就是金粉、银子和珍珠。我一看这些东西就明白了。他是要告诉我,学习画画其实是跟着师父学习如何制作矿物颜料。

树根与矿石中的颜料需要耐心提炼,银子与珍珠则需要细细研磨。正是这些非化学的颜料使藏画的持久性有了坚实的保证。很多寺庙的壁画就是因为这些颜料的运用,历经上千年的时光,而丝毫也不改变一点颜色。

所有这些,都是特别的技艺,需要师父精心的指点。

我想见见这位师父。但沙玛尔甲告诉我,他现在的老师被邻近一个村子请去念经了,要好几天才能回来。

我问念什么经。

他说是防止冰雹的经。

这个季节确确实实也是一年的收成特别容易毁于冰雹的时候。

夏天,这些山谷里总有力量强劲的热气流不断上升,不断地把积雨的云团顶到高处,一次又一次,细细的雨滴就在高空的冷风吹拂下结成了冰雹,最后,落下来毁坏果园与庄稼。防止冰雹的最好办法是把小型火箭发射到可能形成冰雹的积雨云中，爆炸的震波使雨水及早落下，而不致在高空中结成收成的杀手。

虽然有了这种现代的防雹技术，这些村庄仍然会请喇嘛念咒作法。现代技术与古老迷信双管齐下，最后的结果，是大家愿意相信两种办法都起到了一定的作用。也有防雹失败的时候，但我也没有看见喇嘛的权威因此受到百姓的质疑。

我们说话的时候，晴空里响起了沉沉的雷声。不一会儿，就见一团浓黑的乌云从天边飘了过来，这正是那种随时可能降下冰雹的云团。他说，这是师父作法后，从那边村子赶过来的。于是，他又在口里念念有词，还抓起些青稞种子朝着乌云奋力地掷去。接着，豆大的雨点便噼噼啪啪砸了下来。

我问他："你真正相信自己有了某种法力吗？"

他没有答话，看着我笑了。

我也跟着他笑了。

当我们这小小的一方天地笼罩在豪雨之中时，宽阔的足木足河谷中另外的村寨与田野却依然阳光明亮！

豪雨很快过去，那变得稀薄失去了力量的乌云也被高处的风给撕成一絮絮的，随风散去了。雨后的阳光更强烈，所有被雨水淋湿的东西，都被照得闪闪发光！

不远处的寺庙那边，出现了一弯美丽的彩虹。虹的一头正好扎在有一线溪水的村边的大山沟里，所以，年轻画师说，那是龙从天上下来喝水来了。我一方面感受着眼前的美景,一面却在心里想,我们十多年正规学校的教育,怎么在他身上已经没有了一点踪迹。

年轻的画师扣下了我的背包,才让我离开。他说,只有这样才能保证我晚上会回到这里来。他送我下楼时说,要让我住在这里,等他画完这幅画,作为献给我的礼物。他说,自己现在是老百姓的画家,一幅画能卖百八十元,而且,很多老百姓都乐于来购买。

走出他家的楼房,我往村子里走去。

这个村子中央有一个小小的广场。广场一边,核桃树撑开巨大的树冠,浓荫匝地;广场的另外一边,则是在过去时代护卫着这个村庄的高高的石头碉堡。碉堡至少有十层楼的高度,而村子里的其他寨子一般都是两到三层。所以,那高高的石碉给人一种特别鹤立鸡群的感觉。只是进入碉堡的门,开在有两层楼那么高的地方。而在以下的部分,没有一个出入口。需要进入碉堡时,需要架起一道高高的楼梯。抽走楼梯后,下面的人无法进入,上面的人也无法下来。我想进碉堡看看,但是村子里的人告诉我,现在已经没有那么好的木头做出那么长的梯子了。

梯子就是在一整根原木上砍出一台台梯级。

我看看开在碉堡半腰上的那道门,想想确实没有见过那么长的木头梯子。

虽然,现在已经远离了战乱频仍的封建割据时代,但有了这么一座碉堡,整个村子便汇聚在了一起。这个碉堡,自然便成了一个中心。所以,碉堡下面,就有了一个小小的广场。广场四周,便是一座座石头寨房。

十二、一座与长征史有关的寺庙

隔着一条有溪水潺潺流动的深深的小山沟,对面山坡上是这个村子的另外一半。

这半边村子的中心是一座古代的碉堡。而那半边村子,则是一座只有一个大殿的寺庙。斜阳照耀之下,寺庙薄铁皮的顶子闪烁着灼人眼目的光芒。我只是坐在山沟这边的核桃树下,而不想下到沟底再爬上陡坡,去朝拜那座寺院。

过去,在这里做乡村教师的时候,我无数次去过那座寺庙。只不过,那时的寺庙还是一座没有完全倒塌的废墟。那时,同校的一位美术老师喜欢与我结伴在星期天去看那座废墟。我喜欢这座寺庙,是因为沉迷于一种被摧毁得不很彻底的东西所具有的一种特别的美感。我的同事,每次去都带着一个速写本,因为在一堵堵仍然端端正正耸立着的墙壁上,依然有许多残存的壁画。一些云纹,一些神仙身上灵动的飘带,一些牛头马面画，一些零碎的地狱场景。寺庙不知为什么失去了遮蔽风雨的顶子，所以，一堵堵墙上的壁画，都被雨水剥蚀得七零八落了。

我的同事临摹那些零碎的壁画，我却震慑于废墟给人的特别的美感。

那种美感，使我有了最初的诗歌的冲动，我发表的第一首诗，也是日后回忆这座寺庙废墟时写下的。

那是整个中国都在改正过去错误的时代，所以，有人开始使用政府的拨款与百姓的捐助来修复这座被摧毁的寺庙。毕竟不是寺庙可以集中大地上所有精华的时代了，所以，寺庙的顶子用铁皮来覆盖，也是件十分自然的事情了。

当人们开始修复这座寺院时，我跟我的同事都失去再去这寺院的兴趣了。我是因为不能再欣赏废墟那独特的美感。她则是因为再也不能四处随意走动，任意临摹那些笔法灵运的壁画了。

又过了没有多久，我跟这位画画的同事，都相继离开了。

二十世纪八十年代中后期，嘉绒地区来了一位很有名的美国人，即写了《长征——前所未闻的故事》那本书的索尔兹伯里。

我那时已经在文化部门工作。那时，我们一伙年轻人，眼看索尔兹伯里这位美国人，有那么多官员陪同，随意调阅对国人保密的史料,随意访问想访问的任何地方,都有些愤愤不平。同时也为那些得意地为美国人鞍前马后效劳的家伙感到羞耻。其中的一位,陪了一程这位美国作家回来,就曾不止一次得意扬扬地对人描述美国作家如何如何的情状。

更为离奇的是,有一次,这人竟对我们夸耀,说美国作家如何在行走长征路的时候,做出了重大的发现。

我问他是什么发现。

他说,发现了张国焘在长征途中召开分裂中央与红军那次著名会议的地方。

我说,这其实用不着他去发现,因为张国焘开会的那座小庙就在那里,许多知道一点地方史的人都知道,这个小庙就是眼前我所面对的白杉村里的寺庙。当年,一、四两方面军会合后,在嘉绒的河谷地区筹集了粮草,便登上青藏高原的台阶,经过混编的一、四两个方面军分成左、右两路军进入横跨川甘两省的若尔盖大草原。但是,行到半途,兵强马壮的张国焘不愿再受制于实力损伤严重的党中央,命令所部从川甘交界的大草原上返回大渡河流域的嘉绒山区,想要打回四川盆地,在天府之国的平畴沃野上建立起一块根据地。

我曾见过张国焘所部留在岩石上的标语,非常直截了当地写着:打到成都吃大米!

从草地回返嘉绒后,张国焘便在白杉村寺庙召开会议,宣布另立中央。

也就是所谓长征途中著名的"卓木碉会议"。

当年,寺院要修复的时候,只是听说,张国焘在大殿里开过很多背盒子枪的人开的大会,却没有人在寺庙里,或者周围找到一点能够证明这次会议确实在这里召开过的蛛丝马迹。

后来,张国焘指挥大军拥出大河谷,向四川盆地攻击前进,在现在出产名茶的蒙顶山下,被四川军阀部队顽强阻击,付出了惨重代价。不得已再次穿越雪山草地,北上与毛泽东率领的中央红军一部会合。

当太阳落到山梁背后,那座寺庙顶上闪烁不定的光芒消失后,我就在晚风中离开了这个村庄。

离开的时候,年轻的画师要我留下地址,他说,要把画好的画给我寄来。我把地址留给了他,却没有指望他把画给我寄来。

在热足下了车,我想再一次让来往的车辆为我选择去向。往上,回到马尔康,去上溯梭磨河的源头,此行开始的时候,我就下定了决心,在此行之中,必然要去溯一条河流的源头,去登一座山。

往下,则是去过去嘉绒的中心促浸,今天的金川县。

我在热足桥头等了差不多两个小时,来来往往的卡车与小汽车对我扬起的手视而不见,更不要指望他们会看见我竖起的表示乞求之意的拇指了。

最后，一辆长途班车驶来，不等我扬手，便吱一声在我身边刹住了。

我上了车，目的地就是七十多公里外的金川。

第六章 雪梨之乡金川

一、大河两岸的风光

长途汽车在狭窄但是平坦的柏油路上向前飞驰。

一川河水,如影随形跟着公路,始终应和在窗边。

两岸的山退得远些的时候,河谷立即变得开阔,河水便离开公路,中间隔着垂柳与杨树,有时,公路与河流中间还会隔着农田与村寨,这便是人们的安居栖止之地。

当两岸的山峰再次靠拢,峭壁直逼到大河两边,河水就又在车窗外咆哮了。

人烟繁盛的宽广河谷与那种阴气森森的狭窄山谷就这么一路交替着出现。

一路上,一个又一个的地名都是亲切的名字。我曾在一首叫作《即将上路》的诗歌里写过，说每一次即将上路漫游的时候，只要想到一连串的地名，就看到一个个字眼闪闪发光，只要念叨这些名字，就已经在路上。

现在，我又在路上了，车窗外风景变幻。

一个又一个地名，都变成了一个又一个各具形态的村庄。白湾、石光东、可尔因、周山、党坝，都是一个又一个嘉绒人在大渡河谷中的村落的名字。

转过一道山弯，一个村落在河岸的开阔地上出现。不一会儿，村子落在身后，山谷两边的大山逼迫过来，汽车穿行一阵，大山再次闪开，咆哮累了的水流在宽广的河床上放松了身躯，舒展开来。这时，又一个村落在浓重的绿色中出现在眼前。

最后，车过党坝后，大山再次闪开，这一闪开，便退到很远的地方去了。而且，花岗岩石的山体变成了深厚黄土的层层堆积，黄土的缓坡开辟成了层层的梯田，大河在宽阔的河口中缓缓流淌。一个又一个的村庄，便在河谷中间，在层层的黄土台阶上星罗棋布。

这一带宽阔肥沃的大河谷地，在清代乾隆年间以前，一直就是嘉绒文化的中心地带。

也是藏族本土宗教本教的中心地带。

但现在，这些河谷，已经很少传统意义上的嘉绒地区那种外在的形貌了。乡村的民居大多是汉族的式样。但是，成片的梨园与从河谷一直延伸到半山里的层层农田，又自然构成一种特别的美感。

在这些富庶的村落里行走的时候，你问很多人他的族别，都被告知是藏族，但我却实实在在地感到，嘉绒的文化在这里是日益式微了。但是，大河两岸村落与田野里那种生生不息的力量依然让人深有所感。虽然，在金川县城周遭宽阔的河谷中，我看不到这个藏语叫作促浸的地方，曾经作为嘉绒文化中心的丝毫迹象。

金川县城也是一样。

汽车在车站停下的时候，我正要跟着下车，司机却问我，要不要到老街上看看。于是我又坐了下来。司机给我一支烟，说："出来旅游的人都喜欢到老街上转转。"

我不是第一次到金川县城来，所以知道目前所在这一部分的新城，主要是在解放以后建设起来的。在此之前，金川作为一个县城早已存在于中国的版图之上了。汽车又启动了，一条陡峭的公路，盘曲着从新城背后爬上山坡。

很快，又一个台地展现在眼前。

这个台地上，就坐落着老的金川县城，也就是金川本地人说的老街。

在这条老街上，依然没有任何一个地方可以闻到一点嘉绒文化的气息。前些年，这里还有一些木板发黑、檐上长草、前铺后居的老街房。而现在，连这种房子也很少了。金川是一个富庶之地，气候温和，出产丰富，加上此地藏汉混血，更多地显示出汉文化精神面貌的人民又特别勤劳，居民们都建起了漂亮的房子。但我此行的目的，显然不是来看这些漂亮的房子。于是，我又背上背包，往山下的新城里走去。我首先需要找到一张过夜的床，把自己安顿下来。

在这种僻远而又喧嚣的小城里，年轻人有种奇怪的心态。他们不喜欢装束与他们不太相同，他们认为是来自大地方的人在眼前晃来晃去。如果你老是以一种不一样的姿态出现在他们面前，他们会觉得自尊心受到了很大的冒犯。

所以，我需要先把身上这个登山背包放在一个地方。没有了这个背包，我就跟这城里的人大致相同了，就不会碍任何一个喝了点酒，正要找点什么理由发泄一下的家伙的眼了。

我在大致也是最为安全和高档的县委招待所登记了一个房间。

在十五六年前，我还没有去过任何一个大城市。那时，就常听一些去过大城市的人带回山里来的一些遥远的传说。这些传说把那些见过一点世面的人在大都会里的旅行，全部变成了一次次了不起的探险。在那个时候，在我的印象中，大城市不是我们这些人该去的地方。比如，有一种说法是说，城里的宾馆招待所，只要一个人走到大门口，就会被从头到脚上下打量，而且，那些人可以不管你穿着怎样光鲜的衣着，都能看穿你是来自一个小地方，没有见过世面。大城市欢迎的是见过世面的人，所以，一般的人连那些宾馆的大门都不能进去。

当然，讲述这个故事的人是可以进去的。进不去的人怎么会把这种难堪的经历像难看的伤痕一样展示给世人呢。

当然，这样的故事能够流行的年代已经过去很久了。

今天的中国人，大多数都出过远门，很多人更是去过很远很远的地方了。我在大城市的宾馆里没有遇到过不准进门的尴尬事，倒是门童笑着为你开门，为你从出租车上卸下行李，还让自己觉得有些不好意思。但在小地方旅行，情况会有些不同。

比如，这个时候，我走进也算是有些堂皇气息的大堂，两三个服务员正在聊天，当地特别的口音有种奇特的功效，能使这种讨论气氛显得比实际进行的要更加热烈。

我站在了柜台前，放下背包，从中掏出身份证、钱夹。

一个还算漂亮的姑娘，只是对我瞥了一眼，又回头去继续她们的话题了。

我不太想说话，因为很久没有喝水，因为炎热，我的嗓子发紧发干。但我只好开口说话："小姐，登记，住宿。"

另一个小姐瞄了我一眼。

她们的话题继续下去,好几分钟就这样慢慢过去了。

我再次开口。这回,柜台里扔出一句话:"没有大房间了。"

我说:"我不要多大的房间。"

停顿良久,又扔出来一句话:"只有两人的标准间。"

我说:"我要带热水洗澡的卫生间。"

这才有人懒洋洋地走到我面前,推过来一张表:"填上。"

只有单子,没有笔,我又从背包深处把笔翻出来。填好单子了,对方看都没看一眼,便扔到一边,说:"钱。"

于是,付钱。

我按了寻常的习惯:"有打折吗?"

单子被扔出来:"不住算了,住宾馆还要讲价钱。"

于是,我付钱,住下。上楼,等了半天,叫了半天,一个服务员上楼来了。把门打开了。就是刚才在总台里聊天的姑娘里的一位,刚才还兴高采烈地在下面家长里短,这时却拉长了脸,一副昏昏欲睡的样子。

进了卫生间,我照照镜子,确实因为长途旅行,显得风尘仆仆,灰头土脸。而要是你是坐着小汽车来的,那情形就两样了,我也坐着公家的小汽车来过这里,我回忆起了那时享受到的应有的服务。

而我的传统上热情好客的家乡嘉绒,什么时候世风日下到了这样的地步。

二、想象一座理想的城市

草草用冷水洗刷一番,我来到街上。

我不是第一次到金川县城。对一个长期生活在马尔康的人来说,金川在初春季节里有一个重要的节目。

阳春三月,金川河谷两岸梨园与村庄中,千树万树洁白的梨花开得如雪,如云,如雾。而在上游的海拔高出好几百米的马尔康,春风料峭,吹来的却会是如粉如沙的漫天飞雪。于是,大家驱车一百公里远,到金川做一次远足,来看大渡河谷中满山满谷的梨花。

高原的春天来得很慢,而大家总是在急切地盼望,久久等待的人们每年都来这里提前感受春天。

到了夏天,所有的山谷都一片翠绿,群山更深处的金川便被遗忘,直到来年春天久盼不来的时候,人们又会想起满山满谷的梨花。雪白的梨花中间还有绯红轻盈的桃花。

在这个县城里,我有一些熟人,但我没有打算去找他们。此地酒风很盛,我的时间很紧,不想在这有限的时间里醉倒在某一家院子的梨树阴凉里。几年不来,县城几乎还是原来的样子。从后山下来的泥石流依然威胁着县城的安危。

山里的这些县城都不是很大。

但相对于所统辖的地区与人口的生产能力，相对于这些城镇所起的流通上的作用，这所有的城镇都显得太大了一些。但是，这些城镇在另外一些印刷精美，在会议上随处奉送的文字里，却是作为一种成就来进行宣扬的。

我过去是一个完完全全的理想主义者，现在至少也是半个理想主义者，所以，不止一次，在这种城镇总是显得不够清洁和缺少秩序的街道上行走的时候，总在想象一座理想的城市。

我在一篇写一个从乡下试图走进城里的姑娘的故事里，表达过对这种城市的理想。

小说叫作《芙美，或者通向城市的道路》。

故事里这个试图走进城市的姑娘失败了。因为，这个城市不是她想象中的那个样子。这位叫作芙美的乡村姑娘上过中学，特别善于奔跑，而命运给了她机会用这双善跑的长腿进入城市。其实，她的家就在离城不远的乡村。很多个夜晚，她坐在夜露深重的小山岗上，望着远处灯火迷离的城市，陷入对另外一种生活的幻想。于是，她迈开长腿跑进了城里，并在好多个田径场上取得了荣光。这篇小说里的主角，其实写的是我一个中学时代的同学。

后来，城市并不如她的想象，也就是说，不是我们那一代许许多多乡村青年的想象。我们为了寻找理想，去了更多的城市，更远的地方。而芙美却回到了乡村，回到乡村之后，她就不再往城市的方向瞭望了。

在那篇小说中，我曾经说：城市是广大乡村的梦想，洁净、文明、繁荣、幸福，每一个字眼都在那些灯火里闪烁诱人的光芒。我还在小说中幻想，乡村也是城市夜晚的梦想，那里灿烂的星空下，是一些古老而又意味深长的，我们最最渴望的安详。

但是这一切仅仅是一种不切实际的理想。

无论是城市还是乡村，都那么焦躁不安，都不再是我们的希望之乡。于是，我们就在无休止的寻找之中流浪。

除了一些迤逦成行的文字，我真不知道这无休止的寻找会有什么样的结果。同时我即使十分清楚地知道，寻找的尽头就是虚无，我也会不断寻找。

我依然会在想象中为整个嘉绒描绘城市的模样：沿街而立的房子带着干燥而宽大的木头回廊，一点点的酒，一点点的鲜花，一点点的歌唱。走过任何一家人的门口，都不想看到漠然甚至有些敌意的表情。但在这街上行走的时候，你只能不断地收获这种表情。

慢慢地，我的脸上也现出了这样的表情。

我在想象一座理想的城市，但同时，我才发觉在这城里其实无处可去。茶馆里在打麻将，而近些年出现的卡拉OK里暧昧的夜生活还不到开始的时候。于是，我的双脚自然地把我带到了书店。

书架上展示的都是一些陈旧的出版物，而且，分类与陈列都有些杂乱无章。但我知道，如果不缺少耐心的话，总会有一些意外的收获。果然，我在这里搜罗到一些有关地方史的资料。这样，我就不用担心一个漫长夜晚了。

三、雨夜读金川故事

在一个回民饭馆里吃了不少牛肉，喝了一点酒，然后，带了几张四方烧饼回到宾馆，洗澡，上床。

外面下起了淅淅沥沥的雨。

半倚在床上打开了书本。

窗外的雨声酝酿着某种意绪，于是，我随着那些凝固了时间的文字，回到了过去的金川，回到了过去的嘉绒。

在这样的雨夜里，雨水落在山坡的岩石和树上，落在山谷里的村落里，落在庄稼上，落在一蓬蓬的绿草上，洗去了万物之上的尘土，然后流入小溪，小溪又汇集到大河，于是，夏天的大河便在雨脚细密绵长的夜晚越来越宽。

河上烟雾茫茫，我的思绪已经浸淫在历史悠远的回声中了。

其中，最最重要的章节，当然是乾隆王朝时的两度大小金川之战。

在已经很难在百姓生活中，在实地的山水之间寻觅到历史踪迹的那个曾经叫作促浸，而历史终于将其叫成了金川的地方，我要先抄一些史书上的片断在下面。

乾隆十二年二月癸酉，乾隆皇帝谕军机大臣等：

> 据纪山奏称：大金川土司莎罗奔侵占有革布什咱土司地方，彼此仇杀，又诱夺伊侄小金川土司泽旺印信，并把守甲最地方，扬言欲攻打革布什咱等语。苗蛮易动难驯自其天性，如但小小攻杀，事出偶然，即当任其自行消释，不必遽兴问罪之师。但使无犯疆圉，不致侵扰，于进藏道路、塘汛无梗，彼穴中之斗竟可置之不问。如其仇杀日深，势渐张大，或当宣谕训诲，令其息愤宁人，各安生业。

这道御旨之后不到一月，皇帝再次下旨：

> 前据庆复等奏报：大金川土司莎罗奔将伊一女妻小金川，又嫁一女与巴旺，以为钤制之方。近攻革布什咱之正地寨，又攻明正司所属之鲁密章谷。番民望风畏避，坐汛把总

李进廷抵敌不住,退保吕利。看此情形,则贼酋恃其巢穴险阻,侵蚀诸番,张大其势,并敢扰我汛地,猖獗已甚。张广泗到川之日,会同庆复将彼地情形详加审度。其进剿机宜作何布置,一切粮饷作何接济,善为办理。

乾隆十二年三月己酉,谕旨再下:

据四川巡抚纪山奏称:大金川土司莎罗奔勾结党羽,攻围霍耳章谷,千总向朝选阵亡,并侵压牦牛,枪伤游击罗于朝等语。经军机大臣议令该督抚等迅速派官兵,遴选将弁,统率前往,相机进剿,已令星速行文知照。前将张广泗调任川陕总督,已谕令速赴川省。今观纪山所奏,势不可缓,可再传谕张广泗,令其即速前赴,会同纪山相度机宜。

接着一道道谕旨下到路途遥远的四川,我眼前恍然间出现了驿马飞驰于华北平原,穿行在巴蜀道中的情形。

乾隆十二年四月甲子:

据纪山奏称金川情形,应分路夹攻,将川西、川南分为两路,派总兵、副将带领汉、土官兵或直捣巢穴,或分击前后。更驻兵木坪,以为两路声援。于绰斯甲拨兵堵截隘口,以分金、绰二酋之势。至所奏或系大兵齐集，或俟有隙可乘，即行进剿等语，伏思兵贵神速，敌气既慑，我力方锐，则一发制胜，所向成功，但必计出万全。

乾隆十二年五月乙巳：

据大学士庆复等奏：金川贼番围攻各寨，沃日土司求救，随调松茂协马良柱带兵一千五百名救援。四月十二日抵热笼寨解围，贼众四散。二十三日抵沃日官寨，前驻沃防护之都司马光祖等出迎。

乾隆十二年五月丁未：

谕：征剿金川，前已拨银四十万两协济川省。但军营粮饷务须充裕，著户部于附近四川省分再拨解银二十万两，以备支用。

四川巡抚纪山奏：前奏粮运各条，经军机处议复准行。但川西挽运綦难，党坝、沃日二路中隔雪山，若不增加台站，蛮夫皆裹足不前。杂谷闹至党坝，原拟安设十二站，今增六站，自杂谷闹至沃日，原拟安设七站，今增三站，仍添管台官二员。又查沃日一路，前因金酋围困热笼，粮路阻塞，官兵另择汶川县之草坡地方出口，经由瓦寺地界，粮运亦即于此路尾随。今热笼围解，运道已通，但止杂谷闹一路挽运不敷支给，应仍由草坡分运至川南打箭炉。军粮原存炉仓一万石，除给过官兵口粮外，又酌拨雅州府仓米五千石，挽运炉城。

乾隆十二年六月戊辰：

户部议复：据四川巡抚纪山奏请添拨军饷银六十万两。前因进剿金川，于江西、湖北二省拨银四十万两。本年五月十八日复奉旨于附近四川省分，再拨银二十万两。经臣部议，于江西拨银二十万两，共六十万两。江西之二十万两，纪山虽未接到部咨，但军需银两理应充裕。应如所奏，再于广东留备银内拨六十万两协济。从之。

乾隆十二年七月甲寅：

大学士公庆复、川陕总督张广泗奏：金酋莎罗奔居勒乌围，就日吉父子居刮耳崖，现分兵两路攻剿。河西各寨应剿洗，派游击罗于朝同土司汪结带兵进攻。俱定于六月二十八日各路齐进。臣张广泗原拟驻杂谷闹，迨到彼相度，尚偏于西路,是以仍回汶川,由瓦寺取道沃日,径赴小金川美诺寨驻扎。俟各路齐进后,当率兵相机策应。臣庆复现驻汶川弹压。今分路进兵,拟出驻旧保,以便商办。

已经派了大军,又花去了许多银子的乾隆皇帝再次下旨:

览奏俱悉。朕始谓大学士庆复尚在汶川,军前有张广泗一人,足资办理,是以有旨,令入阁办事。今观此奏,是前临军营矣。若接旨而已起身回京则已;若尚在军前,且不必来京。可俟奏凯功成大局已定,然后起身可耳。

乾隆十二年八月辛巳:

大学士公庆复、川陕总督张广泗奏:总兵宋宗璋统领西路,其分攻刮耳崖各将内,威茂协副将马良柱连战克捷,各寨望风乞降,现去刮耳崖仅二十余里。又,总兵许应虎统领南路,得贼卡三处,贼番遁入独松碉寨等情形。得旨:自汝等定期会剿之奏至,朕日夜望捷音之来。迟至如今,亦不过小小之破碉克寨,何足慰朕耶!此内虽马良柱尚属奋勇,有所攻克,然用力围攻,旋受其降,将来事成之日,此等曾经逞凶之犯,问其罪乎?将置而不问乎?若置而不问,数年之后,又一金酋耳,则亦未为计之得也。

看来,皇帝对于军前的情形已经有些着急了,他可能没有想到金川这样一个小小的荒蛮之地,会惹起这么多的麻烦。而处理这个麻烦,将成为他在朝之日时一个很大的麻烦。皇帝着急,而前线督军的将领却有自己面临的更具体的麻烦。随着这麻烦越来越大,金川这个名字开始在他们心目中有着越来越重的分量了。

乾隆十二年九月庚子,川陕总督张广泗奏:

> 大金川地势,尺寸皆山,险要处皆设碉楼,防范周密,枪炮俱不能破,应用火攻。现派弁兵多砍薪木,堆积贼碉附近,临攻时,各兵齐力运至碉墙之下,举火焚烧,再发大炮,易于攻克。各路行之,已有成效。得旨:看此则奏凯尚需时日,何能慰朕西顾之忧哉!

乾隆十二年九月辛丑,皇帝再下御旨:

> 前据张广泗奏报大金川情形,虽未大胜,而连破番寨,去刮耳崖仅二十里,似乎不久可以成功。朕方望捷音之踵至,乃此次所奏,以贼碉所踞俱在绝险,攻克颇难。并未言

及刮耳崖如何进取，是奏凯尚需时日。伊前后奏报，相隔不过数日，而情事各异。即奏到之日，亦迟速不同。且此次未与大学士庆复会奏，即庆复接到令其来京之旨，已经起身，彼即应奏明。庆复既未奏闻，而张广泗此折亦未声明。著传旨询问。

乾隆十二年十月癸未，皇帝再下谕旨：

前因川省气候早寒，恐冰雪严凝，官兵艰于取捷，曾传谕总督张广泗，令其酌量情形，或应暂行退驻向阳平旷之地，令稍为休息，俟春气融和，再加调官兵，一举克捷。

乾隆十二年十一月壬辰户部议复：

四川巡抚纪山疏称：进剿金川案内，前后拨湖北、江西、广东等省银一百二十万两，陆续动用银一百万两。请再于邻省添拨银五十万两，解川备用等语。应如所请，于秋拨留协银内湖南拨银三十万两，江西拨银二十万两。

乾隆十三年正月乙未四川巡抚纪山奏：

西、南两路军营汉、土官兵暨各色人等五万有余,日需米面五百石。蛮夫不敷,雇雅州、天全、芦山及成、重、保、顺、叙、嘉等府、州人分运,又不敢亲往,雇人价昂。禁私帮,则军装贻误;听帮贴,则民间赔累。

乾隆十三年正月丁未上谕军机大臣等:

张广泗所奏驻扎马邦之张兴、陈礼等丧师殒命,张广泗自请交部严加议处等语。偏裨失律,主将咎无可辞,但果能全局取胜,中间稍有挫衄,尚在可原。此际即交部议,未免传播远近,议论滋多,于军情殊有关系。朕于折内批示具已明晰。

乾隆十三年正月己酉军机大臣议复:

川陕总督张广泗奏称:进剿大金川各兵随带军装,深受驮马之累,现续调陕、甘、云、贵官兵一万名,应亟为调剂。查自打箭炉与维州关两路出口,跬步皆山,非特骑驮难行,且沿途并不产草,及抵贼境愈属艰险,马非跌伤即饿毙。

乾隆十三年二月甲申钦差兵部尚书班第密奏：

大金川地纵不过二三百里，横不过数十里，蛮口不满万人，现在军营已集汉、土官兵及新调陕、甘、云、贵四省兵丁已至五万。乃闻将弁怯懦，兵心涣散，土番因此观望。张广泗自去冬失事后，深自愤懑，亟图进取，第番情非所熟悉，士气积疲。倘朕功不能速奏，非特蜀民输挽难支，且蛮性无常，即内附部落亦当虑及。臣愚以为增兵不如选将，现在军营提、镇各员均非其选，再四思维，惟有岳钟琪夙娴军旅，父子世为四川提督，久办土番之事，向为番众信服，即绿旗将弁亦多伊旧属。

川陕总督张广泗奏覆金川善后事宜：

一月以来，固守无事。惟据驻党坝之松潘镇总兵宋宗璋禀报，用大炮攻木耳金冈贼碉，于十二月二十四日，始将贼大战碉并西北耳碉打成石堆。贼又于碉外砌石卡，掘土穴，潜入穴内，用枪炮拒敌。我兵日用大炮攻击，贼死甚多。又据驻卡撒之建昌镇总兵许应虎、贵州副将高宗瑾禀报，逆酋屡遣头人至营外喊叫，以投诚为名，求将卡撒大营撤至邦噶。于正月二十一日，有莎罗奔用事头人生噶尔结等带贼番千余逼营，高宗瑾诱生噶尔结至营，一面擒拿，一面枪炮齐发，打死头目一名、贼番数十名，始各奔窜。乘夜于营盘左沟修碉砌卡，图攻我营。我兵于二月初二日，分三路抄击。杀贼十余人，贼方退入深沟而去。又据驻丹噶山之重庆镇总兵马良柱、陕西督标游击王世泰等禀报，自河西马邦、张兴营盘陷后，所有河东曾达驻守之参将郎建业、署游击潘文郁营盘皆失对岸犄角之势，贼可水路来侵。江岸有一小碉，名为噶固，原派孙克宗土兵八十余名在内踞守。正月初二日，贼番五六百众来攻，该镇将派兵往援，未能击退。至初七日，守碉土兵与贼讲和，开碉随贼渡河而去。郎建业与督标游击孟臣原带汉、土兵七百名，驻营曾达沟岸山梁上，又有守备徐克猷带兵三百余名驻守，乃于正月初十日二更，贼番四五百人夺卡七处。十一日，马良柱等发兵应援，孟臣亦亲带兵出营杀贼，皆不能击退，孟臣即于是日阵亡。马良柱等不思努力救援，先于十一日晚令潘文郁将营盘撤赴丹噶，又密饬徐克猷于十二日晚潜至郎建业营，令俟徐克猷到时，同撤赴丹噶山，合营固守。乃郎建业见贼众添至二千余人，遂不候徐克猷，于十二月巳刻，将营撤赴丹噶，致将徐克猷隔截。幸该备熟悉路径，于十三日带兵翻越雪山，贼人尾追，且击且退，于二十日始撤至巴底。臣查曾达乃新抚番民克州九寨之门户，为丹噶山粮运要路，于正月十四日饬马良柱、王世泰等督率攻剿，击退贼番，然后缓撤至克州九寨之后，于纳贝山一带驻扎。计所退约三十余里，待大兵到日再进。不意马良柱等于十六日夜，率五千余众，尽撤至纳贝山下之喇布碉寨内居住。臣闻报严饬，始派汉、土兵据守纳贝山，而自求退驻于孙克宗碉寨。该镇将等连次惶遽撤营，军装、炮位多失，容细查参奏。再，自贼内脱回被掳土兵及贼酋差来奸细查获自首者共三百余人，佥称自张兴失陷后，所得军械辎重，众贼瓜分，皆欢跃大言谓精壮贼番原不过七八千人，进剿以来死已少半，现不过四千余人，日食不继。倘四五月间，正当刈麦时，官兵大至，则死无噍类。其实在情形如此。

乾隆十三年四月乙丑下旨再派要员前往督战：

  大学士讷亲前往金川军营……照侍卫例，赏给整装银两，给与驿马。

乾隆十三年四月乙亥，再次起用旧将，皇帝亲下御旨：

  岳钟琪前在西陲用兵，以失机致罹重辟，久系囹圄，经朕宽恩，放还乡里。今当大金川用兵之际，因思伊久官西蜀，素为番众所服，若任以金川之事，自属人地相宜，曾传旨班第、张广泗令伊等酌量，如果应用，将岳钟琪调至军营，以总兵衔委用。今班第、张广泗已遵旨调赴大金川军前。岳钟琪著加恩赏给提督衔，以统领听候调遣，予以自新之路，俾得奋勉图报，以收桑榆之效。如果能迅奏肤功，更当从优奖叙。

乾隆十三年五月壬辰，尚书班第奏：

参将永柱近日攻克戎布寨。初进兵时，业经降服，嗣因许应虎等抚驭乏术，苦累番民，以致头人恩错复行附贼。其时永柱领汉、土兵四千余众围攻数月，并未克取。适有贼数百侵犯卡座，不思力战，屡请援兵，又止令土兵当先堵御，致被贼冲散，占踞碉卡，相持月余，惟欲俟各路官兵进攻，冀贼自退。及张广泗再三督促，而各兵亦人人思战，始一出营与贼对敌，以我数百众，奋勇直前，贼遂披靡四散，夺获所失卡座并乘胜攻取戎布寨。看此情形，则金酋并非劲敌，旧兵不尽懦弱，已可概见。去岁屡次失事，无非各领迁延观望所致。

乾隆十三年七月壬辰，经略大学士公讷亲、川陕总督张广泗奏报：

五月三十日至六月十五日腊岭、卡撒、党坝、甲索、乃赏、马奈、正地诸路攻战情形。总兵买国良、署总兵任举阵亡。

乾隆十三年闰七月辛巳，经略大学士公讷亲、川陕总督张广泗奏：

查腊岭山梁石城一座为贼径总隘，贼并力拒守。腊岭之下，卡撒之右，共山梁四道。其头道已为我据，惟双碉未克。双碉旁月水卡碉房二座，亦经夺据，日用大炮攻击双碉。但双碉旁有三层碉房一座，下又有小碉石卡，虽围不能严密，拟先发兵夺其三层碉、小石卡，则双碉不难攻取。俟双碉一克，将腊岭官兵一面留攻石城，一面酌分与卡撒右梁官兵，合攻二道山梁地名喇底，夺据后即由三道山梁直捣色儿力贼卡，路更近捷。复查军前各省官兵伤病者多，陆续遣回内地调养。征兵缺额过多，就近续调川兵二千补额，已报到数百名。

乾隆十三年八月戊子，经略大学士讷亲奏：

党坝一路，据岳钟琪咨报，于闰七月初十日夜，派兵由两旁抄夺，火烧山梁之后，击死贼番十余人。贼拒守甚坚，见我师环攻，颇为惶惧。伊等百姓咸愿归正求生，而家口为贼酋拘系，恐见诛戮，恳将土司、头人一并招安。

乾隆十三年九月庚午，四川提督岳钟琪奏称：

金川逆酋不法，请用兵三万五千。以一万由党坝水陆并进，直捣勒乌围；以一万由甲索进攻，先夺马牙冈、乃党两沟，直抵河边，会党坝兵，并力攻破勒乌围。至刮耳崖，乃莎罗奔之侄郎卡所居，应于卡撒留兵八千堵御，俟夺获勒乌围，以得胜兵从后夹攻，堵御兵从前进出，郎卡亦不难擒。复于党坝留兵二千，防护粮运。正地留兵一千，防护打箭炉隘口。余兵四千，护运各路军粮。均选精壮汉、土各兵，专责臣办理，一年内可成功等语。

乾隆十三年九月己卯，谕：

大金川用兵一事，前因张广泗布置经年应有成算，是以命讷亲前往经略，筹办善后事宜。不意讷亲至彼，张广泗既漫无成功，诸事推诿，而讷亲以羸弱之躯，复不能躬历行阵，惟图安逸，经朕督饬，竟不能大有克捷。即折奏一事，亦前后矛盾，于情形并不明晰。较之向日在京办事之勤敏精详竟似两人，实出朕意料之外。若非伊福薄，难胜斯任，何至于此，朕实为之惭愧！自御极以来，第一受恩者，无如讷亲，其次莫如傅恒。今讷亲既旷日持久，有忝重寄，则所为奋身致力者，将惟傅恒是属。傅恒年方壮盛，且系勋旧世臣，义同休戚。际此戎马未息之时，惟是出入禁闼，不及援袍鼓勇，谅亦心所不安。况军旅之事，乃国家所不能无，满洲大臣必历练有素，斯缓急足备任使。傅恒著暂管川陕总督印务，即前往军营。一切机宜，悉心调度，会同班第、傅尔丹、岳钟琪等妥协办理。务期犁庭扫穴，迅奏肤功，以副委任。

乾隆十三年九月庚辰，谕曰：

张广泗自受任金川以来，措置乖方，陈奏闪烁，赏罚不当，喜怒任性，诿过偏裨，致人人解体。又复观望推诿，老师坐困，糜饷不赀。且信用贼党良尔吉、王秋，泄露机密，曲法庇护，玩兵养寇，贻误军机，法所不宥。著革职拿交刑部治罪，令侍卫富成押解来京。讷亲为大学士，付以经略重任，前驻军营，漫无胜算，且身图安适，并不亲临督阵，鼓励众心，转以建碉株守为长策。及传谕欲召取回京，伊并不计军情紧要，非克捷无以报命，而以面奏情形为词，亟思回京自逸。朕以国体攸关，宽期以待，伊复无敌忾之志，惟是迁延时日，以俟归期。至陈奏之事，矛盾舛错，不可枚举，与伊寻常之办事精详，急公黾勉，竟似出于两人。……讷亲著革职，赴北路军营，自备鞍马，效力赎罪。

乾隆十三年十月辛卯，四川提督岳钟琪奏：

九月十二日，同护军统领法丑派侍卫京皎、丹泰、钟秋等，协同副将铁景佑等，领兵攻康八达山梁，大败贼番。是夜，参将乌德纳等领兵暗击康八达山下河边跟达等处，夺毁大战碉二座、小战碉三座、平房四十间、木石各卡十座……计得跟杂一带地方，南北约四十余里，东西约二十余里。是夜，贼番来犯营卡，遇伏伤败。十八日夜，守备张汉等领兵由沿河一带克取，葛布基大碉八间、小平房六间、木城一座、石卡四处，斫破大皮船四只，前后杀贼甚众。查看彼处，左倚山险，右近大河，前有恶尔溪大战碉六座，周围俱有石城，贼番甚众，又有日旁山贼及康八达山上贼众救应。我兵攻战一夜，未免疲乏，后无接应，因暂收兵。

乾隆十三年十月壬辰，谕军机大臣等：

现据傅尔丹奏请添调满、汉官兵二三万，朕已命军机大臣酌量分派调往。计其陆续到营，当需时日。

乾隆十三年十一月癸丑，经略大学士傅恒出师，上亲诣堂子行祭告礼，经略大学士及诸王、大臣、官兵等俱随行礼。上亲祭吉尔丹纛、八旗护军纛于堂子大门外。经略大学士及出征大臣、官员等俱随行礼。上还。至东安门外幄次，亲赐经略大学士傅恒酒，命于御幄前上马。

乾隆十四年正月丙子，上谕：

据经略大学士忠勇公傅恒奏称：番众震我兵威，且粮食将尽，屡次喊降。正月十二日具禀哀吁，经臣开诚晓谕，十五日又遣伊头人来营，并送还抢去绿旗兵三名。观其情词恳切。穷蹙似系实情。因谕以莎罗奔、郎卡若亲缚赴辕，贷以不死。臣意乘其投诚，仍抵贼窟，将二酋带入内地，还朝献俘等语。朕思番酋本属化外，无足深较。而驭番之道，惟当开示恩信，使之弭首帖耳，革面革心，庶足绥靖蛮氛，永无携贰。今莎罗奔、郎卡面缚归诚，在经略大学士傅恒受钺专征，志期执馘，但既对众晓谕，许以不死，若系之槛车，献俘阙下,法当悬首藁街,纵贼首罪无可赦,而群番环视,且畏且惊,不若昭布殊恩,网开三面。著于谕旨所至之处,会集文武大小官员,宣示纶音,解缚释放。并遣弁兵押送回巢,告布群番,令知王师有征无战,降者不杀,信义宏孚,恩威并著,包含无外,边徼由此永宁。经略大学士傅恒宣力岩疆,成绩茂著,宜加优叙,以示渥恩。今据缴还封公谕旨,沥情恳辞,国家酬庸晋爵,令典攸昭,五服五章,非朕所得而私,亦非经略大学士所得而辞。……其勉遵朕旨,式克钦承,还朝襄赞,以副倚毗。

至此,大金川战事算告一段落。

虽然,满耳都是杀伐之声,但我已经感觉到一个真正的嘉绒了。

这些引文中间,有些地名还保留到今天。譬如卡撒、勒乌,再比如曾达,所有这些地名,都在离金川县城不远的弹丸之地里。而且,我想,读者从这些文字中不只读到了刀光剑影,还有金川当年的民情风习与地理形胜。只是,今天的公路一通,当年那些山路上的关卡,也就仅仅是一种记忆,而且早已湮灭在历史的风尘与萋萋的荒草之中了。我们重温历史才知道,历史其实早已被我们遗忘。

清早我走出宾馆的大门,想去寻访那些书中写到的地方时，看到完全不同于历史记载的今天大金川两岸的景色，我又开始觉得，历史书中的记载像是一种颇有气势的虚构了。

四、大金川上的渡口

读了一夜过去的金川，人却毫无倦意。

白天喧嚣嘈杂的县城，这时却十分安静，下半夜过后，雨停了，一声声鸡啼催我入眠，我才放下书，合了一会儿眼，但是天刚亮，就醒了过来。

我又上路了。

晚上，是从书里读到一个过去时代的故事，今天，我要在路上重温这个传奇。

我上了路，往雍忠拉顶寺走去。清晨清新的河风吹在身上，带着些微的寒意，我稍稍加快一点脚步，身体一发热，那薄薄的寒意就消失了。我要去的地方，是一座在嘉绒地区名声远扬的寺庙，过去叫作雍忠拉顶。此庙位于大金川西岸安宁乡境内的末末扎村附近，距金川县城三十四公里。

上路大概一个小时的样子，有一辆车从身后开来。我招手，车没有停下。车上的人还对我甩了甩手指。第二辆车开来，我继续招手，车停下了。这是一辆东风牌卡车，司机是个当地人。

我问他是汉族还是藏族。这个问题对于有些人总是个忌讳。但我看到这位司机人到中年，面目也还和善，才提出了这个问题。司机把着方向盘，眼睛紧盯着前方的道路，良久才开口说话。他反问我："你看呢？"

我也盯着前方的道路，没有说话。

他叹了口气，说："我们这种人，算什么族呢？虽然在这里生活几辈人了，真正的当地人把我们当成汉人，而到了真正的汉人地方，我们这种人又成了藏族了。真正的藏族和真正的汉族都有点看不起你。人家嘴里不说，对你也客气，但心里是看不起的。"

我有些后悔提起了这个话题，就不再开口说话。好在，很快目的地就到了。

开到一道铁索桥头，司机停下了车，从这里过桥，到河东岸，再顺流而下走一公里多路，就是雍忠拉顶寺了。几年前的一个秋天，我在金川县委统战部干部的陪同下，走过那条道路。那次，统战部的人还带了蔬菜与肉，请庙里的喇嘛为我们做了一顿藏式的饭菜。具体做了些什么菜式，却记不太清楚了。我甚至把那庙的样子也记不很清楚了，倒是院子里一株挂了稀稀落落两三个青皮果子的橘子树，一直让我难以忘怀。我见过很多的橘子树，但都是在内地，在嘉绒我曾行经的数百上千里的地面上，那株橘子树是我看见的唯一的一株。我觉得，那株橘子树有点像早先马尔康寺庙遗址上的那株榆树,其中可能有些特别的故事,一些再也难以恢复其本来面目的故事。

但我一直记着那株橘子树。

司机见我不动,说:"你不是要到庙子上去吗?"

我说:"我想从渡口过去。"

司机又发动了车子,说:"你原先来过呀,还晓得渡口。"

很快,汽车转过一道山弯,顺着大河的弯道又折向一个小山坳,下了车,渡口就在我面前了。对面河岸的柳树下拴着一只小木船。岸上,是一大片绿色深重的玉米地。玉米地尽头,靠着山脚的地方,就是过去在整个嘉绒都非常有名的雍忠拉顶寺了。

当然,那时的寺庙绝不止于眼前这样一座寺庙的规模与气象。

汽车开走了,我站在岸边,看着太阳慢慢升上山岗。阳光慢慢从山上,往谷底降临下来。

这时,一个人走到对岸,双手做成喇叭状,向我喊,是不是要船。

我也双手做成喇叭状,运足力气,对着那边,喊了一声要船。

那人便解了缆,将船慢慢地摇过来了。因为水流的力量,船不是径直摇过来的,而是斜着划过河面,靠了岸后,划船的人跳上岸,用绳子挽着船,逆水往上拉了好长一段,才到我的跟前。

我坐上船,问:"怎么不是牛皮船呢?什么时候这渡口就不用牛皮船了?"

划船的人只是简单地说:"木船比牛皮船保险。"

这并不是对我的问题的回答。坐到船上,便感觉到看似平缓的大金川河水的力量了。河水从下往上的鼓涌使人透过船体感受到一种力道很深的震颤。船夫奋力划桨,但沉沉的水流却推着船一路往下。很快,我就看到前面翻着白浪的滩口,听到波涛翻涌的声音了。有关雍忠拉顶寺的典籍中说,流经这里的大河在呈现了八宝吉祥的两山之间,岩石激起波浪,是自然吟咏的六字真言。而在此时,那渐渐逼近的滩口的涛声,在我耳里,却像是受了惊疯狂奔跑的马群一般,而没有听出一丝一毫的祥和之感。

船身轻轻一震,船底搁在了岸边,我们渡过了宽阔的大河。我与船夫又挽起船,逆水而上,把船拉到下一次摆渡时出发的地方。当双脚又踩到了坚实的岩岸与岸上的沙滩,再来听那满滩的波浪声,里面确乎就有着某种歌唱性了。

走进那片玉米地之后,河水的声音消失了,眼界里的寺庙建筑也消失了。四周只有吸饱了水分与养料的绿色的叶子与青中有些泛紫的苗长的玉米那生命的呼吸。置身在这些旺盛的绿色生命中间,很多东西,包括历史与人生中一些终极的疑问都没有了任何意义。在这里,包围着你,让你真切面对的只有生命本身。这时,太阳的光芒降临到河谷中间,所有的绿色叶子都在闪闪发光。一颗颗硕大的露珠砸下来,落在泥地里,落在身上,不一会儿,我身上的衣服差不多就湿透了。我是说,要是这玉米地再宽那么一两百米的话,我这一身真的就湿透了。

就在这时,眼前猛然一亮,玉米的包围被突破,我已经站在了温暖的阳光底下。

脚下这条路,已经没有太多的人走动了,所以才铺满了软软的青草。很快,我就走到了这座寺庙跟前。

五、嘉绒曾经的中心:雍忠拉顶

我期待着胸中涌起某种激动的情绪。但是,当我站在这个寺院蔓生了很多荒草的院子里时,心里却没有期待中的那种激动。但我毕竟又一次来到了这个曾经辉煌一时的,差不多就是整个嘉绒文化心脏的地方。只不过,一切都不复当年的景象了。

几年以前,我在阿坝草原上拜访一座本教寺院的住持。那天,寺院的僧人们在庙外面鲜花遍地的草地上搭起了帐篷。我没有寻访到那位喇嘛。他的弟子们享我以汁水鲜美丰富的牛肉馅包子和新酿的乳酪,同时告诉我说,上师去了促浸,他将在那里恢复已经毁败的本教伟大的雍忠拉顶。

这年的秋天,我来到雍忠拉顶。当那座新建起来的寺庙出现在眼前时,我简直失望之极。我向来不主张恢复一切已被毁弃的建筑,因为那时的建筑,是一种活生生的存在,是一种历史与风习的自然凝聚。时事变迁,物换星移,按原样恢复的建筑,至多复原了一种外在的形式,而内在的东西,早已随着无情的时光,消逝得无影无踪。

再说,我一点也不相信眼前这座石头与水泥拙劣混合的建筑就是当年的雍忠拉顶。前一次到雍忠拉顶的时候,我们没有进到寺庙的大殿,也没有见到那个我在草原就想拜访的本教喇嘛。寺院厚重的木门上挂着一把质地沉重的大铜锁。

当时,庙里也没有别的僧人,陪同前去的统战部的人私下对我说,可能是知道有官方的人来,庙里的人都回避了。

我问他这是为什么。统战部的朋友笑笑,答道:这是一个多少有些敏感的问题。

我再问这个问题在什么地方敏感。对方用了启发式,说:"阿来老师你知道雍忠拉顶过去是什么教派?"

本教,这是一个简单的问题。

他继续启发我:"乾隆王打金川以后,寺院改成了什么教派?"

佛教的格鲁派。这对一个对地方史有兴趣的人来说,同样是一个非常简单的问题。

他的笑有些神秘色彩:"这就对了。依现在的定性,乾隆王朝发动的是维护中央政权的战争,他把寺院改成了佛教,现在,你又把它改回叛乱的土司倚重的本教……"对方用的是启发式,话到这里,就没有再往下说了。

我有些明白,又不是十分明白。在我们的生活中,政治往往带来一种不太明晰,而又人人似乎都心照不宣的特别的逻辑。

那天,我们在这座新的雍忠拉顶里什么都没有看到。

于是,便从庙旁一户汉人农民家里借来一口锅,在院子里生起火来,把这次圣地之行变成了秋日的野餐。就是在那天,在这个院子里,我发现了一株侏儒般矮小,且特别孤独的橘子树,上面结了两三个青皮的橘子。看着那青皮的橘子,好像一辈子都不会变成金黄的橘子,我的口里好像尝到了它酸涩的味道。

吃完饭,躺在阳光下的草地上,头顶是深蓝的天空,白云像泊在渡口的木船一样泊在天上。于是,便回忆起传说中雍忠拉顶寺的历史。今天,我再次来到这里,不是以一个官方干部的身份,而是以一个文化漫游者的身份,想靠近一段历史,或者说想看到这个寺院今天的真实面貌。但是,同样是一把大锁落在大门上,只是经过了这么些年的风雨剥蚀,门上的彩绘已经相当黯淡了。

看不到今天的面貌,我便又一次面对更为壮观的废墟,在想象中复活传说中的历史。

在明清以前,整个嘉绒藏族聚居区主要信奉的是青藏高原上的本土宗教本教,而雍忠拉顶寺又是整个嘉绒藏族聚居区本教的中心寺庙。而在此时,青藏高原的大部,已经是藏传佛教的各个教派依次占据着统治地位。于是,本教的嘉绒便成为整个藏文化中一种另类的存在。因为嘉绒在地理上靠近汉区,往往在政治上谋求与内地政权的某种妥协,并对内地政权的更迭保持着更多的敏感。

十四世纪四十年代,张献忠在四川建立大西政权时,该寺大喇嘛泽仁多吉便率金川河谷中多位部族首领长途跋涉到成都,表示臣服,并建立起朝贡关系。

明朝初建,便封该寺大喇嘛哈依拉木为演化禅师,令其统领嘉绒地区政教。雍忠拉顶的势力在整个嘉绒如日中天。

清康熙三年,清政府重演前朝故事,再授嘉纳巴演化禅师印信。其在嘉绒地区宗教文化中心的地位得到进一步巩固。

但事情到后来,情形便逐渐发生变化。在乾隆第一次对大金川用兵的时候,便常常发现本教法师在阵前施行本教的诅咒之法，对立双方的军队都迷信宗教，也惧怕巫术的魔力，所以，乾隆那事无巨细的谕旨中，也多次出现指示前方将士如何区别处理这些本教法师的具体指示。只是，我还没有看到有清军捉到本教法师的具体记载。但是，在那位建立了十全武功的乾隆皇帝那里，对于雪域藏地的宗教，已经有了一种清楚的比照。一边是青藏高原上最为盛行的达赖班禅系统的藏传佛教的格鲁教派，多次因为不能克服的边患，请求王朝派兵进剿，在清代的早期，差不多一直保持了一种合作而驯服的姿态。而在更靠近汉区的大渡河谷的嘉绒，却有一个不驯服的教派，在汉语中，这个教派还有一个民间的俗称：黑教。

到了大金川与小金川土司再次扩张势力范围，第二次引来清军大兵压境的第二次金川战役时，雍忠拉顶的本教僧人们不只是以巫术与神秘的咒语来支持本地土司，而是拿起武器，成为颇具战斗力的勇敢的士兵了。

大金川最后陷落之时，该寺数千名僧兵，大部阵亡。五名被生俘的大喇嘛，与作乱的大小金川土司等二百余名战俘，被押解至北京，祭天问斩。

传说，乾隆皇帝听奏报称雍忠拉顶的辉煌与富丽，曾下旨要前线将领阿桂等人，将该寺绘图后拆除，将原件全数移往京师，再重建复原。但是，定西将军阿桂等再三奏称，大金川地处蛮荒，与内地相通尽是鸟道羊肠，再说，嘉绒建筑拆卸开来，除了一些寺院金顶与菩萨，就只是一堆零乱的石头，恐怕很难依样重建。乾隆皇帝才只好作罢。而在此前，他已着人将雍忠拉顶形胜图传到北京，仔细赏鉴后收为宫中宝藏。

而在此前的此前，为了训练将前去大小金川作战的八旗兵对嘉绒碉寨的攻战之法，乾隆就曾下令把数百名嘉绒战俘押解到北京，在香山脚下，依样建筑嘉绒的石碉与村寨，让即将开赴前线的八旗兵演习攻战之法。

查阅史书，在冷兵器时代的前线，清兵对付嘉绒地区的石头碉卡的办法，无非是火烧和用铜炮的实心铅弹进行轰击，最后，还有一种办法就是从下面挖掘地道后，用火药实施爆破之法。但我没能从史书上查出来，这些战法中有哪一种是在香山脚下模拟的嘉绒人的堡垒般的石头村寨前摸索出来的。

那些递解到京建筑模拟的嘉绒村寨的藏族人，在战事结束后也没有全数开刀问斩。乾隆皇帝网开一面，使他们再逃生天。只是，他们从此再也不可能回到故乡了。听说，现今北京郊区的香山脚下，还有些村子的人记得自己的祖先是嘉绒人。某一年的一个秋天，曾有一个在北京工作的藏族人建议我去那些村庄考察一下。我问还有没有嘉绒风格的建筑，回答是好像没有，似乎没有。

这一来，我的好奇心便消失殆尽，没有前往寻找点什么的冲动了。

我想要是真在某几个村子寻访到一些嘉绒人的后裔，大家相见时，可能是一种非常尴尬的场面。比如，他们该撇着京腔问我些什么，而我又能告诉他们什么，并问他们什么。中国人有些时候特别相信血缘的力量，而我作为一个长期生活在一个汉藏文化交汇带上的藏族人，却更多地看到另一种异化的力量。那是一种非常强大的力量。

思绪一下飘远了，现实的情形是，我现在正面对着早已毁败不堪的雍忠拉顶。在一片文化的废墟之上，一个人不会有太多的有关文化可以通过传承而获得不朽的想法。当大金川土司以弹丸之地上所能聚集起来的全部财力和人力，与强盛时期的清王朝的十几年的对抗，将以血腥屠杀进入尾声时，雍忠拉顶的末日便降临了。整个嘉绒地区本教的统治地位也被推翻。

据民间传说，乾隆皇帝见不能把雍忠拉顶拆迁到北京，便下令将其彻底毁坏。并在其基础上，兴建了一座属于藏传佛教格鲁派的寺院。建成后的寺院把大门开启的方向改到了原来本教寺院的反面。

新寺院的门口，张挂着皇帝亲书的金匾：广法寺。三个大字金光耀眼。

而且，雄才大略的皇帝还提出了以夷制夷的思想统驭术，寺院的住持，即每一任堪布都由达赖喇嘛辖下的格鲁派三大寺院之一的色拉寺派出。

而当我们在这个时代的阳光之下来到这个地方的时候，广法寺的辉煌也早已灰飞烟灭了。就在我们摆开野餐的草地旁边，横躺着几块残破的石碑。拂开荒草，石碑上是某一任堪布的名字。原来，这些石碑都是历任堪布圆寂后的墓碑。从这些石碑的形制来看，这些藏族高僧都用了汉人的方式来安葬。不然，就不会有这些墓碑了。除了石碑上面一些装饰性的图案显示出一些宗教色彩和精湛一些的刀工外，这些墓碑与烈士陵园和公共墓地里的墓碑并没有什么两样。

面对这些石碑，我的心中突然涌起一种荒诞之感。

很长一段时间我都老是在费心猜测，这些石碑上功力不凡的汉字又是谁人书写呢，是那个时候寺院里就有了通习汉字的僧侣，还是某一任清朝命臣写就之后，驿马站传递才到达了这个地方？我猜不出这样的答案。而中国的历史书往往也不会给人呈现这种细节性的东西。陪同来的人告诉说，这些墓碑已经很不周全，现有残破的这几块，都是这些年从民间收上来的，而且来的地方都有些特别。比如其中的一块是从农民的猪圈中找到的，还有一块是搭在一道小沟上，做了一座微型的桥梁。

从乾隆年间到解放，色拉寺共派出了十二任堪布，最后一任堪布名叫阿旺巴登，一九五三年死去时已经不在本寺任住持了。

广法寺香火最盛的时期，共有僧侣两千余人。其中八十五人,规定由嘉绒全境土司派出,由清王室拨发薪资,学习满师后,回到各土司领地上弘传正教。但在嘉绒土地上,当年曾协助清军进剿大小金川的土司们一方面遵旨派人去广法寺学习宗喀巴创立的格鲁派教法,实际上却仍然对这一教派心存抵触。所以,直到今天,在嘉绒地区的寺庙中,更多的是藏传佛教宁玛派的寺院,而与大金川土司毗邻的绰斯甲土司,直到解放,其家庙还是由本波上师主持。

但是,随着土司制度的日益衰微,广法寺也随之日渐式微。清王朝崩溃后,寺院更是加速了式微的过程。一九三五年,红军长征经过金川,国民党二十四军与当地武装以该寺为依托阻击红军。于是,寺院再一次笼罩于炮火之中。最后,国民党军溃败时,便将寺院财产抢劫一空,并将寺院周围依山修建的数百间僧房烧为灰烬。战后,寺院僧人骤然减至二百余名。

"文革"期间,广法寺被彻底摧毁。仅存的部分是寺院的正殿遗址及山坡上僧房与佛塔的废墟。这些废墟引起我很多的怀想,而那座新建的寺院却引不起我丝毫的兴趣。

六、在涨水的大河边午眠

离开之前,我在河边柳树下波浪拍岸的声音中睡了一觉。

醒来时，一身臭汗，满耳里充满了聒耳的蝉鸣。从树叶的缝隙里望着亮晃晃的天空，我恍然有一种山中方一日，世上已千年的感觉。于是，便突发奇想，要是雍忠拉顶的一个精通预言之术的喇嘛在寺院极盛时一觉睡去，而到这时才醒来的话，我敢肯定，他不但不会发现自己的任何一种预言哪怕有一丝一毫的应验，反而会觉得自己陷入了某种威力强大的魔法，让他来到一个物是人非的世界。

但这恰好是历史因了一些偶然，终于延续而成的一种必然。

现在，身后的废墟所代表的一段嘉绒历史的辉煌正在被人遗忘。而且，那座刚刚建成的寺庙，作为建造者来说，肯定是想以此与那个辉煌的过去，那个令人有些荡气回肠的过去建立起某种联系，但是，物换星移，这座寺庙刚刚建成便差不多已经被人遗忘。

一种遗忘让人心怀悲怆。

一种遗忘却让人有一种无奈之感。

那么，就让我在这遗忘之地再美美睡上一觉吧，在这个纷纭的世界中奔波，每个人都有很多事情需要清仓遗忘。我又侧了身子睡去，正似睡非睡的时候，早上渡我过来的船夫跑过来把我摇醒，告诉我河里涨水了。

我翻转身子又睡，觉得他有些大惊小怪的，我又不是没有看到过大河涨水。

他又大叫一声:"涨水了!"

于是,我支起身子,望了望河水。太阳照得明晃晃的,蝉叫声连成一片,但河水确实开始上涨了。我头冲岸,脚朝水睡在长着浅草的沙地上,这时,河里涌上来的波浪已经溅到我双脚上了。

我有些慌张地爬起身来的时候,正在玉米地里拔草的船夫家里的两个女人嘻嘻地笑了起来。河里的水上涨是不大看得出来的。

首先看到的是河里的水越来越浑浊了。从河面上蒸腾起来一股浓重的泥腥味。流得越来越沉重的水流从河中心开始,有种十分有力沉着的从下往上的鼓涌。而拍击着岸边的水波浪越来越高,越来越有力量。每一次波浪的拍击之后,河水就上涨一点,不到一个小时,我刚才睡觉的那片沙地就被全部淹没了。

是上游的什么地方降下大雨了。

河里的水越大,河水的流动却越发沉缓滞重。哗哗的流水声也变得又湿又重。我还看见,河水淹没的青草中间,不时探出一个句号一般大张的鱼嘴。这说明,河里的水因为太多的泥沙而严重缺氧。河中深潭里的游鱼都挤到岸边,抢吸两口对于生命至关重要的氧。每逢河水上涨时,沿河就会有很多人出动,抓住这捕鱼的大好时机。如果现在我手里有一张小小的渔网,顺着河边的浅水流出去,再收上来,肯定会有令人惊喜的收获。

我甚至感到了手里渔网上传来那种沉甸甸的震颤。

大渡河的急流里所产的细鳞鱼是鱼类中的上品,是天下的一种至味。回到金川县城,绝对可以在某个饭馆里吃到鲜鱼。我恍然看见雪白的汤上漂着叶片肥大的茴香。

船夫和他一家人把缆在树上的船抬到岸上,倒扣在草地里。并对我说:你只好从上面的桥上回去了。

于是,我便告别了他们,向上游的索桥走去。回到金川县城时,才想起来,我甚至没有回望一次雍忠拉顶。后来,我又释然了,因为无论怎样的回望,都无法洞穿历史的烟云,看到历史本来的容颜。

七、告别金川,告别历史

本来,我还想看看第二次大小金川之战最后的堡垒遗迹。但我在一个久经垦殖、人烟稠密之地,也许想看到一个蔓草萋萋的场景都不能够了吧。

其实,金川土司官寨遗址就在金川县城对岸不远的勒乌。

据史书记载,这是金川之战最后的堡垒之一。数千嘉绒土兵战死于此，占地广阔的石头建筑被炮火荡平。金川土司索诺木及大量被俘人员，就从这里开始沦为死囚，递解上路，千里迢迢，风霜雨雪，在北京祭完太庙后授首就死。

第二次金川之战始于公元一七六五年，止于一七七六年，前后凡十一年。

在车站买了第二天回成都的车票，果然就看到一个饭馆门口竖起了供应新鲜细甲鱼的招牌。在当地汉语方言中，鱼鳞称为甲，细甲鱼，就是细鳞鱼的意思。于是，我走进这家饭馆。果然，鱼端上来的时候，雪白的汤面上漂满了肥厚的茴香叶子和鲜红的辣椒丝。

我又给自己要了一些泡了拐枣的药酒。

微醉的我回到宾馆继续读当地的历史。我常常怀疑文字当中的真实。但是，这次金川之行下来，我已经无法寻觅到历史真切的面貌：那种正在进行的生活充满细节一样的面貌。望望窗外，这座小城，仍然以喧嚣与纷乱呈现着活力，但这景象已经与内地任何一座小县城没有太多的区别。

于是，我只好回到粗线条的书本，回到缺乏细节的书本。

我读乾隆御制平定金川的碑文。全文特别文采飞扬，但是太长，使我不想抄写在这本书里。而我想指出的一点是，就是这道碑文，也只能在历史书中读到了。

原碑于乾隆五十一年，即大金川砥定后十年，立于大金川土司官寨旧址。听当地人说，碑上还建有一亭，有琉璃瓦的重檐，亭外还建有围墙。这座颇有文物价值的碑毁于"文革"。石碑被当地村民断为三截，并请石匠，想制成石磨。传说石匠在为石磨开齿时暴死，石碑残躯才得以幸存。

于是，再读魏源《乾隆再定金川土司记》。

是夜风雨大作。我却在魏源笔下依稀看到了金川土司官寨在眼前巍然耸立："其官寨碉坚墙厚，西临大河，迤南有转经楼，与官寨相犄角，木栅石卡长里许，其东负山麓，有崖八层，层各立碉。各路败回之贼，咸据守之。"

我来到金川，却是从书中简要的叙述引导下，重新来想象历史。

回成都的道路沿大金川而上，再梭磨河。中途翻越界开了大渡河水系与岷江水系的鹧鸪山。

第七章　上溯一条河流的源头

一、卧龙：熊猫之乡

小径通往一条山脊，俯瞰春天的马铃薯田和玉米田，直到皮条河，只有一缕淙淙的水声，山峰四周只见灰蒙蒙的天空。小径两旁是稠密丛生的杂草。我们不时停下脚步欣赏秋牡丹、酢浆草和其他野花，记录盛开的紫色杜鹃花，检视阴影中冒出来的拇指般粗细的竹笋。去年的榛实果荚落在地上，满布尖刺的外形活像一群小刺猬。头上的桦树和枞树间传来喜马拉雅杜鹃鸟甜美的咕咕叫声。

这段话，我抄录自一本叫《最后的熊猫》的书。作者是美国生物学家夏勒。

离开金川一个月后,我回到成都一段时间,又继续我的嘉绒之旅。离开成都不到一百公里,夏勒博士笔下这熟悉的风景便出现在眼前。

这一次,我从一条更为惯常的路线进入嘉绒。

这是一条从岷江进入的路线。过去,进入嘉绒大部分地区的驿道,也是这条路线。从成都出发五十五公里,到闻名天下的都江堰。从这里开始,群山陡然壁立起来,一直进逼到四川盆地的边缘。进入岷江峡口二十多公里的映秀后,通往卧龙保护区的公路离开了国道213线,折向右侧的山沟。

夏勒在二十世纪八十年代曾在这条山沟里做过多年的熊猫生态研究,回到他的国家后,出版了这本书。这本书出版多年后,终于在一九九八年翻译成中文与中国读者见面。只是卧龙也不似夏勒当年在这里体会到的那种寂静。

因为山里这条铺得非常结实漂亮的水泥公路,已经是旅游手册上一条黄金旅游路线。

这里因了熊猫而得到充分保护的美丽山野,圈养在繁殖基地里的熊猫,使这里成了成都那些旅行社一个重点推荐的项目。更重要的是,通往小金县境内正在积极开发中的四姑娘山自然风景区的公路也经过卧龙,所以,这里的山野再也不能保持住过去的那份寂静也就势在必然了。

隔着涧石累累的卧龙河,保护区的大熊猫繁殖中心出现在眼前。

我坐在一片人工种植的小树林的阴凉里，看一群游客喧喧嚷嚷地在桥头上买了门票，由手里摇着小旗子的导游带着，一路走过小桥。

小桥那边的围墙里，熊猫们在一个一个小房子里睡觉。院子中央，还竖着几根水泥铸成的柱子。那些柱子就像城中公园里的水泥装饰一样，做成了杉树的样子，鱼鳞状的皮，弯曲的枝，只是枝子上没有青青的针叶。两只熊猫在游客夸张的声音里，爬上水泥树干，把肥大的屁股坐在了粗大结实的水泥枝杈上。

后来，管理员拿着几枝叶子青翠的竹子，逗引着一只胖大的熊猫走到围墙之外。围墙的一边是河，河里雪浪翻腾。饲养场的门开在朝着山坡的方向，山上的植被正像前文所引述的一样。只是将近九月，杜鹃的花期已过，桦树与枫树的叶子开始泛黄发红，山里已经有些浅浅的秋意了。

管理员用一枝翠竹逗引着那头身材笨重的熊猫，一直走到几株桦树下面的草地中间。这时天阴欲雨，草地的绿色便有些伤心的感觉，但这并没有影响到那些出来旅游的红男绿女们的兴致。他们对着蹒跚的熊猫兴奋地大叫，然后，一一挨上去与熊猫照相。

据我所知，这样的做法在过去是不被允许的。

因为好奇,我也走过小桥去看个究竟。结果看到一个管理员在熊猫可能发怒时进行安抚,而在熊猫不大配合兴奋的游客时,又想办法刺激它,使它也像游客一样高兴起来。

另一个管理员从游客手里收钱。只有付钱的游客才能与熊猫照相。

与熊猫照相还分成两种规格:一种不搂着熊猫,一种搂着。两种规格有不同的价格,我看清了后一种,搂着照相的,是五十块钱。收钱的管理人员脸上并未露出兴奋的表情,差不多跟熊猫的脸一样冷漠。

熊猫黑着眼圈,有点像马戏团里的小丑,少了一点马戏团小丑的滑稽,多出来的却是马戏团小丑那份无奈的悲哀。

我则感到一种作为万物之长的人的悲哀。

于是,我离开了这群欢声笑语的人群,走到桥头上那个出售旅游纪念品的小店。自然,这里的很多东西都与熊猫的造型相关,但我觉得没有任何美感可言。我相信,熊猫,或者任何野兽的风采都只能表现在他们的世界。这个世界就在那些云雾萦绕的丛林中间。

我想在这里买到一两种有关熊猫的书籍。

整整一个玻璃柜台里陈列的书籍画册的封面上都有熊猫那不管世界发生怎样的变化,不管自己物种早已命若悬丝,却永远憨态可掬,永远带着一点稚拙的忧伤的可爱形象。但翻遍这些价格昂贵的画册，却得不到多少有关熊猫的真正知识性的东西。

也许，有的读者已经产生了一种好奇心，说我在一本描写嘉绒的书中，如此沉迷于对熊猫这样一种尽人皆知的濒危动物的描写。

我想，这是出于两个原因。一个原因是，我所在的保护区同时也是一个科研基地，除了得到中国政府的支持之外，还得到世界野生动物基金会的援助。但在这里，我却找不到一本真正给我们一些有关熊猫生存状况或者自然生态方面的适合于公众的读物。再一个原因是，卧龙曾是嘉绒十八土司中最靠近汉区的瓦寺土司的领地。而这条美丽的山沟也曾经是嘉绒人一个繁荣的栖息之地，但在我的眼前，从零落于深山沟岔之间的民居，到人民的语言与穿着，都看不出多少嘉绒藏族聚居区的特征。

所以，我才把眼光转向了熊猫。好在，熊猫是一个不错的话题。我本人也喜欢这个话题。

二、土司们的族源传说

我手头有一本由四川省社会科学院编撰的《四川省阿坝州藏族社会历史调查》。其中有一些零落的资料，稍稍地提到了一下卧龙,其中一则是一组二十世纪五十年代初的统计数字。

当时的卧龙乡登记的嘉绒藏族人数为三百一十五人,占到了该乡人口比例的百分之八十五。也就是说,那时候,几十公里深的卧龙沟全部居民人数不超过五百人。

今天有多少人口,我没有时间去有关部门进行咨询,而且,也不是这本书的兴趣所在。但我肯定,差不多五十年后的这条山沟里,永久性的居民翻了十倍还多。但这增加的人口中,嘉绒人口的增长肯定只占一个微不足道的比例。人口比例的下降,加上居于少数后那种增速的同化作用,嘉绒文化的消隐也就是一件必然的事情了。包括旅行社的宣传文字上,说到卧龙时,也没有以异族风情作为号召。

我在一本很早以前进入卧龙寻找熊猫的外国人的记叙中看到了过去的卧龙一点隐约的影子:

> 一个小山丘上有座寺庙的废墟,房屋是西藏式的,两层楼,下层是石头,上层是木头,大多有阳台,建筑形式跟阿尔卑斯山很接近。此地的妇女穿西藏式的、长及脚踝的藏袍。他们的头饰很特殊,是一块黑色的硬布,折了很多层,上面饰有琥珀、珊瑚、绿松石和银子,用辫子固定在头上。

但是眼前这旧日瓦寺土司的辖地已经无复当年的景象。

在这因了熊猫的存在才免于刀斧之灾的森林地带，我遥想起瓦寺土司的历史。

任何一个土司的历史，因了时间的久远，也因为没有详尽完备的记载，在口口相传的过程中，变得比历史本身具有了更多的传奇色彩。

在嘉绒地区，差不多所有土司的传说中，都认为其先祖产生于大鹏鸟的巨卵。我没有去过瓦寺土司官寨的高山上的旧址，但听去过那里的人说，在土司官寨的大门上首，宽大的门楣上就雕刻着大鹏孵卵的情形。

嘉绒土司们这个共同的传说是这样的：远古之世，天下有人民而无土司。后来，天上降下一道彩虹，降落在奥莫隆仁地方，虹内闪烁出一颗亮星，夺人的光芒直射到嘉绒之地。嘉绒地方有一仙女，名叫嘎莫茹米，感星光而孕，便化为大鹏，飞到西藏琼部山上，产下黑白花三卵。人们将这三枚巨卵视为神物，取回庙里供养。三卵各生一子。三子长大成人，东行至嘉绒地方，各据领地，牧养人民，成为嘉绒土司共同的族源。

嘉绒土司传说中提到的奥莫隆仁，就是嘉绒土司们曾经共同崇奉的本土宗教本教的起源之地。

至于琼部，传说中指出了它的地理方位是在拉萨西北部，有十八日马程的地方。传说古时候琼部地方水草丰盛，牛羊成群。阿里高原在其黄金时代人口繁盛，共达到三十九族。后来,其地逐渐贫瘠,人民开始向其他地方迁移。作为世界屋脊的青藏高原制高点上的阿里,开始走向了衰败。一部分阿里人迎着湿润的东风,一路往东,直到现今的嘉绒地方,才停留下来。

再走得远一些,就不是高原的风光与气象了。

在嘉绒土司起源的神化了的传说中那三枚神秘的巨卵,想必是指最后定居于嘉绒地方,并与当地土著逐渐融为一体的是三十九族中的三个部族。

这些年,本教的神秘起源,古象雄文明的突然断代,阿里高原上创造了辉煌文明的古格王朝的突然消亡,都使阿里成了神秘的青藏高原上最大的神秘。我不是专门的民俗学家,也不是专门的文化人类学者。但是我想,要是有人追溯一下这些传说的流布过程,并把嘉绒文化特征与阿里的文化遗存进行一些比较研究,说不定会有一些新的发现。

但我知道,这仅仅是我一己的想法而已,而且很可能是一种非常错误的、非常缺少常识的想法。

也许是因为我总是过于浪漫,所以,总觉得嘉绒与阿里的联系,不会仅仅是一些土司家族的起源那么简单。

土司们的先祖从高原顶部自西向东,顺着青藏高原边缘逐群山的阶梯而下,直到这些群山的深处,并不是在同一段历史时期中得以完成的。最早的土司先祖们从唐代即开始迁移。

而领牧了卧龙的瓦寺土司来到嘉绒迟至明代。

据有案可考的典籍，瓦寺土司先祖琼布斯罗本·桑朗纳斯巴于明宣德元年，即一六四二年入京朝贡，表示臣服之意。他得到了皇帝的亲自召见，赏赐丰厚。

明英宗正统六年，即一四四一年，岷江上游部落不服明代统治，明朝出兵，但"屡征不服"。明王朝即采用"以番制番"的策略，命臣服的瓦寺土司先祖率兵东征。桑朗纳斯巴以年老辞，并推荐其弟雍忠罗罗斯率部族兵东征。

雍忠罗罗斯率大小头领四十三位，土兵三千一百五十人，长途行军一月有余，抵达汶川县境，分兵进剿。战后，"奉诏留驻汶川县之涂禹山，控制西沟北路羌夷"，封宣慰司衔，并授予重四十八两的银制印信一枚，自此"世袭其职"。雍忠罗罗斯不再西归，成为首任瓦寺土司。因为其领牧之地非常靠近汉区，所以，瓦寺土司建立第一座寺庙时，便一改藏传佛教寺院的一贯风格，顶上覆以青色的汉瓦。有关记载中说："瓦寺祖籍乌斯藏，居惟土房，寺独以瓦，故名。"

明朝被入关的满人取代后，当时的瓦寺土司将明代所赐印信归缴清朝，以示投诚归顺之意。清政府于一六五二年授予其安抚司职。

清康熙九年，即一六七〇年，瓦寺十七世土司桑朗温凯奉旨率土兵随清军远征西藏有功，加封宣慰司衔。

乾隆年间，瓦寺土司又先后随清军进剿杂谷土司和大小金川土司，建立战功，赏戴花翎，皇帝并下旨谐土司桑朗雍忠第一个字音，赐瓦寺土司汉姓为"索"。自此，瓦寺土司便以此为姓，世代使用汉名汉姓了。这也是民族同化中一个鲜明的例子。

瓦寺土司兵能征惯战，清时，曾多次随大军东征西讨，立下不少战功。

乾隆五十二年，台湾林爽义起兵反清，事发后，总兵袁国璜统领嘉绒土司兵随福康安渡海作战，事平后，各土司领得封赏，各返故里。

乾隆五十六年，廓尔喀人屡犯后藏，攻取后藏重镇日喀则，大掠扎什伦布寺。清王朝征调瓦寺等地嘉绒土兵，会同清军远征西藏，在总督福康安率领下，六战六捷，收复后藏。战斗中，瓦寺土司所属土兵大部英勇战死。

鸦片战争期间，嘉绒各地土司兵马曾奉调到沿海作战。瓦寺土兵由哈克里率领，金川土兵由千总阿木穰率领。数百嘉绒土兵历经三月长途跋涉，抵达江浙前线的宁波城下，受提督段永福指挥。大宝山一战，瓦寺土兵奋勇赴敌，重创英军，领兵官哈克里战死。宁波一战，金川千总嘉绒人阿木穰奋勇杀敌，英勇战死。嘉绒土兵在江浙前线与英军数次激战，最后大部捐躯异乡的卫国疆场。

一八六九年，瓦寺土司等领地上开始引种鸦片。

鸦片的引入改变了嘉绒土地上的很多东西。

一八九〇年，辛亥革命期间，四川爆发反对清王朝的保路运动。四川首府成都被保路同志军重重围困。四川总督赵尔丰飞调边城松潘巡防军出岷山解成都之围。在岷江河边的白水驿，瓦寺藏族群众千余人层层阻击松潘出援清军，予以重创。最后，这支援军在途中宣布反正，加入民军队伍。瓦寺等地藏兵数百进入成都平原，与保路同志军并肩作战，有数百人牺牲于成都平原的大小战斗中。

民国二十八年，即一九三九年，瓦寺土司传至二十一世的索代赓。这时的瓦寺土司也保持着一贯的传统，再次助国民党二十八军征剿梭磨土司辖下的黑水地方，战死军前。以后，民国政府便未再准予承袭。

瓦寺土司和嘉绒土司们的历史已经日渐为人淡忘。嘉绒文化的繁盛也已经式微了。但站在这荒野之间，我的心中涌起一种难以克服的淡淡的惆怅。

惆怅是一种使人受伤的美丽。

惆怅是一种于事无补的个人情感状况。

时间依然缓缓流逝，依从它自身固有的节拍。上帝设置时间的时候，没有考虑过我们个人的情感因素。有一种观点认为，任何固有的存在都有其内在的合理性。进而言之，我们还可以在文化考察中引进一种社会达尔文主义的观念。从最根本的意义上说,我个人也赞同这种观念。但这并不能阻止我面对某种陨落与消亡表现出一种有限度的惆怅。

而且,在这必然的消亡之前,我们几乎已经不可能呈现出那已经消亡的东西的真实的完备的面目了。

也许,是因了这种原因,我们才会心生惆怅。而现实的关注,可以克服这种惆怅,于是,我在这样一个地方,把自己的注意力转移到了熊猫的身上。有了全世界的关注,如果熊猫一定要在生物界消亡的话,那么,通过大规模的保护计划,我们就有可能延缓生物界物种消亡的时间表。在这段时间中,我们可以建立起一门有关熊猫的完备详尽的学科。

三、发现熊猫

熊猫是一种非常古老的生物,在生物学家眼中,这是一种活的化石,就像植物界中的苏铁与珙桐。在卧龙保护区中,就有很多后一种植物。但是,如果不是发现了熊猫,保护计划启动,停止了伐木工人的刀斧,那些具有同样生物学意义的植物便难逃灭亡的命运。

中国人对于自然界的认识能力是非常贫弱的,所以,虽然卧龙区内出现人类最初的足迹时,熊猫就已经存在很久很久了。最后，还是西方人出于各种不同的动机，发现了熊猫，并使这种动物的名声响遍了世界。过去中国的象征是虚构于想象中的龙与凤凰，而在今天，熊猫成了世界各地的人们说到中国时最先想到的动物。

熊猫已经成为中国的象征。

在当地嘉绒部落中，人人都相信熊猫的尿液有一种神奇的药用价值。那就是可以化解误吞入肚子里的金属物品。而人们误食金属的时候也不是太多，加上那时卧龙的森林中人口稀少，所以，猎杀这种动物并没有太多的用处。也许正是因为这个原因，熊猫家族那微弱的脉息，才得以艰难地代代相传，直到今天。关于熊猫尿液可以化解金属的传说，其实是来自熊猫一种特殊的习性。在卧龙保护区内，或者别的一些地方，常有熊猫进入到农家，或者保护区工作人员的宿营地，不但吃完锅里的东西，还把铝锅等金属容器啃烂，之后，还拉出包含着无法消化的金属团的粪便。

二十世纪之初，一些西方的传教士与探险家开始进入川西北的嘉绒地区，寻找传说中一种珍奇野兽的踪迹。

一八六九年三月，群山中初春季节，一个猎人送了一张皮给法国传教士爱蒙·大卫，这位神父便以此为据把这种动物介绍给了西方。这也是真正具有科学眼光的科学家们关注熊猫命运的起点。也就是说，熊猫进入科学视野的历史，也不过短短的一百多年。

大卫神父在日记中写道:

> 在这个异教徒家里,我看见著名的黑白熊的毛皮,看起来它体格十分庞大。这是个非比寻常的物种,我听我的猎人告诉我,不久就可以猎到一头这种动物,我感到很高兴。他们说,明天就出发去猎捕这种动物,这会提供新鲜有趣的科学材料。

同样是野蛮的猎杀,一个西方神父想到了科学,想到了物种。而在中国人惯常的思维中,熊猫毛皮却是用来做成褥子,据说睡在上面可以避邪,甚至还可以做梦,从睡在熊猫皮上做的梦中,往往可以预见未来。

大卫神父果然就得到了一张熊猫皮。那是一头未成年的熊猫。又过了一周,神父又得到一张成年熊猫皮。他因此认定:"熊猫一定是熊科动物的一个新品种,它们不仅颜色特殊,脚掌底部多毛,还有其他许多前所未见的特征。"

第一批在野生环境下看到熊猫的西方人是一九二九年的罗斯福兄弟和一九三一年的杜兰探险队。他们不仅看见了野生状态下的熊猫,这些文明的西方人,也像当地猎人一样举枪射杀了熊猫。其中包括一名叫作谢弗的德国博物学家,他就亲手把一头不到周岁的熊猫击毙在树下。

一九三六年,美国人露丝·哈肯丝在野外活捉一头幼年熊猫,将其带回国内向全世界展示,而使自己名声大噪。

这个美国女人在涉足嘉绒地区的熊猫生息地时,从来没有过野外探险的经验。

她的丈夫家境富裕,性喜冒险,一九三四年,他就在科莫多岛上捕获巨型蜥蜴科莫多龙活体,送给纽约动物学会。当年底,威廉离开新婚两个月的妻子,赴中国捕捉熊猫。他的计划因为红军和国民党军队之间的战争被阻滞,使其迟迟不能抵达熊猫之乡。一九三六年,威廉因病死于上海。两个月后,露丝到上海"继承了他的探险"。

露丝和她的探险队员抵达卧龙及其周围地区。她的手下有一位美籍华人,洋名叫作昆丁。露丝在她的一本叫作《淑女与熊猫》的书中,记录了捕获第一头野生大熊猫时的情形:

昆丁突然停住脚步……他专注聆听了一阵,就快步往前冲,我简直跟不上。透过拂动的潮湿树枝,我隐约看见他接近一株枯死的大树。……枯树里传来婴儿的哭声。

我一定有短暂的失神,因为等我清醒过来,昆丁已经伸出双臂,向我走来。他手掌中捧着一头正在挣扎的熊猫宝宝。

我不由自主地伸手接过这个小东西。手中毛茸茸的触感,使片刻前的梦想成为真实。

据说,露丝带着她珍贵的猎物出境的时候,遭到了海关的阻挠,但她最终以一张"小狗一只,价值二十元"的证明书,带着熊猫离开了上海。

露丝为这只熊猫取了一个很中国化、很淑女的名字:书琳。

书琳被带到纽约动物学会,但动物园拒绝出钱购买。因为主管官员认为熊猫天生的弓形腿与内翻的脚趾,是佝偻病所致。

于是,第一头漂洋过海的熊猫书琳辗转到芝加哥动物园。一九三八年四月,这头熊猫死于肺炎。

曾任纽约动物学会会长的悌梵,详细记述了一位名叫史密斯的动物商人于一九四一年到中国,带回两头熊猫的故事:

> 他对当地老百姓大做广告,用很大的招牌公布给当地猎户的悬赏金额。他在所经之处,都设立资讯中心。他还津贴猎户首领,由他们再付钱给农人、采草药的人、烧炭人,以及所有其他有必要深入山林的人。

据有关资料统计,从一九三六年到一九四六年,一共有十四只熊猫被外国人用各种手段带往国外动物园。

从此，全世界都知道了中国的熊猫，而且世界最有权威的野生动物保护组织世界自然基金会还把熊猫作为自己的标志。

而在今天，即或是在有保护区庇护的山野之中，熊猫的命运仍然岌岌可危。

人们贩卖熊猫皮，因为这意味着数量巨大的金钱。特别对于深山当中那些仍然身处贫困的农民来说，这个数字是究其一生的劳作都难以想象的。

记得在二十世纪八十年代初期，中国人刚做发财梦的时候，万元户是一个非常响亮、非常诱惑的名字。而在那些僻远的深山之中，我就曾听到老百姓直接把熊猫叫作万元户。

盗猎熊猫案一经破获，法律的惩罚是相当严厉的。

而在深山之中困于生计的农民并未真正获得与我们一样的环保视点。他们的疑问是，为什么一种野兽的存在竟然比人的存在更为重要，人的性命也低贱于熊猫的性命呢？

而熊猫所面临的更严重的问题并不是被盗猎，而是活动地区的缩小。随着人口增加，人的活动范围逐渐扩大，熊猫在川西北山区成片的栖息地，在人类无休止的进逼之下，日渐萎缩。最后，熊猫的生息地终于变成了这个大陆上的几座孤岛。

对于每一座生物孤岛上的熊猫来说，因为种群数量稀少，本身就已严重退化的生育能力，便受到了更加严峻的挑战。

严刑峻法的威慑之下，盗猎者举起的手可以放下，但这种生态环境悲剧，我却想不出什么办法可以避免。至少，在这些群山之中漫游的时候，我没有看到任何生态环境可以在短期之内好转的迹象。

　　在卧龙的这个晚上下雨，雨中的寒气已经十分浓重了。我知道，这是因为山上已经下雪的缘故。但是烟雨凄迷，我的视线行之不远，便被阻断。我回到招待所的房间，把双脚捂在被子里，看那些刚买到手的宣传资料。

　　这些印刷精美的画册上，随处都是熊猫在明亮柔和的光线下憨态可掬的形象。画册上的熊猫就像生活在天国一样。这些东西，也是一些号称热爱自然的人们的杰作，但当所有这些东西在公众视线中，在世界的视线中形成一种巨大的集合体，便有些歌舞升平的味道。

　　不客气地说，这就是自欺欺人的味道。

　　这也是中国善于粉饰的知识阶层所散发出来的那种味道。

　　有一个熊猫专家告诉我说，其实印上画册的很多熊猫，相当一部分都已死亡，死亡是"因为各种各样的原因"。但凡是中国人，听到这样一个短语，都会觉得特别地意味深长。

　　"因为各种各样的原因"，这些熊猫在画册上天真地望着我们的时候，它们的同类，正在深山里艰难生存。比如，现在，雪线正一天天从高山顶上压下来，一个严寒而又缺少食物的冬天已经来到。

四、阅读地理与自然

我没有去攀登处于卧龙尽头的银装素裹的巴朗山,而是原路折返回到国道213线上的映秀,从这里开始,继续沿岷江上行。

车行差不多一个小时,我从车窗里探出头来,视线里尽是濯濯童山。就在这山上的某一处,就是当年瓦寺土司已经日渐倾圮的官寨。如果我登上这座山头,可能这本书就尽是些历史故事,而使我远离自然了。

此行开始时,我为本章确定的主题就是地理与自然。

地理是两条河流和一座山。自然,就是这河流两岸与大山顶峰的自然。

在距成都约一百五十公里的汶川县城所在地威州镇,岷江的主流折而向北,直通松潘。循这条通道北上,到著名的黄龙寺风景区,再一路向西北行进,在岷江源头翻过弓杠岭,就进入到另一个水系——嘉陵江流域了。在其中的一条支流白龙江畔,就是进入了世界自然遗产名录的九寨沟风景区。

我也曾用双脚踏勘过这些水流的上游地理。但是,因为这一条路线已经不在嘉绒境内,在这次旅行中,我便予以省略了。

　　我的路线是从汶川向西,略微偏南,沿岷江的一条重要支流杂谷脑河上行。这条道路两边,曾是强大的杂谷土司的统辖之地,现在几乎就是一个理县全境。当夜准备宿在理县,但县城周遭那种荒凉景象看了使人想闭上自己的眼睛。再说了,理县县城四周,除了一些民居与那种嘉绒特色的石头碉堡,而在出入其中的百姓的生活中,已经无复真正的嘉绒风貌。

　　已经是夕阳向晚的时分了,我来到公路边上,坐在一个小饭馆门前。

　　一辆卡车驶来,我要求搭车,司机置之不理。我耐心地等他用完饭,再递上一支烟。他笑了起来,说:"你是干什么的?"

　　我说:"反正不是在路上管事的人。"

　　他这才点了点头。

　　对于这些长途卡车司机来讲,在路上管事的人是相当多的。交警、林业警察、防疫人员以及别的说不上名目的什么人员。一般来讲,司机们会回避这些公务人员。

　　车行三十多公里后,我在古尔沟下了车。这回,司机脸上又露出了遗憾的神情。因为他准备长途驱车夜行,希望有一个人能在即将翻越的大山上陪他抽烟说话。那一瞬间,我也有些动摇了。倒不是司机那有些留恋的眼光,而是想到车前强烈的光柱,——照亮路边的树林、溪涧和悬崖,又把所有这一切,不断地抛入身后的黑暗,我自己就有点激动了。

但我很想洗一洗这里的温泉。还是跳下车来,向司机说了再见。

古尔沟这个地名,已经是一个藏汉合璧的名字。这也正好代表了此地的民情风貌。

而古尔沟所以著名,是因为这里的一道温泉。

嘉绒藏族是非常相信温泉的治疗作用的。我的家乡远在雪山另一边的梭磨河畔,人们也常到这个地方,长途跋涉,到温泉沐浴。

那是每年的暮春时节,青稞种子和胡豆种子已经下到地里。雪慢慢变成雨水,河岸边的草地刚刚开始泛出淡淡的青绿,种子还在沃土下面温暖湿润的黑暗中悄悄萌芽。这个季节的农民,除了修补一下地边的栅栏,基本无事可干。

在这一年最为清闲的时间,很多人便从上百里外的地方向温泉进发。

那时候,广阔的乡野间已经有了公路,但嘉绒农民去温泉的时候,还是备好了马匹,马背上驮着帐篷与最好的吃食,比如陈年的腊猪腿、肉肠、鸡蛋、熊肉,还有蜂蜜与自酿的烧酒。老年人特别是老年妇女还会骑上矮小的毛驴。他们在路上短则行走三五天,长则十来天,才能到达温泉。

扎下帐篷,就开始了一年一度的漫长的沐浴。

那时的古尔沟温泉不在现在的公路边上,而是要从一座嘉绒地区常见的伸臂桥上,走过宽厚的木板铺成的桥面,然后从对岸上山。一条小道穿过一些斜挂在山坡上的庄稼地,穿过一些嘉绒风味浓郁的寨子,最后,小路进入由桦树、松树、杉树与椴木混交而成的森林。我去过那个地方,踏上过森林中土质柔软的崎岖小道,穿行不久,就已经闻到了温泉常有的那种淡淡的硫黄味道。

然后,一团雾气升起在山谷中间。那就是古尔沟温泉露头的地方了。

嘉绒人一年一度的温泉沐浴,不是休闲似的远足,而是为了祛除疾病与邪祟。在泉眼最大的那个池子里沐浴,可以祛除一年的积劳与风寒。泡在温泉中,体力消耗是非常大的,体质虚弱的人,十多分钟就会头晕目眩。支持不住的,就起来到自家帐篷里坐下来,一边休息,一边饱餐美食。待体力恢复了,又下到热水里,耐心地浸泡。如此循环往返,又是一个崭新的身体,回到家乡的田野中间,又能对付下来一年的生活磨难。

温泉露头处,还有一些小的泉眼。有一眼泉,据说治疗肠胃疾病有神奇功效。治疗的方法非常简单:喝很多温泉水,然后,找一个地方,呕吐净肠胃里的废物,吐干净了,又回到帐篷进食,然后再喝水,直到认为已经洗净了消化系统中积淀的毒素与废物。

还有一眼泉，细细地从一块石头中央向上冒出拇指粗的一小柱水。

这一柱水，用于洗头，特别是偏头痛的病人，经过几天接连不断的沐浴，据说也会大有好转。等到头痛再行复发的时候，又该是下一年的春天，又可以赶赴温泉了。

这眼泉水更多地被人们用来清洗双眼。这种清洗除了治疗各种眼疾，据说还可以避免看见一切不净的东西。这些东西包括一些林子里的精灵，一些亡人的魂灵，以及另一些稀奇古怪在汉语里找不到对应词汇的神秘存在。

在我出生的那个村庄里，当有人称自己常常看见一些在另外一个世界才会存在的东西时，人们就说，这个人该去温泉洗洗眼睛了。

我去古尔沟温泉是在几年以前，那时，大路上去洗温泉的人差不多已经断了踪迹，人们已经将这眼温泉渐渐遗忘了。

这种遗忘想必持续有十多年时间，然后，这个温泉又被重新发现。这次的发现已经带上了明确的经济眼光。温泉作为当地政府的一个旅游项目，作为米亚罗红叶温泉风景区的一个重要组成部分连片开发。

我来到古尔沟时正是十月的深秋季节，丛山峻岭中，经霜后的红叶在高原阳光下像是抖动的火苗。

温泉也从露头的半山腰用埋在地下的引水管下山过河，注入公路边一个个温泉旅馆的游泳池里。

我去了一趟山上。头天夜里，下了一场小雨，高原的秋天经常有冰凉的雨水在夜里不期而至，而且，这种夜里的小雨往往表明第二天是个秋阳明亮的好天气。早晨，一台切诺基吉普车载着我们沿着一条曲折的简易公路过河上山。但是，车行不到两公里地，坡越来越陡，雨后的泥土路面过于松软，车轮在地上刨出两个深坑，再也不能前进一步了。

剩下的路，我步行到温泉。

其实，一切，在过去人们的描述中已经真实地呈现，一切都像来过许多许多次一样熟悉。只是因为高度的缘故，昨夜的雨水在这里变成了滋润的白雪。白雪压在绿的杉树与红的枫树上，构成了一种特别的美感。特别是温泉在溪涧中漫流一阵后，热气散尽，那些铺满青苔的涧石上也堆满了积雪，下面的曲折溪水却青碧冷然。

我坐在溪边，听着融化的积雪一块块从树冠之上坠落在地上，寂静的树林里，四处都是积雪坠落的声音。

回到山下，我还恍然看见那雪地中热气蒸腾的泉眼。

今天，我又来到这个地方。在一间温泉旅馆登了记，在旅馆一楼要了一个单间浴池，泡了一个长久的温泉澡。我不知道这温泉水能否像传说中一样祛除心中积年的尘垢，但沐浴出来，周身皮肤却十分光滑。翻开旅馆里的宣传小册子，也肯定了古尔沟温泉中微量元素所具有的治疗作用。只是在这种宣传品上，温泉的名字已经不是过去那个藏汉合璧的名字，而是叫作神峰温泉了。

五、翻越鹧鸪山口

第二天上路，走到米亚罗时，四望已经是典型的嘉绒地区的风光了。

我是搭乘一辆农民的手扶拖拉机到达米亚罗的。

一直相伴于左右的杂谷脑河因为失去了一条又一条溪流的汇聚，水量日益减少。在米亚罗镇上吃完午饭，我搭乘一辆卡车，走了二十多公里，便到了鹧鸪山下。

在阿坝地区，在嘉绒，在过去古老驿道上，鹧鸪山海拔三千八百米的山口，是一个重要的咽喉。今天连接西南重镇成都和甘肃省会兰州的国道213线，也要穿过这个山口，并串联起这条大动脉上众多的支线。

鹧鸪山下的一个叫山脚坝的地方，只有一个小小的道班。柏油公路也在这里中止了。这是为了防滑的需要，因为山上常下大雪，因为一年之中数月之久的封冻期会把冰凌结满路面。所以，为了少出车祸，这山上就一直是坑洼不平的黄土路面。

道班工人在路边的一道溪流上埋设了一些橡皮水管,拿起水管,就有强力的清水喷涌出来,在天空中形成一个美丽的扇面。很多扑满尘土的汽车来到山下,便停了车在溪边冲洗。

这里,杂谷脑河已经变成了一道湍急的溪流,穿行在山谷底部那些沙棘和红柳组成的密实的丛林中间。公路对面的阴坡上,是成林的红桦与冷杉。而我面对着的正在攀登的阳坡上,是大片大片的草场。攀缘一阵,我回身下望,公路往山沟更深处延伸而去,最后,会在山沟尾部折回来,在山间画出一个巨大的盘旋。

我的路线是过去的驿道,是从山脚直逼山口的一条直线。而公路最终会在山口那里与我碰面。

这是深秋季节,高山草场上的花期已过,丛丛密密的牧草结出了籽实,一穗穗金色的草穗在微风中轻轻摇晃。草丛中有许多药材。木香肥大的叶片放射状散开,像只海星一样平摊在草丛中;黄芪结出了豆荚般的果实;贝母的灯笼花也开过了季节,一颗颗籽实像一只只铃铛。还有很多的药材,小叶杜鹃丛和伏地柏旁那巨型植物,是一株株大黄。

小路穿过一片阴湿的小树林时,我突然在林子中看到了一种属于春季的花朵:毛杓兰。

这种袋状的紫色花朵勾起了我一些亲切的童年回忆。童年时代,小孩们在山上放羊的时候,总是四处去采摘这种花朵。然后,把揉好的酥油糌粑一点点灌进花朵的袋子里,放在小火上慢慢烧烤。最后,剥掉已经全然变干烧焦的花皮,花朵的馨香全部浸进了小小的一团糌粑里。那是一种童年游戏中烹制出来的美食。

毛杓兰是它的学名,植物学书本中这样描述这种花朵:

> 兰科属多年草本,高二十到三十厘米,花单朵顶生,淡紫色或黄绿色,生于海拔两千五百到四千米的云、冷杉林下和灌木丛中。

而在嘉绒藏语中,这种花朵名叫咕嘟。咕嘟是一个象声词,模仿的是布谷鸟的叫声。每当春天来到嘉绒的群山之中,深山之中的绿意一天天深重起来的时候,地里麦苗茁长,布谷鸟就开始鸣叫了。老百姓说,是布谷鸟的叫声使一个个白昼变长,也是布谷鸟叫声使林间的咕嘟开放。于是,这种美丽奇特的花朵就叫作这个名字了。

眼下已是秋天,布谷鸟已经停止了歌唱,但我却看见了这种花朵,想必是海拔高度所造成的一种现象吧。我还想在山林中寻一寻,看还有没有在春天开放的花朵这时仍在开放,但抬头望望天上的太阳,我感觉到要在今天翻过山口,必须抓紧时间。

于是，便加快了步伐。

两个小时后，我已经能看到阴影处积着白雪的山口了。上山的汽车后面扬起大片的尘土，引擎发出吃力的轰鸣，但行驶速度却非常缓慢。

距山口大约还有半个小时路程的时候，我在一大片刺莓丛中坐了下来。紫红色的刺莓已经成熟了，远远地就闻到一股酒酿的味道，只是这种味道比酒酿更加甘甜。于是，我坐在山坡上拖着屁股，从一丛刺莓转向另一丛刺莓，直到打出的饱嗝都带上了甘甜的酒酿味道，才又继续上路。快爬上公路时，看到陡峭的山坡上，四散开一部卡车的残片。

又一次迈开双腿时，我不再抬头，不然的话，最后这段路会显得特别漫长。

攀上山口的时间是下午三点五十分。

很强劲的风吹在背上，公路穿过山的地方，两边土坡上的渗水都在风中结成了薄冰，风吹在耳边，有一种愉快的哨声。快走进阳光的阴影中时，我回望一下所来的方向，比这座山更高的雪峰静静地耸立在蓝天下面，晶莹耀眼。

雪峰在我的四周构成了一个地形上高高耸起的中央部分。

在这个中央部分的东南方向，烟雾迷蒙处，是曲折的逐渐敞开的峡谷和峡谷两侧苍翠的群山。公路，一条灰白的带子伴着阳光下亮光闪闪的河流，冲向群山的外面。从这个高度上，我看清了渐次升高的大地的梯级。

我转过身穿过鹧鸪山口,那短短的几十米坑洼不平的路笼罩在群山阴影中,这是公路两边山坡的阴影。走到山口的另一面时,阳光又落在了我的身上。

这道山脊也是一道重要的分水岭。东面,是岷江流域,而展现在我面前的,那些森林与草地中流出的众多溪流,却是大渡河纷繁的枝蔓了。

这次,再举目远望时,又是另外一番景象了。

东面的山野雄峻峭拔,而西边的群山,每一座都渐渐变得平缓而低矮,就像我现在登上山口时发出的一声浩然长叹。东面的山坡上满被森林,而西边这些浑圆平缓的山坡却是大片大片的高山牧场。这个时节,近处的草还绿着,但远远望去,草梢上那一点点黄色便越来越浓重,在云烟将起处变成了一片夺目的金黄。这时,我已经踩着群山的阶梯,真正登上了青藏高原。

我离开山口,离开了从山腰上盘曲而下的公路,直接切入了一条俯冲而下的峡谷。

从山口望去,还可以看见一条隐约的道路。这是荒废了几十年的驿道留下的隐约痕迹。我循着这条荒芜的古驿道走下峡谷,却在峡谷底下一道清浅的溪流边失去了这条道路。

我想,这都是因为那些荒草与丛生的灌木的缘故。

剩下的时间，我都在为突破灌木丛的包围而奋力拼搏。最后，一个猎人出现在我的面前。我想，他看见我出现在这个地方应该感到有些吃惊。但他只是浅浅地笑笑，说："怎么陷到这里头去了。"

我有些气急败坏："路荒了。"

他伸出手，把我从一团纠缠不清的小树中拉出来。这时，已经是夕阳衔山的黄昏时分了，四周森林响起了滚滚的林涛声。好在，这时我已经在猎人的带领下回到了路上。他从一个树洞里掏出了两只野鸡，这是他预先放在这里的猎获物。我看两枪都打在头上。他看着我笑了，说："我看见树林里有东西，还以为是一头熊呢。因为熊才这么不管不顾地四处乱钻。"说完，他还拍了拍手里的枪，并顺手把枪背在了背上。

我说："幸好你没有开枪。"

他说："我是一个好猎人，好猎人要把猎物看得清清楚楚，才会开枪。"

我笑了。

他说："你还不错，好多人，进了城，胆子就变小了。"

转过两个山弯，山路变得平缓起来，路边那些小小的沼泽中浸润出来的泉水，也慢慢汇聚成了一线潺潺的流水。

听着这泉水，看着满天烧得通红的晚霞，我的脚步竟然变得轻快起来了。

溪水两岸开始出现一块一块的平整的草地。草地上结出一穗穗紫色果实的野高粱在风中摇摆。对我的双眼来说，这已经是一个阔别已久的景象了。我贪婪地呼吸着扑入鼻腔的清泠泠的新鲜空气，空气中充满了秋草的芬芳。天黑以前，山谷突然闪开一个巨大的空间，黑压压的杉树林也退到很远的地方，一块几百亩大的草地出现在眼前。风在草梢上滚动，一波波地在身子的四周回旋，我再也不想走了，我感觉到双脚与内心都在渴望着休息。于是，一屁股坐了下来。风摇动着丛丛密密的草，轻轻地拍打在我的脸上。

　　猎人说："不想走了？"

　　我说："走不动了，也不想走了。"

　　他在我身边坐了一阵，看看天色，说："那你在这里等我，我过一会儿叫你。"

　　于是，他从我身边走开了。我也没有想他会不会再来叫我，就顺势在草地上躺了下来。这下，秋草从四面八方把我整个包围起来。草的波浪不断拂动，我就像是睡在了大片的海浪中间。

　　我的脸贴在地上，肥沃的泥土正散发着太阳留下的淡淡的温暖。然后，我感到泪水无声地流了出来。泪水过后，我的全身感到了一种从内到外的畅快。我就那样睡在草地上，看着黑夜降临到这片草地之上，看到星星一颗颗跳上青灰色的天幕。

这时，整个世界就是这个草地，每一颗星星都挑在草梢之上。

黑夜降临之后，风便止息下来了，叹息着歌唱的森林也安静下来，舞蹈的草们也安静下来。一种没有来由的幸福之感降临到我的心房，泪水差点又一次涌出眼眶。

这时，远处响起了那个猎人的喊声。他没有叫我的名字，他也不知道我的名字。他的喊声只是一声长长的呼吼，呼吼在山间引起了一串回声。

我站起身来，看到森林边的小木屋里闪出明亮的火光。

木屋在溪流的那一边，溪流上有一道小小的木桥，为了防滑，桥面上铺了一层柔软的草皮。看得出来，这是一个冬季牧场。冬天到来，大雪封山的时候，牧人就会把牛群赶到这里。这一大块草质优良的草地，将提供一个冬天的饲草。而这个猎人，就是在这里割草。打下的草晒干了，堆放在木屋后面的大树底下，于是，这个夜晚里秋草的芬芳便更加浓烈了。

他摆开了晚餐，主菜就是两只野鸡中的一只，与土豆烧在一起，野葱与野茴香的气味在热气中氤氲开来。把土豆与野鸡肉从锅里盛出来以后，他又在汤里煮了一些新鲜的蘑菇。

我正后悔出发时没在背包里放一两瓶白酒，他已经从身后摸了一瓶酒在手里，给我倒了一个满碗。

火塘里的火苗忽忽抖动，木柴上散发着松脂的香味。那天晚上，我大醉了一场。

早上醒来的时候,猎人已经出门干活了。我扶着门框,看见他在草丛深处用力地挥舞着刀。回身,我看见地板上躺着三个酒瓶。

我在清泠泠的溪水中洗脸的时候,他回来了,在火上把蘑菇汤煨好。喝完汤,临别的时候到了,我在背包里摸索半天,最后,只有一把瑞士军刀算得上是对他有用的东西。我便把这东西送给他。

我怕他不接受,便说:"留在这里吧,明年我还要来。"

他双眼扫视整个木屋,脸上露出尴尬的神情,他虽然什么话都没有说,但我明白他的意思,是说,没有什么可以送给我。

我走出很远了,他还站在路口。他就那么一动不动地站着,没有挥手,也没有喊再见。直到我转过山弯,再回头时,我们彼此便消失在对方的视线里。

六、最后的行程

我知道,这两三天的路途,将是我此行最后的行程。

在我的预想中,这两三天将全是领略自然的旅程,我将不会再把眼光投向任何一个村庄或庙宇。

但当我在鹧鸪山下的峡谷里,离开那一大片山间草场,顺着溪边的道路走出十多里路,遥遥看见这条山沟尽头处敞开的峡口时,眼前出现的一大片废墟却使我有些目瞪口呆。虽然,我事先就知道会在路上遭遇这片废墟,但当这片废墟真正出现在眼前的时候,还是让我感到非常震撼。

废墟出现之前,是大片大片曾经被开垦、耕种多年后又抛弃的土地。不知为什么,我从来没有见过抛荒的土地再长成漂亮的草地。好像是为了演绎那个荒字,地里长着齐腰高的一些说不上名目的多刺的非草非树的植物。草丛中奔着许多样子像老鼠,却又没有尾巴的高原鼠兔。

穿过这些荒地,溪流上的一道小桥已经坍塌了。但从留在两岸腐朽的桥柱来看,这座桥曾经相当宽大。然后,一条倾斜的小街出现了。街道上长出的草茸茸的,踩上去却给人一种踩在腐尸之上的感觉。几百米长的一条小街两边,许多石头的建筑都倒塌了,只有这里那里,还立着一些经风沐雨的残墙。在过去驿路畅通的时候,这是一个繁荣的小镇,一个远近闻名的商贾云集的驿站。驿站的名字叫作马塘。二十世纪五十年代,鹧鸪山通了公路,这条驿道便日渐荒芜。镇上的商人们渐渐散去,留下的人家,也三三两两迁到了几里外的公路边上。再聚集起来时,已经不是一个小镇,而是一个无足轻重的村庄。虽然,村庄的名字还是叫作马塘,但其重要的意义已经荡然无存了。

两三年前，我就曾想来看看这个地方，那时，还有人告诉我说，老街上还有两三户人家。但当我走在这个好像是非现实世界的街道上时，却没有看到一座完好的房子，看来，这个古老的小镇已经完全死亡，留在这世上的，仅仅是一种遥远而又模糊的记忆了。

街道两旁残墙逶迤，荒草弥漫。有些人家院子里已经长出了野蔷薇树。更多的残墙朝着街道洞开着窗子与门户。那些洞开的窗户与门户后面，白天与黑夜，曾经有过许多的梦想，许多的故事，许多的爱恨情仇，但这一切，在今天，都已经被时间之手无情洞穿。空洞的门窗后面，只是空荡荡的青山与蓝天。

我注意到，街道两边，还有两道石板嵌出的水渠，水渠上面也铺盖着石板。在商贾云集的时代，这些沟渠肯定把清澈的溪水送到每一户人家门前。我一直想跨过一道残墙，走进过去的一户人家，看看那些乱石朽木下到底掩藏着什么。

但我却没有这样做。

我突然心生畏惧，害怕惊醒里面沉睡的鬼魂，在那一大片废墟中间，我真的相信这个世界上会存在鬼魂。

心里的恐惧使我的脚步不由得快了起来。

直到走出镇子，走上镇子前面的一个小山岗，我才又感觉到阳光的温暖与明亮。我在一大块岩石上坐了下来。岩石旁边,一株野葡萄上结出了豌豆大小的紫色果实。下面的一块荒地里,我还看见了一些油菜,顶上开着黄色的花,中部和下部的荚已经很饱满了。这是过去的居民留下的种子,仍在这里独自生长。周围的一大片黄色的金盏花,我相信也是某家花园里飘出的种子蔓生而成的吧。

离开的时候,我没有回头,却感觉到有什么东西跟在后面,在絮絮私语,在叹息,使我背上阵阵发凉。

但我心里已经暗暗决定:我还要选一个时间,带上一两个朋友,再来这个地方;这个地方,将是我下一部有关驿道的小说开始的地方。我要让驿道上这些正被遗忘的镇子,对于这个世界已然成为湮灭的记忆的镇子的故事与人生,在我的文字之间复活过来。而在此之前,我需要在这样的地方感受某种神秘的力量,我觉得这些镇子的魂灵还在什么地方游荡。

这样想着的时候,眼前的峡谷再次敞开,一个更大的河谷展现在眼前,久违了的梭磨河滔滔的水流出现在眼前。从一大片麦地边的栅栏旁走过,看见一眼泉水,从一株柏树下慢慢沁出,泉眼上静静地浮着一只桦皮水瓢。

然后,道路在快接近一个村庄时急转直下,下了高高的河岸,又是一道宽阔的木桥。

村子很小,桥上行走的人也很少。所以,桥面上的木板让雨水洗得干干净净,露出了象牙色的漂亮木纹。这个村庄,就是新马塘,但我不想在此停留太久。过了桥,便又回到从山上盘旋而下的公路上了。

一个小时后,我已经坐在一辆卡车上,司机把我带到刷经寺。

刷经寺是一个二十世纪五十年代迅速建立起来的镇子。这里,两边的山已经十分低矮,森林已经非常稀少。那些宽阔的牧场上,已经出现了牧人黑色的牛毛帐篷。我已经接近高原的顶端,这里的河谷,已经是海拔三千多米了。

我在这里就是想租到一辆吉普车,这辆车能让我去到梭磨河的源头,我的此行必须追溯到一条河流的最初的起源。梭磨河对于嘉绒来说,是一条非常重要的河流,所以,这个源头的风声将是本书的最后的乐章。

对我来说,刷经寺不是一个陌生的地方。找到一个朋友,在他家里吃了饭,喝了酒,告辞的时候,他告诉我,车子明天早上九点就来接我。

回到旅馆睡下,风就起来了,风扑打着窗户,把广大原野的声音带到了我的枕边,我的梦境边缘。

七、上溯一条河流的源头

早上醒来,我觉得脑袋里在嗡嗡作响,脚步也有些发飘。

我知道,这是海拔造成的轻微反应。毕竟,我已经有两三年没有来过这样的地方。打开窗户,冷凛清新的空气一下便涌进了屋子。虽然窗外的马路上尘土飞扬,但停在浑圆山丘上的天空却纤尘不染。

神灵给了我一个好天气。想到这个,我的心情便愉快起来。

当我在楼下的回民饭馆里吃了一大碗热气腾腾的羊杂碎汤,就了两只烧饼,拍拍鼓胀的肚子时,一辆疾驰而来的北京吉普车停在了我的面前。乍眼一看,就知道这已经是一台非常老旧的汽车了。这种车是一些单位淘汰下来的,几千块钱处理给私人。这些偏僻的小镇上,没有什么就业机会,一些无所事事的年轻人,家里掏钱买上这么一辆车,遇上一个两个零星的游客,跑一二百公里,赚点租车费,也算是一份正经的职业了。

打开后座门放我的行李包的时候,我看到后座上放着鱼竿和一支猎枪。

当我在司机旁边的座位上落座,引擎发出一声怒吼,车后扬起一阵尘土,我们就上路了。

上路了。

车子驶出镇子不远,另一种风貌的峡谷在我眼前展开。

公路两边的柳树和草地上,都蒙上了一层薄薄的白霜。河流两岸点缀着团团灌木丛的草地越来越宽阔,两边蜿蜒相随的山脉越退越远,而且越来越低矮,越来越浑圆。

河里的水越来越小,越来越平缓,越来越曲折。

二十世纪八十年代,我在小说里开始描写这个地带的自然风貌。最初的作品是一个短篇,名字就叫《欢乐行程》。在这篇作品里,我把这个地带叫作群山与草原的过渡地带。这个命名长了一些,却相当准确。在没有发现地理学家为这样的过渡地带取出一个简洁而又更为准确的名字之前,我在这里还是只能沿用十年前自己小说里的名字来称呼这个地带。

这个地带,过去是梭磨土司的辖地,是土司家的牧场,现在已经划归坐落在草原上的红原县管辖。

司机减缓了一点车速,把后座的猎枪递到我手上。意思是说,窗外的草地上随时可能出现猎物,坐在车里就可以随时开枪。

我问:"多少钱一枪。"

"二十。"他随即又突然吐出了舌头,说:"不,那是对游客,不是你,你是朋友介绍的。"

我笑了:"打折?"

他没有回答我,一双眼睛紧盯着前面,慢慢停下了车。然后,伸出手。

顺着他的手看过去,视线里出现了两只野鸡。灰扑扑的野鸡在灌丛中用爪子不停地刨着什么，并不时警惕地用长颈把头支出灌丛，倾听着四周的动静。野鸡的头伸出灌丛的时候，那头颈的转动像是潜艇伸出海面窥探的潜望镜，但我总觉得那不是在看，而是在听。当我从车上跳下来，慢慢向它们靠近时，两只野鸡噗噜噜扑扇着翅膀，奋力跑开了。这些野鸡大多都已经失去了飞翔的能力，扑扇一对翅膀，无非是使逃命的双脚负担减轻一点。这些野鸡有时也能展开翅膀在空中摆出一个优美的飞行姿态，但那只是从高处到低处的滑翔。

两只野鸡跑到河边，站住了，又伸出了长长的颈项。我用枪瞄准，准星前已经只有一片虚光，看不见目标了。这些年，视力慢慢下降，野鸡已经在我有把握的射程之外了。

但我还是开了一枪，枪声在宽阔的山谷中，一下就被清冽的空气吸附掉了。没有期待当中的响亮。

我回到路上，再抬眼看去，那对野鸡还站在河边，没有被枪声所惊吓。

我们又上路了。司机按了两声喇叭，这回，野鸡钻进灌木丛，看不见了。

两个小时后，车子已经开到了查真梁子下面。这是从川西平原登上若尔盖草原的最后一级台阶。

登上去，就是海拔四千米的茫茫草原。

我没有选取国道213线选取的那条最陡峭，但也最为近捷的路线。因为那样的话,我就不能到达这条河流的源头了。而是离开公路,顺着山下的河水在草地上摇摇晃晃地开出了十多公里。在这里,河水已经变成了一条溪流,一道迈开大步就可以跨越的溪流。两岸的草地也越渐松软,再往前开,车子就要陷在沼泽里去了。

司机看看我,意思是不能再往前开了。

车子便在山脚下的草原上停了下来。

耀眼的阳光把草原照亮,也把身上照得暖洋洋的。司机走到河边用手试试水,说要等太阳把水晒暖和了,鱼才会出来。那时,才能下竿。我坐在柔软的草地上,瞭望着不远处一头长得肥肥实实的旱獭。旱獭在一个干燥的小丘上晒太阳。和我一样在阳光下取暖的旱獭,一副老练而沉着的模样。它蹲坐在地上,上半身笔直挺立,双掌合于胸前,在笃信佛教的藏族人看来,这是向神佛祈求的姿态,所以,这种动物在有些草原上能够泛滥成灾。

尽管这样,这种看似笨拙无比的动物,却无比灵活,而且狡猾。它们在草原的地下,建立起一个复杂的地下通道。当你想对它有所动作的时候,它立即就会返身钻回地下。当你守候在这个洞口,并准备了足够耐心的时候,它又突然从另一个出口探出了肥胖的身子。

这些年旱獭的数量也开始减少。因为这种大多数时候生活在地下的动物，缝成褥子的皮毛和炖好的肉都有追风祛湿的作用。虽然当地人因为宗教原因不对它们下手，但外地人和城里的干部却持有另一种观点。

司机开始在四周寻找干牛粪，准备生火了。看来，他是对还藏在河里的鱼变成一锅好汤有着充分的信心。

我与旱獭对望一阵，抽了一支烟，然后，背起枪顺着溪流往上游走去。

脚下的草地表面很干燥，一串串的草穗与双脚纠缠着，弄出许多细密的声响。而下面却很松软，每一步下去，都有一次小小的塌陷。又走了一阵，面前再也没有平整的草地，而是多年的枯草与盘曲细密的草根形成的一个又一个的草墩，像一群蘑菇一样浮在沼泽之上。从一个草墩跳到另一个草墩，我的身上很快就出了一身细细的汗水。当这些草墩都不能连续成片时，便被一个又一个淤泥深重的明亮水洼隔离成了一个又一个相距遥远的孤岛。

几对黄鸭在水洼间觅食，这些水禽是这一年里最后的候鸟了。再过几场秋霜，它们就要长途飞行到很远的南方去了。直到来年夏天，才会回返。黄鸭被我惊飞起来，在天空中久久盘旋。

最后，我不得不离开河边，走到贴近山边的地方。双脚又踩到了坚实的地面。

回身望去，天上的黄鸭又落了下来，落在那些明亮的水洼中间。

河水在上午倾斜的强烈阳光下，折射出一线闪烁的银光。

我一直远望着河水。一大片沼泽消失了，宽阔的峡谷给两边的山丘收了一次腰，我又回到了河边。这里，河里的水量更少了，透过清浅的河水，可以看到水底下缓缓流动着细细的沙粒，很多干干净净的草根在水里流苏般飘荡。我喜欢我看到的这种景象。

我想，再往上游走短短的一段，就会看到水流最初的起源了。这是梭磨河的最初起源。但这仅仅是我的想象。

峡谷再一次敞开了。溪流闪烁着隐身于一片更广大的沼泽。这片沼泽再次把我逼向山边。后来，我发现，河流离我越来越远，我隔沼泽中央那条曲折，但仍然有迹可寻的溪流足足有好几公里的距离了。这种距离使我后悔没有把车上的背包带上。

足足两个小时，峡谷再一次收缩，细细的一线溪流又回到我的脚边。这时，两边的山丘差不多已经完全消失了。如果说还有山丘的话，也是两脉隐约而长的起伏了。直到这时，我才真正走到了梭磨河的源头。一个平淡无奇的小小水洼。水慢慢地从草皮底下浸润出来，我甚至看不出它在地面上的流淌。于是，我摘下一小片草叶，放在水面上，才看出细细的一线水上，那片草叶慢慢地顺流而下。我的身心没有出现预想过的那种激动的反应。虽然，我知道，这就是哺育了藏文化中独特的嘉绒文明的一条重要水流的发源，是大渡河，是长江一条支脉的最初的缘起。但我仍然平静得像这荒芜而又壮阔的荒野一样。而在我想象源头的景象，在想象中描画自己到达源头的情景时，曾经写下不止一首激情充沛的诗章。

也许，生命中有了这样的经历，面对人生的坎坷与磨难时，就能够从容面对了。

我俯下身去，慢慢地啜饮梭磨河源头的溪水。

清清的水有一种透骨的冰凉。

我登上浅浅的山丘，这是我要攀登的大地阶梯的最后一级。

这是一个地理的制高点，也是我人生经历中的一个制高点。回望身后，河水曲折，越来越宽，一直没入越发崎岖的群山之中。那是长江水系的群山，一列列地向着东南方向。东南风不断顺着峡谷吹送，那是来自大海的气流给这片高地带来雨云的方向，也是我家乡的方向。

我现在也是站在一个地理的分界点上，只要原地转一个圈子，把脸朝向西北方向，像一声浩叹一样，就展开了秋风中金黄的草原。草原上游牧的藏族人们，已经是另外一种语言，另外一种风习，是传统上称为安木多的游牧文化区了。

山丘西北这一面的草原沼泽，也是另外一条水量丰沛的河流的源头，藏语叫作"嘎曲"，意思是白河。白色河流是高原阳光下的银光闪烁之河，是天堂里的牛奶之河。这条河向北流淌，注入了中华大地的另一条重要河流——黄河。

我的嘉绒之旅就此结束。

后　记

在我至今为止有限的几本书中，出于事先策划的唯此一本。尽管在当时，这是一次颇有新意的策划。

一九九九年，一个出版社组织了几个作家从不同的路线"走进西藏"，并各自成书一本。这次活动中，我分配到的是川藏线。但我必须承认，我没有走完这条线的全段。这次活动在拉萨的会师仪式，我是坐飞机飞过去的。我把活动的重心放在了我的故乡四川藏族聚居区阿坝的嘉绒地区，书的重心更是如此。这样做其实蓄谋已久。

在北京藏学中心举行"走进西藏誓师会"，被一些像要死人，像要经历千难万险，也可能到不了西藏的氛围弄得颇有悲壮色彩时，两个藏族人，我与扎西达娃会心地相视苦笑。也就是在那次会上，我决定不按组织者的意图走进西藏。所以，面对被鼓动得十分激动的媒体记者，面对期待着激动人心表情的摄像机镜头,我平静地说:"如果说,这次几位同行去西藏是去探险,去发现,对我而言,却是平常的一次旅行,我更多的将不是发现,而是回忆,我个人的回忆,藏民族中一个叫作嘉绒的部族的集体回忆。"

这话我是对电视台记者讲的。我这些话可能令她有些失望:怎么能如此平静地把西藏说得如此平常。原因很简单,在中国有着两个概念的西藏。一个是居住在西藏的人们的西藏,平实,强大,同样充满着人间悲欢的西藏。那是一个不得不接受现实,每天睁开眼睛,打开房门,就在那里的西藏。另一个是远离西藏的人们的西藏,神秘,遥远,比纯净的雪山本身更加具有形而上的特征,当然还有浪漫——一个在中国人嘴中歧义最多的字眼。而我的西藏是前一个西藏,不是后一个西藏。

所以,当有另一个纸面媒体采访时,我干脆写了一篇文章《西藏是一个形容词》。文章不长,请允许我全文引述在这里:

> 当我带着一本有关西藏的新书四处走动时,常常会遇到很多人,许多接近过西藏或者将要接近西藏的人,问到许多有关西藏的问题。我也常常准备有选择地进行一些深入的交流,却发现,提出问题的人,心里早有了关于西藏的定性:遥远、蛮荒和神秘。更多的定义当然是神秘。也

就是说,西藏在许许多多的人那里,是一个形容词,而不是一个应该有着实实在在内容的名词。

前不久,在昆明的一个电视颁奖晚会上,主持人想与我这个得奖作者有所交流。因为我作品里的西藏背景使主持人对这种超出她知识范围的交流有了莫名的信心。她的问题是,阿来你是怎么表现西藏的神秘,并使这种神秘更加引人入胜,云云。我的回答很简单:"我的西藏里没有一点神秘,所以,我并没有刻意要小说显得神秘。"我进一步明确地说:"我要在作品里化解这种神秘。"

这样老实的回答却有点煞风景,至少在当时,便使人家无法把这个话题继续下去了。一个形容词可以附会许多主观的东西,但名词却不能。名词就是它自己本身。

但在更多的时候,西藏就是一个形容词化了的存在。对于没有去过西藏的人来说,西藏是一种神秘的存在;对于去过西藏的人来说,为什么西藏还是一种神秘的似是而非的存在呢?你去过了一些神山圣湖,去过了一些有名无名的寺院,旅程结束,回到自己栖身的城市,翻检影集,除了回忆起一些艰险,一些自然给予的难以言明的内心震荡,你会发现,你根本没有走进西藏。因为走进西藏,首先要走进的是西藏的人群,走进西藏的日常生活。但是,当你带着一种颇有优越感的好奇的目光四处打量时,是绝对无法走进西藏的。强势的文化以自己的方式想要突破弱势文化的时候,它便对你实行鸵鸟政策,用一种蚌壳闭合的方式对你说不。

这种情形,并不止于中原文化之于西藏,更广泛地见于西方之于东方。外国人有钱有时间,来了又去,去了又来,但中国对他们,仍然充满了神秘之感。原因十分简单,他们仅仅是去过中国的许多地方,但他们未曾进入的那个庞大而陌生的中国人群,和他们只学会大着舌头说谢谢与你好两个问候语的中国语言,永远地把他们关在了大门之外。这些年见过一些在外国靠中国吃饭的所谓汉学家,反而从他们身上感到了中国的神秘。

所以,我更坚定地要以感性的方式,进入西藏(我的故地),进入西藏的人群(我的同胞),然后,反映出来一个真实的西藏。《大地的阶梯》就是这种努力的一个成果。因为,小说的方式,终究是太过文学,太过虚拟,那么,当我以双脚与内心丈量着故乡大地的时候,在我面前呈现出来的是一个真实的西藏,而非概念化的西藏。那么,我要记述的也该是一个明白的西藏,而非一个形容词化的神秘的西藏。当然,如果我以为靠自己的几本书便能化解这神秘,那肯定是一个妄想。

根本的原因还在于,许许多多的人并不打算扮演一个文化人类学者的角色。他刻意要进入的就是一个形容词,因为日常状态下，大多时候他就生活在名词中间，缺失了诗意，所以，必须要进入西藏这样一个巨大的形容词，接上诗意的氧气袋贪婪地呼吸。在拉萨八廓街头一个酒吧里，我曾用了整整一个下午翻阅游客们的留言，就更加深切地感受到了这一点。

正是因为以上这些感受，我作为一个并不生活在西藏的藏族人，只想在这本书中做一些阿坝地区的地理与历史的描述，因为这些地区一直处在关于西藏的描述文字之外。青藏高原东北角这一地区常常处于一种被忽视的地位。阿坝地区作为整个藏族聚居区的一个组成部分，一直以来，在整个藏族聚居区当中是被忽略的。特别是我所在的这个被称为嘉绒部族的生息的历史与地理，都是被忽略的。我想，一方面是因为地理上与汉区的切近，更重要原因还在于，这个部族长期以来对中原文化与统治的认同。因为认同而被忽略，这是一个巨大的不公正。我想这本书特别是小说《尘埃落定》的出版，使世界开始知道藏族大家庭中这样一个特殊的文化群落的存在，使我作为一个嘉绒子民，一个部族的儿子，感到一种巨大的骄傲。虽然，我不是一个纯粹血统的嘉绒人，因此在一些要保持正统的同胞眼中，从血统上我便是一个异数。但这种排除的眼光、拒绝的眼光并不能稍减我对这片大地由衷的情感，不能稍减我对这个部族的认同与整体的热爱。

嘉绒大地,是我生长于斯的地方,是我用双脚无数次走过的地方,是我用心灵时时游历的地方。当我开始写这本书的时候,我真的不知道该写些什么,但我希望去掉所有那些肤浅的写西藏的书中那些虚无的成分,不想写成一本准冒险记,不想写成滥情于自然的文字,不想写成文明人悲悯野蛮人的文字。我想写出的是令我神往的浪漫过去,与今天正在发生的变化。特别是这片土地上的民族从今天正在发生的变化中得到了什么和失去了什么。如果不从过于严格的艺术性来要求的话,我想自己大致做到了这一点。最后,在这种游历中把自己融入了自己的民族和那片雄奇的大自然。我坚信,在我下一部长篇创作中,这种融入的意义将用更艺术化的方式得到体现。

这些年,我比以往更多地回到那片旷远的群山与草原,一个重要的原因,是生态的好转。天然林禁伐以后,自然界依靠自身顽强的修复功能,大部分山野重新披上绿装,生机盎然,日益繁盛的林木喷吐着云雾与溪流。这个世界,人性的贫弱大致相像,所以,我从不把我出生成长于此的这片土地描绘成天堂,但是,一个有别于其他满目疮痍的大地的美丽山水,还是让她成为一个值得热爱并加以歌颂的地方。

在我的故乡,老百姓们有一种迷信,就是在一年中初次听到布谷鸟悠长的啼叫时,你处在一个什么样的状态,那这一年都会是这样的状态。已经连续两年,我都在川西北高原的美丽风景中行走时,听到从绿林深处传来布谷鸟第一次的叫声。就这样,杜鹃的啼鸣伴着我走过河谷中的乡村和高山上的牧场,从低到高,看浩大的春天渐次推进,一路上鲜花渐次开放,迎风招摇。看见不期而至的明亮雨脚降落在我站立的山头,而在峡谷对面,另外的山峰被阳光照得透亮。此时,再听见杜鹃深长的鸣叫声,自己的心境像雨后被阳光照耀的山峰一样明亮。

现在,差不多整个高原鲜花开放的季节,我都拿着照相机和野花们待在一起。因为当自然变得美丽的时候,最大的享受就是被自然母亲紧紧拥抱。所以,不嫌繁复,再引一段随手记下的笔记作为结束语:

被温软的睡袋簇拥着,在这个高山湖边的草地上,听雨声渐渐沥沥地落在帐篷上面。

黄昏正降临山间。

雨水落在湖上。

雨水也落在湖畔这属于报春、鸢尾、垂头菊、马先蒿和藏菠萝花的宽阔草地,杜鹃和金露梅已经开过的草地。想再去看看她们的样子,可夜色已然笼罩下来了。那些花草已经隐匿在暗夜中间,只有湖水辉映着天光,微微鼓荡。索性闭上眼睛，雨声中，那些花朵的形状隐去了，只有鲜艳的色彩像湖中雪山的倒影，朦胧中失去了具体的形状，灵动地浮现在眼前：翠雀花和鸢尾的蓝，藏菠萝和马先蒿的红，垂头菊与报春花的黄。雨停了，四野里，花草们细密的声音絮絮地响起。星光还没有出来，我要睡了。此时的情景让人相信，星光出现时，会像钟声一样把人敲醒。

半夜，恍然间真的听到了星光叮叮当当的声音。醒来，天空中果然出现了稀疏的星斗。这时，耳边恍然还是听到隐约的叮当声。看星星，星星寂静地挂在天上。那么，这些声音，就是轻轻的夜风摇落花朵上露珠的声音了。而早上唤我醒来的，一定是阳光与相随而至的杜鹃。